Irina Syskin

The Store

("Magazin")

-*"Those who work here will go to hell."*

-*"So what, we are already there".*

Irina Syskin
THE STORE
A novel

First Edition, 2008

ISBN: 978-0-6152-0236-5

Book Description

Through observations, humor and professional knowledge, the author brings you behind the scenes of America's high fashion retail industry.

This is a work of fiction. All characters, events and places are the product of author's imagination. Any resemblance between them and real people, events or places is solely coincidental.

Published in the United States of America

Lulu Publishing – www.lulu.com

Оглавление

Вместо предисловия

Clothes are the frame, you are the picture.

В каком страшном сне могло мне присниться, что я буду работать в магазине? В моей первой жизни, в России, это исключалось. Продавец в Академгородке считался человеком малообразованным, грубым и со всеми мыслимыми пороками, вытекающими из его привилегированного места в обществе связей.

Америка привлекала и пугала одновременно. Свекровь забрасывала письмами – ужасами о нелегкой работе нянь и санитарок (основные профессии доступные русским эмигрантам). Я же, по ее мнению принцесса, явно не годилась для этих работ. И я была с ней полностью согласна. Очевидно, испугавшись открывшихся перспектив, я бросилась в торговлю.

Меня, не тратившую на любую покупку и 10 долларов, определили в самый дорогой отдел самого дорогого Магазина. Цены привели меня в шок, а покупатели казались ненормальными. Вскоре, правда, произошла переоценка ценностей, и сотни долларов перестали меня пугать. Постепенно мое мнение в отношении моды и стиля стало для клиентов истиной в последней инстанции. Я отвечаю на вопросы, начиная от цвета колготок до вопросов о black and white tie events (особо торжественные мероприятия). Отвечаю со знанием дела, не побывав на white tie или фестивале в Каннах лично.

Надо сказать, у меня была неплохая подготовка в первой жизни к работе во второй.

Я любила тряпки и одевалась в соответствии с модой. Мой стиль оттачивался в условиях дефицита. Возможности были ограничены, фантазия – нет. "Бурда" ежемесячно поставляла идеи и выкройки, а дальше все зависело от собственного воображения. В ход шло все: от красивой ленточки с импортной коробки конфет до тонких канадских мешков из-под муки. Я была счастливой ученицей группы дизайна одежды Дома Ученых. Попасть туда было, все равно, что попасть в театральный институт, а ежегодные просмотры коллекций учеников шли при полных залах. Моделям могли позавидовать многие европейские дома мод.

В России мода менялась каждый месяц с приходом журнала «Бурда». В Америке мода спит или, по крайней мере, дремлет. Магазины здесь из года в год продают одни и те же фасоны одежды.

Дизайнерская одежда прошлых лет быстро переходит в vintage (раритет), и опять носи себе на здоровье. Любимое детище Америки – Сент-Джон (американская фирма одежды, в основном вязаные вещи), вообще вне времени и пространства, многие детали и фасоны кочуют из одного года в другой, поэтому Сент-Джон – капиталовложение. Купил раз – носи до смерти.

Краткое руководство к работе в Магазине

Шик, стиль, вкус

За свою жизнь я встретила не так уж много людей, обладающих шиком. Шик невозможно приобрести, он или есть, или его нет. Шик – это возможность человека чувствовать себя непринужденно, свободно смешивать дизайнеров, иметь свое особое отношение к моде. Моя клиентка миссис Кул – женщина с абсолютным вкусом, но без шика. Она слишком тщательно одета с ног до головы, включая малейшие детали. Цвета идеально подогнаны, детали сумки повторяют детали туфель, сережки совпадают с пуговицами блузки и т. д. Надо провести у зеркала целый день, чтобы достичь такого совершенства. Но в ее костюме нет полета, нет индивидуальности, легкой небрежности и фантазии. Про таких Вирджиния Вульф говорила, что за время, которое они тратят, чтобы одеться, можно выучить греческий язык. Но тут уж каждому – свое!

В России у меня было только две подруги, обладающие несомненным шиком, и я им завидовала. Мои подруги были разные как день и ночь, но обе обладали абсолютным нюхом на моду.

Ольга – красавица-брюнетка: короткая стрижка, огромные глаза, чувственно-припухшие губы и красивая линия носа. Фигура у нее мальчишеская, без округлостей бедер и груди, что-то типа Одри Хепберн. Она умеет завязывать шарфики только ей ведомым способом, соединять вещи просто и оригинально.

Сонечка – полная противоположность Ольге: если Ольга – сама элегантность, то Сонечка – сама экстравагантность. Вещи, которые она носит с легкостью, мало кто рискнет надеть. Ее наряды кричат: "Посмотри на меня, я не такая как все, второй такой нет!" И это правда, она – неповторимая экзотическая женщина: очень маленькая, худая, с громадной копной черных проволочных волос, очками в большой оправе. К тому же приятно картавит. Созданные Сонечкой туалеты – ее органическое продолжение. Ее анти-мода становится модой, что-то типа Москино, который тоже творил вопреки стандартам и правилам. Кстати, Москино принадлежит фраза: «Не можешь быть элегантной, по крайней мере, будь экстравагантной». Те, кто пытался носить созданные Сонечкой вещи, порой выглядели смешно, экстравагантные наряды отторгали новых владельцев и смотрелись как карнавальные костюмы, не более.

Итак, «Шик – это философия, способ жизни», как говорит дизайнер Голтье.

ПРАВИЛО. Нельзя слепо копировать кого-либо или что-либо. Надо играть с вещами, находить свой собственный способ их носить, принимая во внимание возраст, размер и индивидуальность. Можно просто потерять чувство стиля, слепо следуя направлениям моды.

Соня Рокуэл считает, что быть шикарной – это производить впечатление манерой надевать пальто, носить брюки. Скотт Фитцджералд описывает в «Великом Гетсби» способность героини носить вечерние платья как спортивную одежду, с небрежным изяществом, как будто сначала она научилась ходить по полю для гольфа бодрящим чистым утром.

Французские женщины неуловимо изящны, они смешивают одежду из разных ансамблей. Американки нуждаются в указаниях и правилах, как одеваться, женщины в Европе более раскрепощены в одежде. Американцы пытаются достичь абсолютно одинакового цвета у верха и низа, match – соответствие – магическое слово. Они не смешивают дизайнеров, боясь разрушить гармонию.

Совет Майкла Корса: «Если вы не очень привлекательны, носите потрясающие часы, дорогой багаж и черные очки». Так поступал Онассис.

« Во мне нет ничего особенного, на что стоило бы смотреть, единственное, что я могу сделать – одеваться лучше, чем другие», - вторит ему Виндзорская герцогиня.

Цвет

Color is like food for the spirit.
(Цвет – пища для души)
Isaak Mizrahi

Цвет – самая важная деталь. Это первое, что бросается в глаза. Иногда человек остается в памяти другого только благодаря костюму. Цвет должен оживлять лицо, добавлять свежесть и молодость.

ПРАВИЛО. Два, три цвета рядом с лицом всегда лучше одного. Контраст помогает, обостряет, украшает.

Черный цвет – любимый в Америке, не надо ломать голову, что и как сочетать. К тому же, можно затеряться в толпе, не выделяться. Белый цвет как раз, наоборот – для тех, кто хочет быть на виду. Надо сказать, многие женщины выглядят в синем или коричневом намного лучше, чем в черном. Все зависит от оттенка вашей кожи.

Когда мне плохо, моя защитная реакция – красный цвет или что-либо экстравагантное, так я борюсь с настроением. Модные сочетания цветов со временем меняются. У Чехова Наташа в "Трех сестрах" появляется в розовом платье с зеленым поясом, этим он подчеркивает отсутствие вкуса у героини. В наше время такое сочетание вполне приемлемо. Все течет, все изменяется, а мода и цвета тем более.

Домашние шлепанцы, юбка в блестках и рубашка-поло, малость оплывшая фигура, ну кто на такую посмотрит? Смотрят во все глаза, потому что волосы у нее пронзительного фиолетового цвета!

Детали

В выборе деталей туалета проявляется стиль человека, его особенности. Одна и та же белая рубашка, например, но, сколько разных способов ее носить.

Шляпа – магическая часть женского туалета, к сожалению, незаслуженно почти забытая. Женщина, надевшая шляпу, становится другой: меняется походка, появляется уверенность в себе, и в этом половина успеха. Надевая шляпу, будьте готовы к повышенному вниманию к себе. Не надо быть красавицей, чтобы покорять сердца мужчин, нужно соответственно вести себя, и шляпа Вам поможет. Незаменима шляпа в bad hair day (когда волосы в беспорядке), прекрасный focal point (основная деталь) и проблемы волос как не бывало. Летом я живу в шляпах и громадных черных очках, получается загадочный голливудский вид.

Когда-то я даже влюбилась в молодого человека, постоянно носившего темные очки, в них он был вылитый Кирк Дуглас: отлично сложен, волевой подбородок, рост. Но стоило ему снять очки, и появлялись маленькие, бегающие глазки неуверенного в себе человека, любовь исчезала, как не бывало!

Как-то у меня сломался каблук, и в продуктовый магазин я гордо пошла босиком, но в шляпе. В ней я чувствовала себя защищенной, ну и что, что без туфель?

Туфли – другая важная деталь туалета. Что касается меня – чем выше каблуки – тем лучше, люблю смотреть собеседнику в глаза, а не в другие части тела. И не я одна. Семьдесят два процента женщин носят высокие каблуки. Другой вопрос, сколько пар надо иметь? Чем больше, тем лучше. Туфли служат дольше, и нога отдыхает, если носить разную обувь каждый день. Туфли – наша платформа, и, конечно, лучше, если они удобные.

Если вам надо покорить мужчину, носите туфли Маноло Бланик. Не буду оригинальной и присоединю свой слабый голос к хору, воспевающему короля туфель.

Божественные Манолос – СПРАВКА. Маноло Бланик родился на Канарских островах в 1942 году. Отец – чех, мать – испанка, сам – гражданин Испании, живет в Лондоне. Туфли производит в Италии, а продает, в основном, в Америке. В детстве делал обувь букашкам и домашним животным. Любит кино, интересуется исключительно одной частью тела – ногами, часами может рассматривать каблуки, а затем рисовать их всю ночь, 3-5 раз в день принимает душ и столько же раз в день звонит маме на Канары.

Вот они его творения: все с остренькими носиками и тоненькими каблучками, легки и изящны как пушинки. Идут годы, меняется мода, а форма его туфель все та же – вечная красота классики. Появляются и исчезают новые имена, а он остается королем туфель. Его дворец обуви находится в Бате, недалеко от Лондона, сам Маноло называет его мавзолеем обуви. Все три этажа дома, все комнаты, ванные, коридоры, кладовки заполнены обувью, по одной паре каждого из его творений. Их у него тысячи: из шелка и парчи, кожи и сатина, с цветами, бусинками, с жемчугом и перьями, кружевами и брильянтами. Буду в Англии, обязательно заеду к Маноло Бланик в Бат.

Поклонницы сооружают специальные кладовки и чемоданы для своих сокровищ – туфель Маноло. Его туфли украшают Метрополитен Музей.

Чего о них только не пишут: "туфли Золушки", "украшение ноги", "его туфли женственны и сексуальны, но никогда не вульгарны". Мадонна считает, что они лучше, чем секс – удовольствие длится дольше. В показах мод, модели Каролины Херейры носят только Манолос, она говорит, что его туфли удлиняют ноги.

Я не устояла и теперь сама счастливая обладательница черных лакированных лодочек по имени Janeiro. (Все его туфли имеют имена). Если бы я могла, носила бы только Manolos.

В выборе деталей туалета проявляется стиль человека, его особенности. Одна и та же белая рубашка, например, но, сколько разных способов ее носить.

Основная деталь

Мысль "Less is more" (меньше значит больше) стара как мир. По мнению Софии Лорен, платье женщины должно быть как проволочная ограда: служить по назначению, но не заслонять вид. В костюме всегда должен быть focal point, что-то одно, особенное, к чему ты хочешь привлечь внимание: деталь туалета или аксессуар. Если это необыкновенная юбка, то верх должен быть очень простой. Вещи не должны соперничать, нужна гармония. Общих правил нет. В простом брючном костюме женщина может выглядеть лучше и сексуальнее, чем в открытом блестящем платье. Детали прекрасно могут трансформировать костюм: кружевная маечка, ожерелье, шарфик – и костюм становится вечерним.

Необходимое и достаточное

Французы считают, что маленькое черное платье необходимо. Присоединяю к нему хороший черный брючный костюм, белую рубашку и черную длинную юбку. Эти вещи-основы должны быть очень хорошего качества, на них не надо экономить. Мое правило: всегда покупаю дорогие дизайнеровские костюмы, а блузки и маечки к ним – дешевые – легко менять и выбросить не жалко. Но основа должна быть добротной: «Cut shows the money» (Покрой говорит о цене). Цена быстро забывается, а вот качество – надолго.

В Европе женщины, как правило, покупают одежды меньше, но лучшего качества.

В России женщины вполне могут появиться на работе в одном и том же наряде два дня подряд и даже больше. В Америке это немыслимо. Из любви к искусству, в России я носила каждый день новое платье, считалась модницей и исключением из общего правила.

Моя русская подруга путешествует по всей Европе и Америке только с двумя юбками: одна – для жары, и вторая – для холода. Вполне достаточно, с ее точки зрения.

Разная я

Будь гусеницей днем и бабочкой вечером…
Коко Шанель

Я люблю свои тряпки, я люблю быть разной. Ведь одеваться в одно и тоже, это как жить в одной комнате имея в распоряжении целый дом. Не помню, чья это мысль, но я полностью с ней согласна.

Платье для печали и радости, легкомысленное и серьезное. Одежда должна приносить радость, а не быть тяжелой необходимостью. Вы то, что вы носите. Хотите, чтобы уважали – одевайтесь соответственно, хотите обольстить – одевайтесь обольстительно. Носите то, в чем чувствуете себя прекрасно!

У каждой женщины в доме должно быть хотя бы одно зеркало в полный рост. Проанализируйте свою фигуру, спрячьте под одеждой ее недостатки и подчеркните достоинства.

Не оголяй

Никогда не оголяйте более одной части тела одновременно, иначе вы будете торчать из своего наряда. Кто-то сказал: «Никогда не показывай лучшее, дай им возможность пофантазировать».

«Твои платья должны быть достаточно тесны, чтобы показать, что ты женщина и достаточно свободны, чтобы показать, что ты леди". (Эдит Хэд)

Помада

Губная помада спасает при отсутствии времени. Черкни по губам и вперед, лицо не голое. Сознаюсь, это единственное, что можно увидеть на моем лице. Рыжие волосы и красная помада – вполне достаточно.

Духи

Духи могут сыграть опасную шутку, и пользоваться ими надо умело. Не советую душиться, если вы идете на интервью. У моей начальницы, например, аллергия на духи. Духи – это сигнал, и их надо применять по назначению: духи для вечера, для работы, для любви. Я помню, как-то нас в Магазине заставляли продавать новинку духи «Ангел» Терри Муглера. Я их терпеть не могла, у них дьявольский запах, и я не продала ни одного флакона.

Для первого свидания, духи лучше легкие, «невинные», например, Клиник Happy, а дальше, можно пробовать и другие.

Коко Шанель: « Невидимый, незабываемый, последний модный аксессуар, который объявляет о вашем прибытии и задерживает ваш уход». Это конечно о духах. Когда ее спросили, куда наносить духи, она ответила: «Там, где бы вы хотели, чтобы вас поцеловали». Коко Шанель четко делила жизнь на две половины: время для работы, и время для любви, и никакого другого. Одежда для вечера – это одежда для секса и любви, и духи должны соответствовать. Шанель номер пять – духи для любви.

И последнее самое главное правило моды – забудьте обо всех правилах моды.

Итак:

Жизнь коротка и большей частью сера. Мы одеваемся для себя, чтобы чувствовать уверенно и получать удовольствие. Мы одеваемся для других, чтобы привлекать взгляды мужчин и женщин, и это прекрасно. Dress to kill (убийственный наряд) – лучше не скажешь! Вещи заставляют, по крайней мере, что-то хотеть, когда ничего другого уже не хочется. Моя работа – работа врача, психолога, актрисы и модельера вместе взятых. В примерочной наступает момент истины... А ведь еще в тысяча девятьсот пятидесятом году платья Мэрилин Монро соответствовали нашему двенадцатому размеру!

Хождение по магазинам – это игра, это как интересное кино, прекрасный ресторан или отличный секс, с той лишь разницей, что есть, что показать...

Этим я руководствуюсь в своей новой «модной» жизни. В России я зачитывалась зарубежными романами. В них была настоящая жизнь, интересная как в кино, я приехала в Америку из любопытства, в поисках этой самой интересной жизни.

Мне сорок, и мне плохо. Я мечтаю сбросить десять килограммов, написать книгу, избавиться от злости, быть хорошей матерью и хотя бы сносной хозяйкой. Я проваливаюсь по всем пунктам без исключения.

Ненавижу жизнь с девяти до шести. С шести до одиннадцати я труп, мне все до лампочки, и не до высоких стремлений.

Я возрождаюсь по воскресеньям, чтобы разогнать пыль по углам трех этажей моего дома в первой половине дня, и заняться общественной жизнью во второй.

Итак, моя модная американская жизнь…

Те, которые в шляпах

Фотография классная — групповой портрет: четыре девицы и манекен, все в черном и в шляпах.

Рядом с манекеном миниатюрная Лили в изящной шляпке из черных перьев. Чуть пониже Кэт, Бесс и я. Кэт в шляпке полями вверх, вид лихой и дерзкий. Бесс — загадка, поля шляпы вниз и легкая улыбка. Белая шляпа закрывает мое лицо.

Осталась только я, нет даже манекена. Старые манекены заменили на «тетенек без головок», как сказала одна маленькая девочка. Заменить моих подруг оказалось еще легче...

Десять лет назад. Блондинка с ужасной химической завивкой и ужасным английским — это я. Ежедневные слезы и страх потерять работу. Менеджер — женщина-чудовище с любимой фразой — Fuck you! При ней три бездельницы преклонного возраста. Их рабочее время протекало в светской беседе. Дамы меня не замечали, а я старалась с ними не связываться. Ложь, притворство, сплетни, несправедливость и многое другое. Новенькие появлялись, чтобы исчезнуть. Им было из чего выбирать. Мне - нет.

Ушла и единственная подруга Катерина.

Катерина из Греции, говорила быстро, шепелявила. Мы с трудом понимали друг друга. Она обожала Гавайи, цветы и кошек. У Катерины — муж американец и сын-наркоман от первого брака. Катерина не нравилась дамам, а они — ей. Она ушла со скандалом, я осталась страдать в одиночестве.

Но Бог услышал.

Менеджер родила пятого, и опять мальчика. Маленькие круглолицые чудовища с хитрыми глазками требовали внимания.

На второй фотографии — вечер в ресторане.

Мими с глазами ракуна. Ее покусала любимая собака, сбесившаяся от безмятежной жизни.

Рядом со мной сидит веселая и пьяная Лиса. С Лисой легко, только не надо заставлять ее работать, она вся веселье и праздник.

На следующей фотографии Лиса от переизбытка чувств лежит на полу в позе снежного ангела – руки и ноги в разные стороны.

В Магазине Лиса не задержалась, вышла замуж, бросила работу и, веселясь, родила кучу детей.

А еще была красавица Рейчел. Эталон еврейской красоты: тонкая талия, красивая грудь, изящный носик и огромные глаза. Рейчел была небрежна в одежде и в отношениях с молодыми людьми. Она регулярно исчезала и выходила замуж. Надо ли говорить, что работа не занимала существенного места в ее бурной жизни. После очередного замужества, на ее место взяли Лили.

Лили, только что расставшись с мужем, сохранила с ним прекрасные отношения. Нередко на свидания с новым поклонником она ходила вдвоем с бывшим мужем.

На место веселой Лисы пришла Кэт, тоже только что получившая развод. Правда, расставаясь с мужем, она чуть не рассталась с жизнью. А вскоре появилась и Бесс, ее сократили из TWA. Бесс наивно верила, что работа у нас принесет ей деньги. Ей обещали. Вот так мы и встретились на мгновенье: избалованная Лили, эмоциональная Кэт, загадочная Бесс и я.

Все ушли… Фотографии остались…

Дорога на работу

Прабабушка моей знакомой приехала в Сент-Луис из Одессы. Она ехала по улице и плакала: из замечательного города попала сюда, где и города нет, а одни лишь фермы по обеим сторонам дороги.

Сто двадцать лет спустя эта дорога стала моей, моим маленьким миром, с трагедиями и радостями, происшествиями и неожиданностями.

Ферма осталась только одна, рядом с моим домом. Там живет М-р Хантер, кузен Президента Буша. С одной стороны дороги – поле, на котором пасутся исключительно черные коровы. Вид красивый, но печальный: гуляют, едят, чтобы в свою очередь быть съеденными. Только раз эту спокойную картинку нарушил молодой бычок, прыгающий по полю, задирая равнодушных коров.

Однажды, на закате солнца, посреди поля стоял гордый одинокий койот.

С другой стороны дороги – картина Шишкина. Увидеть можно только зимой, когда оголяются деревья. Озеро с маленьким мостиком, старые живописные деревья, и утки, прогуливающиеся на берегу. Щелкаю камерой, каблуки вязнут в земле, кажется, получилось, довольная сажусь в машину. Подъезжает служащий фермы, оказывается, стоять не положено.

Ферма огорожена невысоким белым заборчиком, и как в пьесе Вампилова, он постоянно сломан то в одном, то в другом месте.

Раньше я ехала здесь быстро, надеясь, что забор – препятствие для оленей. Ничего подобного, на моих глазах семейство грациозно перепрыгнуло ограду и оказалось на дороге.

А однажды у фермы гуляли два сказочных павлина. Моя подруга, неожиданно увидев павлинов в Оломоуце, закричала: «Смотри, жар-птицы!» Со мной произошло нечто подобное. Павлины, это тебе не индюшки, нагуливающие вес к празднику.

По сторонам дороги надписи: «Ехать осторожно. Коридор дикой жизни», и хоть движение и не быстрое, животные гибнут.

Олени – самое чудесное и самое опасное на дороге.

Не забуду: олень на сломанных передних ногах, его взгляд последней минуты прямо в меня, выстрел полицейского. Прибитая выстрелом, еду домой, как зомби. Взгляд оленя со мной навсегда.

Каждый раз при виде животных мое сердце замирает и радуется, они здесь, они еще с нами. Наблюдаю, как пять красавцев оленей не торопясь переходят дорогу, это их лес и дом тоже.

По пешеходной дорожке, по своим делам бежит лиса, не обращая на меня никакого внимания.

Шустрая белка выскочила на середину дороги, передумала и бросилась обратно. А вот гуси, те не торопятся, хорошо, если и водитель тоже.

Стою на светофоре, рядом Мерседес с интересным мужчиной, но меня больше интересует не он, а его попутчица. На переднем сидении гордо восседает дама-собака. Она, как и ее хозяин, с чувством собственного достоинства смотрит вперед, не отвлекаясь на всяких вроде меня. Зато на заднем сидении, вернее высунувшись наполовину в окно, едет чудесное легкомысленное коричнево-белое создание неизвестной породы. Собачка рада моему вниманию и вся в сплошном нетерпении, жаль не могу погладить, передаю любовь нежными взглядами. Боже, жизнь прекрасна и удивительна!

Лесная ленточка через город, вид с вершины дороги, ныряешь вниз, и впереди почти отвесная дорога вверх.

Зимой дорога – галерея деревьев, сбросив листву, они открывают душу, характер и особый, новый рисунок. У фермерского поля на обочине – три дерева, «три сестры», подрезанные сверху, они растут в ширину. Их ветки причудливо торчат в стороны и напоминают африканский пейзаж.

Дальше – поле, а совсем недавно еще был лес... Деревья обвязали ленточками, а потом срубили. Осталось только три, я молилась, чтобы увидеть их утром. Пока они здесь, правда, одно не проснулось весной, так и стоит голое, может, с тоски...

Снежной дорога бывает редко, один - два дня пушистой сказки. Успевай – лови мгновенье. А потом все исчезает и наступает время розово-белой дороги. Распускаются плакучие вишни. Две гордые красавицы с торчащими юбками-ветками, это их время показывать себя. А вот на этом удивительном дереве весной расцветают розовые и белые цветы одновременно. Трава на полянках весной светло-зеленная с темными тенями от громадных деревьев, так и манит остановиться и пройтись по свежему ковру. У обочины дороги другое чудо: колония белоголовых одуванчиков, как будто старательный садовник поработал, откуда такое количество? Одуванчик – цветок детства...

Вестминстерская Христианская Академия расцвела тюльпанами, а чуть дальше на пригорке – колония ирисов, ощущаю их тонкий запах.

Кусочек хвойного леса, на елку по железной лестнице взбирается маленький железный человечек, а маленькая железная девушка спешит к нему с подносом. Эти фигурки не всегда и заметишь, но я знаю, где их искать, все в порядке, Маленькая хозяйка по-прежнему торопится к любимому с кофе. Десять лет я считала, что она несет ему кофе, и только недавно разглядела, что это яблоко, совсем другое дело.

Дом спрятался за деревьями, а у дороги стоят-зазывают веселенькие металлические стулья – один красный, другой – зеленый.

А вот дом «коллекционера», он стоит боком к дороге, поэтому, чтобы лучше его разглядеть, подъезжаю к главному входу. Вокруг множество скульптур и фонтанов, причем без всякой системы и стиля. Обнаженные «итальянки», ангелы, зайчики, львы, гномики – все прекрасно уживаются вместе.

Этот «английский» дом – в идеальном порядке, около него хоровод маленьких карликовых деревьев, головки у всех одинаковые, кругло-подстриженные, у кустов – та же чистота линий, как по линеечке.

Каждый дом похож на своего хозяина.

Дорога постоянно меняется, уже стоят первые миллионные «теремки» на месте вырубленного леса. А у дома нашего соседа появился странный «пограничный столб» белого цвета, оказалось – новый почтовый ящик.

Закат на дороге – самый необычный и изменчивый из-за горок. Вот еще солнце парит в облаках и царствует над землей, а вот уже оно прыгает по верхушкам деревьям, а потом и совсем потерялось в них... И опять всплывает, чтобы упасть.

Иногда закат нежно-перламутровый как раковина, иногда – огненный, а то и просто – белый шарик в тумане.

Весенним вечером дорога – букет запахов: акации, сирени, яблони и других незнакомых.

Увлекающихся водителей вроде меня, в особых местах караулит полицейский. Я лихо подъезжаю с горки к светофору, ко мне в хвост тут же пристраивается полицейский.

От бензоколонки домой – налево, но какая-то страшная сила тянет прямо. Прямо – чей-то дом, а главное – бассейн, он-то и притягивает. Интересно, кто-нибудь когда-нибудь туда въехал?

Две черно-белые собачки играют в фрисби. Совсем как дети!

На полянке у летней школы в окружении детей стоит печальная лошадь. На ее коричневом боку белая надпись: It's real! Чего только не увидишь на моей дороге!

Предпоследний светофор у дома. Он висит красным яблоком на фоне черных ветвей деревьев. А если прибавить сюда закат солнца, красные фары машин, то картина завораживает. Как-то, на моих глазах здесь столкнулись две машины, одна сплющилась как детская игрушка, и пошел дым... К счастью, обошлось без жертв.

Субботнее утро: вереница велосипедистов, бегущие, идущие спортсмены, евреи в черном, девочки в длинных юбках, собачки выгуливающие хозяев. Пахнет свежескошенной травой. Я еду на работу.

Моя дорога ведет, по крайней мере, к пяти храмам, у каждого – свой храм, и общая дорога к нему.

Моя жизнь с девяти до шести

Ты что думала, в сказку попала?
Нет, ты в жизнь вляпалась.

«Если вы хотите купить носки за сто долларов, лучшего места, чем Магазин вам не найти», – шутка моего мужа.

Одно дело покупать носки за сто долларов, другое дело их продавать. Я занимаюсь вторым: работаю в самом дорогом отделе Магазина – кутюр. Работа не пыльная, но сволочная. Для нее нужны стальные нервы и спокойствие, у меня нет ни того, ни другого. Но я закаляюсь и постепенно становлюсь стервой, причем довольно удачливой. Мило улыбаюсь, когда очередная клиентка возвращает тряпок на две тысячи – результат долгого совместного труда. Иногда они уже малость поношенные и пахнут бывшей хозяйкой. Вежливо слушаю байки другой о ее роскошном гардеробе, включающем почти весь существующий Сент-Джон. Слушаю, где и когда она их купила, что и где носила. Я безнадежно провожаю взглядом потенциального покупателя и в душе посылаю клиентку куда подальше. Она этого не слышит и продолжает увлекательный рассказ. Удаляется, естественно, ничего не купив, зато пообщавшись с понимающим человеком.

Дышу глубже и считаю до ста в телефонную трубку, которая уже пятнадцать минут просит меня: " We appreciate your patience, stay on the line" (« Благодарим за терпение, оставайтесь на линии»). И я остаюсь. Рядом – нервничает покупатель и хорошо, если только один. Как правило, здесь действует закон «то пусто, то густо». Часами – никого, и вдруг все, как, сговорившись, появляются в одно время. Одному ищешь пропавшую после переделки вещь, второму срочно нужны брюки из другого отдела, третий ходит грозный, как туча – у тебя просто нет времени им заняться. Для полноты ощущений разрываются все телефоны. Час-другой, и опять затишье.

Я была сама невинность при поступлении в Магазин, открытая и готовая любить всех и всякого. Моя девственная улыбка постепенно растворилась. Хорошо, если лицо просто озабоченное, хуже, если оно злое.

После России работать в Америке трудно – другие правила игры. Противно то, что здесь обо всем докладывают начальству. Я никогда не пойду жаловаться, даже если на то есть причина, а они побегут. Результат – ты плохая, они – хорошие. В глаза – улыбаются, за спиной – говорят гадости. Делать нехорошие вещи при хороших манерах – большое искусство.

Не буду касаться некрасивых отношений между продавцами, писать о зависти, коварстве и других неприятных качествах, расцветающих пышным цветом в условиях, когда платят с продажи. Зачем? Бог всем судья.

Магазин просто скопление honey, nice, sweet (медовых, милых, сладких). Впрочем, Америка кишит ими. Суровый русский человек поначалу чувствует себя не в своей тарелке: нужно постоянно улыбаться и говорить комплименты. Как меня удивляли американские женщины, постоянно отмечающие мой туалет: то юбка моя понравится, то туфли. Не стесняясь, спрашивают, где и что купила. Привыкла и делаю то же самое.

Меня просто раздражало слово dear (дорогая), самое распространенное в Америке. И что же, оно стало моим словом-паразитом, само выпрыгивает из меня, ничего не могу поделать. Стоит компания, кто-то обращается ко мне, показывая на другую: «Правда, она сладкая?» Краснею и теряюсь, как так можно? Просто мечтаю ответить, что терпеть не могу сладких людей. Сладость переходит в приторность. Особенно мне «нравится» выражение «dollface» (кукольное личико). Так называет всех особ женского пола одна «дама, неприятная во всех отношениях». Первый раз, когда она так обратилась ко мне, я не знала, как реагировать, а потом, ничего, привыкла.

Пишут в открытке: какое удовольствие с тобой работать, а сами хватаются за голову от такой работы. Трудно, но надо принимать правила игры. При этом что-то теряется или мне это только кажется? В любом случае, как говорит моя подруга Кэт, у тебя всегда есть выбор: быть улыбающейся Сю или жалкой Эни.

Я изобрела для себя игру: приходя на работу, надеваю маску Лин. Лин – это ангел, работающий в моем отделе, добрейшее, милейшее, очаровательнейшее создание. Жить было бы намного легче, если бы все вокруг были как Лин. Она в прошлом учительница, с мягким, приятным голосом, не обидела ни одного создания в жизни. Лин – мой идеал, и я стараюсь на все реагировать, как реагировала бы она. Иногда помогает, и, оказывается, быть приветливой намного легче, чем распускать нервы. Итак, я – Лин.

С неба звездочку достану...

Наш Магазин обслуживает high-end customers (богатых покупателей). Основная задача – найти для клиентов самое лучшее, что существует в мире, вещи не всегда необходимые, но пробуждающие желание их иметь. К каждому Рождеству появляется книга Магазина с мыслимыми и немыслимыми подарками. Так, в шестидесятые годы женщина купила в подарок себе и мужу двух верблюдов. Ходят слухи, что один жив до сих пор.

К нам приходят не из-за нужды, а за желаниями, красотой и роскошью, при этом цена часто не имеет значения.

Как насчет того, чтобы слетать в Париж к Валентино? Выпить с ним шампанского и поболтать о погоде и моде? А на следующий день Валентино собственноручно сделает вам примерку своего шедевра? Кстати, на последнюю примерку он может прилететь к вам в Америку или куда вы пожелаете. Зато у вас будет платье единственное и неповторимое от самого Валентино. Стоимость подарка всего триста двадцать пять тысяч.

Есть достойные подарки и для мужа. Например, рыцарский костюм пятнадцатого века. Причем он будет сделан точно по вашим меркам, представляете, как костюмчик будет сидеть? В таком не стыдно показаться, правда, не знаю где. Чтобы соответствовать духу костюма, к нему прилагаются два урока фехтования. Стоит это, по сравнению с платьем Валентино, сущую ерунду – всего двадцать тысяч. Но как приятно ввернуть в разговоре, жена, дескать, костюмчик рыцарский купила.

Чуть больше миллиона обойдется батискаф для наблюдения за морской жизнью. Напрыгался там наверху, залез в собственную субмарину и наслаждайся покоем и сравнительным одиночеством дна морского. Любящие супруги, несомненно, заинтересуются этим подарком. Ну, а если есть любовница, так это просто чудесный подарок, и такой романтичный!

Если же вы или ваш супруг любите путешествовать, то вам просто необходим Airpass membership. За три миллиона лети, куда и когда угодно, можно потом вообще уже ничего не делать, а только летать. Завтрак – в Париже, обед – в Милане, ужин – в Москве. Дух захватывает от такой пожизненной возможности.

Предложения Магазина широки и разнообразны, и нет предела фантазиям. Были бы деньги.

Службы

Театр начинается с вешалки, а с чего начинается Магазин? У нас – с лифта. Наш лифт поднимает клиентов из гаража на первый и второй этажи. Я работаю на втором. Лифт знаменит тем, что он самый медленный в мире. Поэтому я сломя голову бегу и ору: « Подождите, пожалуйста!», если вижу, что лифт прибыл. Покрытие в лифте меняют ежемесячно, а оно все равно грязное.

Лифт величаво плывет вниз, я молю, чтобы не остановился на первом. Остановился – никого. Едем дальше, даст бог вниз.

Входит жеманная девица с молодым человеком, спрашиваю, куда им надо. Неопределенно показывает наверх, доезжаем до верха, вежливо пропускаю ее вперед, нет, ей надо выше, очевидно, на небеса. А вот другая ненормальная, едем с ней вниз, на каждом этаже она выглядывает и едет дальше. Я выхожу на первом, забираю вещи, возвращаюсь, вызываю лифт, и, о боже, меня встречает все та же выглядывающая ненормальная.

Внизу располагаются: alteration, delivery, security (ателье, доставка, служба безопасности).

Alteration – ООН в миниатюре, объединяет и почти не организовывает, между членами этого многонационального коллектива постоянно возникает множество проблем. Объединять же, по существу, некому. Начальство в постоянном поиске менеджеров для этого трудного участка. И не успею я сработаться с одним, как он уже исчез, и я начинаю все сначала. Каждый новый мечтает все переменить и всем доказать – в корне неверный подход. Люди боятся больших перемен, даже если они во благо. Во всем нужна постепенность и особый подход к каждому. Коллектив довольно стабильный, большинство здесь лет по пять и дольше. В отделе работают в основном женщины: русские, польки, итальянки, югославки.

Проблема менеджера – трудно быть хорошим одновременно и для начальников и для подчиненных. Проигрывает и тот, кто хорош для первых и тот, кто хорош для вторых.

Как-то в стороне от моей теории стоит случай с Ямайским Остапом Бендером. Его звездный путь начался в Детройте, мимоходом он на год осел у нас, чтобы затем с триумфом обосноваться во Флориде, что, несомненно, было лучшим вариантом при его Ямайских корнях. Он высок, строен и недурен собой, к тому же свободен. Его внешность, я думаю, и есть секрет успеха, так как профессиональная сторона отсутствует. Шить он не умеет совершенно, но как показывает жизнь, ему это и ни к чему. В экстремальных ситуациях, вооруженный двумя лучшими портнихами, он появляется в комнате разгневанной клиентки, подобно чернокожему ангелу с обворожительной улыбкой, кучей комплиментов и обещаний. Как доктор ставит диагноз и выносит приговор: «Я ваш покорный слуга, и все будет переделано под моим контролем". Женская душа не может устоять, клиентка краснеет, бледнеет и больше не возникает. Он мастер по женской части, причем возраст и габариты дамы не имеют ровно никакого значения. При первом знакомстве со мной он тут же поинтересовался моим семейном положением и, узнав, что я замужем, потерял интерес.

Женщины кормят, поят и делают ему дорогие подарки, себя самого он считает лучшим подарком в их жизни. Он хорошо выглядит и говорит только то, что хочет слышать начальство. Прямо по закону Мэрфи: «Унция внешнего вида стоит фунта исполнения».

Отчеты и цифры свидетельствуют о выдающейся работе и небывалых организаторских способностях.

Лана – лучший мастер отдела, русская. Она смотреть не может, что вытворяют ее коллеги с пиджаками и платьями: «Полочку надо перевернуть, а они зад поднимают на х... Неужели не соображают, что все тянет? Они наляпают, а мне за них перешивать".

Моя верная подруга в alteration – Мими, женщина-кентавр, основная ее часть – гладильная доска, за которой она проводит весь день. " Hello!" (Привет!), – кричу я ей, и слышу в ответ: "Fine!" (Прекрасно!) На вид ей лет семьдесят, черная. Меня предупреждали, что она очень строгая и не терпит никаких просьб. Мне же она ни разу не отказала, ни в чем.

С одной из первых я познакомилась с Марго. Проблема Марго – у нее нет задних мыслей - все передние, и, к сожалению, не совсем приятные. Для Америки явление редкое – здесь все имеют кучу задних мыслей, отличных от передних. Но Марго – югославка моего возраста, ее сын живет в Голландии, и она подумывает о переезде в Европу. "Ты кто и где работаешь?", - поинтересовалась она при первой встрече. Услышав ответ, чистосердечно удивилась: "Ни языка, ни внешности – и в кутюр, а мою подругу с языком, внешностью и не взяли". Я застыла от такой наглости, в отношении своей внешности никогда не комплексовала. Вообще, здесь не театр, и, причем здесь внешность?

Проблема отдела alteration в том, что квалификация портних очень низкая. И как везде, лучшим из них приходится хуже всего, никто не любит людей, которые делают что-то лучше других. Получать все хотят одинаково, но работать одинаково хорошо не могут. Две русские портнихи – самые знающие, остальным бы у них поучиться, а не распускать слухи о русской мафии. Конечно, я хочу для своих клиентов лучших мастеров, и мне глубоко плевать русские они или китайские. Я придерживаюсь Джорджа Оруэлла: «Все люди равны, но некоторые равны больше».

Напротив мастерской – shipping and receiving, другая головная боль. Как сделать, чтобы все отправлялось и получалось вовремя, я не знаю.

Есть люди, чья оригинальность и неповторимость на виду. Есть же люди как орехи, расколешь – и только тогда узнаешь. Если описать Руди одним словом, это будет слово «незаметный». Он тихо говорит, мягко движется, человек вроде есть, и вроде нет. Однажды я с ним разговорилась. Придя к нему с очередной проблемой, я, как всегда, поливала свою работу. Руди же проникновенно заметил, что любит свою и буквально дня не может без нее прожить, поэтому работает без выходных и без отпуска, чтобы не скучать! А дальше я узнала о тяжелом, одиноком детстве мальчика, который был не такой как все, особенный. Ему за пятьдесят. Мать растила его одна. Он до сих пор не может забыть маленьких детей, испортивших ему детство. Руди не нужна семья. У него есть черный друг, с которым он живет. Коробки, посылки, разгрузки, погрузки – вот его семья и радость в жизни.

Внизу же располагается visual display (оформительский отдел). Моей первой работой в Америке была работа в таком же отделе в Сирсе, магазине для среднего класса.

Наиболее интересным «кадром» этого отдела, безусловно, является Хевенли (Райская). Вот уж, где имя совершенно не соответствует человеку. Во-первых, Хевенли черноволосая и худая, с горящими, почти ненормально-выпученными глазами и скорее может сойти за представителя ада. Во-вторых, она нелюдима и, очевидно, предпочитает иметь дело с предметами, нежели с людьми. Я с удивлением узнала, что живет она с матерью, и уже лет десять как у нее есть любовник. Одета она всегда в длинную широкую юбку и просторную рубаху-блузу. Иногда на шее болтаются странного вида амулеты. Вид – богемно-хипповый. Ее черные волосы, как правило, заплетены в две тонкие косички. Она напоминает мне бедную еврейскую девушку конца девятнадцатого века.

Другой яркой индивидуальностью был Ник. Но Хевенли и Ник не могли долго существовать вместе, в одном отделе. Ник сверкнул, как комета, и исчез с горизонта Магазина вместе со своими сумасшедше-талантливыми идеями. У Ника – квадратное лицо, а кожа – гладкая и чистая, как у младенца. Двигался и говорил он как-то округленно, мягко, и, как большинство мужчин в Магазине, был геем. Вершиной его творений стал песочный стол с разными морскими украшениями на нем. Выглядел стол впечатляюще, правда, желания есть за ним, не возникало. Короче, «младенец» ушел, а «райская» осталась. Ник появился в Магазине года через два в новом качестве – консультант по организации торжеств. За это время он приобрел животик, лишился волос, а джинсы сменил на костюм.

Служба по уборке Магазина. В основном убирают Магазин мексиканцы, менеджер отдела – американец Ден. О его должности я узнала совершенно случайно, мне стало интересно, почему он выбрал себе эту работу. Я постоянно вижу, как он собирает мусор или вкручивает новые лампочки. С виду он похож скорее на учителя или инженера, всегда прилично одет, в очках и вроде бы вполне образован. Он занимается уборкой двадцать лет и любит свое дело. Его компанией владеет мой клиент, который покупает у меня подарки жене и вид у него вполне респектабельный. А начинал он, оказывается, точно так же как Ден, был менеджером в Магазине, сейчас же он руководит бизнесом по уборке крупнейших магазинов по всей Америке. Ден пытался доказать мне, что в его работе много невидимого для других людей, и она намного сложнее, чем кажется на первый взгляд. Я не могу ему не верить, но, главное, он счастлив тем, что имеет.

Ресторан – больное место Магазина. По идее он должен быть доходным или, по крайней мере, не убыточным. Какие только эксперименты с ним не производят! Сделали ремонт и придали ему современный вид, не помогло. Вернули старое имя, в надежде, что это поможет. Главный повар, он же и менеджер в одном лице, не умеет ни готовить, ни управлять.

«Суп дня» иногда тянется неделю, очевидно, за день не съедают. Пошла я как-то с клиенткой на обед, заказала салат из курицы. Обычно к нему подают в наборе суфле и фрукты. Каково же было мое удивление, когда на тарелке оказалось две горки почти одинакового салата – один куриный, другой – картофельный!

В ресторане я обедаю редко, в основном с Джули. Это называется бизнес-ланч, и я за него не плачу. Мне жалко тратить десять долларов в день, лучше принести ланч с собой. Но здесь другая проблема: утром я смотреть не могу на еду. Усилием воли беру что-нибудь из дома. Часов в двенадцать мне хочется есть, и вот тогда я с сожалением вспоминаю курочку, зажаренную на гриле. Ну почему я не взяла ее с собой? Вместо этого печенье, шоколад и черешня, прямо скажем, еда несерьезная. Тутси, вполне обеспеченная особа, питается только в ресторане за стойкой бара, предварительно разбросав записки о своем местонахождении по всему отделу. Бесс пытается быть экономной, но это ей не очень удается. Лили обедает во всех ресторанах торгового центра поочередно, чтобы не приелись.

Я ознакомилась со всеми шедеврами нашего повара. Раз в год устраивается специальный ужин для лучших продавцов Магазина в торжественной и красивой обстановке. Вкусно бывает то, к чему не прикасалась рука повара – красная рыба, икра, изысканные сыры и так далее. Всё остальное невыразительно по вкусу или подгоревшее. Моя американская подруга, призналась, что куда с большим удовольствием съела бы простой кусок мяса, чем эти безвкусные дорогие блюда. Итак, готовить он не умеет, с подчиненными не церемонится, но он здесь хозяин.

После статьи в газете о ресторане, в Магазин позвонили с вопросом, поменяли ли в ресторане мебель, так как старая была неудобной для долгой игры в карты(?)

В ресторане противный, скользкий пол, я раза два чуть не шлепнулась, теперь хожу на цыпочках, осторожно.

Итак, структура Магазина – обычная пирамида. Сверху – менеджер, на него – самое большое давление, которое он сбрасывает вниз на менеджеров отделов, а те в свою очередь – на продавцов. Короче, стресса хватает всем, но в разных объемах. Каждый день – план, каждый день, как последний, надо продавать все возможное. И очень редко начинают бегать по отделам и просить ничего больше не продавать – план сделан, лучше оставить на завтра.

Мы все считаемся семьей, по крайней мере, нам любят об этом напоминать. Общее то, что сослуживцев, как и родственников, не выбирают. Семья очень требовательна и хочет подчинить тебя полностью, дни сливаются в один нескончаемый день. Получить заслуженные три недели отпуска сразу – практически невозможно, Магазин неохотно расстается с тобой на такой длительный срок. Постоянно что-то требует твоего присутствия: показы коллекций, распродажи, дни дизайнеров и т.д. и т.п.

Магазин как красивая женщина привлекает и заманивает. Ваше время будет, прежде всего, его временем, а деньги, которые он вам заплатит, скорее всего, вернет обратно. Молодые, и не очень продавцы, как правило, хорошо одеты, накрашены, и излучают счастье. Их жизнь проста и прекрасна среди этих роскошных вещей. Они порхают на высоких каблуках и ласково улыбаются, они носят украшения Джона Харди и Дэвида Юрмана, сумки Луи Виттона и Гуччи, очки Шанель и туфли Прада. О чем еще можно мечтать?

Девушки, работающие в Магазине, в основном с университетским образованием. У многих вполне определенная цель — выйти удачно замуж, бросить работу, заняться благотворительностью. У других на уме карьера. При поступлении в Магазин им обещают сладкую жизнь и большие возможности. Со временем девочки понимают, что платят им слишком мало, а хотят слишком много. Деньги приходят далеко не сразу и не во всех отделах, и многие покидают Магазин в поисках лучшего применения своего образования и таланта.

Законы Магазина

Туалет закрывается на чистку именно тогда, когда у тебя появляется минутка для него.

Покупатели приходят все разом, когда ты садишься поесть. Появляется легкое чувство голода. Я с вожделением вспоминаю о бутерброде. Не бутерброд, а калорийная бомба. Я физически ощущаю колбасный запах. Вот тут-то и появляются покупатели. Бегая между примерочными, успеваю откусить кусок божественного бутерброда, и бросаю его до следующего удобного момента.

Ни души, в это страшное время я трачу деньги сама. Я бегу примерять тряпки. Нахожусь в сложном процессе переодевания – на мне пышная бальная юбка, а из-под нее торчат китайские вышитые брючки. Меня требуют немедленно два клиента, выбегаю посмотреть – кто. Дверь захлопывается, и я мечусь в странном наряде в поисках запасного ключа. Дико извиняюсь перед клиентами, и заодно продаю юбку, надетую на мне.

Праздники типа Labor Day (День труда) в обиходе называются red, blue and white days (красные, голубые, белые дни), потому что в эти дни большинство покупателей: red - red necks, white - white trash, blue - blue collar workers («Красные шеи», «белые отбросы» и «голубые воротнички» – работяги). Они в основном не покупают, а глазеют и удивляются ценам.

Общих правил для появления покупателей в Магазине нет. Плохая или хорошая погода сама по себе ничего не значит. Какие-то более могущественные силы природы управляют всем этим.

Как отличить дорогой магазин от дешевого? В дорогом (у нас) летом очень холодно, а зимой очень жарко. И еще – в Магазине круглый год неповторимые композиции из живых цветов.

Расходы работников Магазина стремятся сравняться с доходами. Надо иметь железную силу воли или равнодушно относиться к вещам, чтобы работать в Магазине.

В Америке важно не, сколько ты потратил, важнее, сколько ты сэкономил.

В моем отделе висит громадное оранжево-желтое полотно, одно из тех произведений искусства, которое, казалось бы, нетрудно нарисовать самой. В нем что-то видят и интересуются, где можно купить подобное.

У Магазина – стеклянный купол, посмотришь вверх – видишь небо и погоду на улице. Облака иногда плывут быстро-быстро, а иногда стоят – замирают. Самолет пролетел, какая-то большая птица... Люблю, когда дождь барабанит по куполу, с ним ко мне приходит поток небывалой энергии.

Как-то на купол приземлились два гигантских грифа, черные с красными голыми головами. Когда они взлетали, громадные тени появлялись на стекле. Я, конечно, бросилась за фотоаппаратом, не успела.

Правила торговли

- Покупатель всегда прав, даже когда неправ.

- Продавец всегда счастлив при виде покупателя, даже если тот возвращает товара тысяч на пять.

- Продавец с радостью принимает товар назад (материться будешь потом, наедине с собой), а так, глядишь, совесть клиента замучает, и он купит что-нибудь еще.

- Продавец должен помнить имена клиентов и обращаться к ним так, как они того пожелают.

- Покупатель приходит к тебе, чтобы высказаться самому, и очень редко, чтобы послушать тебя.

- Замечай и отмечай. Клиент одевается для тебя как для эксперта. Не заметить и не похвалить было бы ошибкой.

- Продавец должен иметь вкус, сначала он продает свой внешний вид.

- Старайся не спорить с покупателем о размерах, он знает лучше тебя, и не спрашивай, как он туда влезет.

- Изучай, наблюдай и записывай факты жизни, привычки и вкусы клиента.

- Не сокрушайся по поводу огромной груди клиентки, не входящей ни в один жакет, она может быть купленной.

- То, что тебе нравится больше всего, не на распродаже.

- Если туфли удобно сидят, то, скорее всего уродливые.

- Забудь о праздниках и нормальных отпусках, они не для тебя.

- По-английски звучит красиво: Fake it until make it (Притворяйся, пока не достигнешь цели)

- Покупатель, тратящий меньше других, возникает и недоволен больше других покупателей.

- Улыбайся – завтра может быть хуже

- Улыбайся – завтра может быть лучше

- В другом магазине работать всегда лучше

- Бесплатных обедов не бывает

- Не высовывайся, не критикуй и во всем соглашайся с начальством o Спокойствие, спокойствие и еще раз спокойствие!

Положительные стороны работы в Магазине

o Работа непыльная в буквальном смысле слова.

o Работа обязывает прилично выглядеть каждый день.

o Знаешь и видишь все лучшее, что появляется на рынке.

o Встречаешь интересных людей.

o Получаешь подарки и деньги от фирм-производителей за хорошую работу.

НОТ

НОТ – национальные особенности торговли. Разные нации покупают по-разному. Просматриваются интересные особенности – русские продавцы не хотят иметь дело с русскими покупателями, иранские – с иранскими, а китайские – с китайскими. Все находят своих соотечественников сложными покупателями. Не могу ни согласиться.

Так, мне в наследство от моей подруги-иранки досталась ее подруга-иранка. Она приходит еженедельно, набивает примерочную кучей тряпок. Один мой профессиональный взгляд, и я вижу, что ничто ей не подойдет. Пытаться помочь бесполезно, у нее свой взгляд на вещи и на себя. Я забываю ее в примерочной иногда на час. Обычно она появляется с трагическим видом – ничего не подходит. Минут пятнадцать я вычищаю после нее комнату, употребляя про себя не совсем приличные слова. Иногда она просит что-нибудь отложить. Я обещаю, но не делаю, все равно не купит. По крайней мере, за два года нашего с ней "сотрудничества" этого еще не случилось.

Самые трудные покупатели – восточные. У них всегда много вопросов и желание получить скидку или хотя бы подарок. Если им повезет с подарком, то они непременно попросят второй. Они готовы открыть хоть десять новых карточек, если им дадут скидку. Выбирают долго и тяжело, а когда выберут, начинается второй раунд – получение бесплатного alteration. Русские – особая группа покупателей, взращенная в условиях социализма, закаленная в битвах за дефицит, привыкшая доставать, а не покупать. Другой мир – другие правила игры. Большинство русских любят вещи и знают в них толк. В России мы отдавали месячную зарплату за флакон французских духов. Мы привыкли жить не по средствам. Здесь мы тоже хотим иметь лучшее, даже если не можем себе этого позволить. На очередную вечеринку покупается дорогое платье и туфли. На следующий день они вернутся в Магазин, часто пропахшие потом и сигаретами. Зато она была самой красивой и богато одетой в то, что ей не принадлежит. Ей, к сожалению, не принадлежит и дом за миллион, и машина Ягуар, но с этим приходится мириться. А с тряпками так легко, бери на прокат и носи на здоровье, причем и прокат бесплатный.

Еще одна неприятная группа покупателей – это бывшие продавцы Магазина. Как-то очень быстро забывают они о своих прошлых мучениях и страданиях, и с удовольствием начинают в свою очередь мучить других: раскидывают тряпки в примерочной, возвращают купленное, иногда ношенное, заказывают вещи, которые видели только на картинках, и, конечно, они им не подходят. Требуют найти платье, которое давно продано, короче, одни хлопоты.

Краткий словарь любимых выражений:

«Whatever makes you happy» (делайте так, чтобы быть счастливыми или как Вам нравится) – моя любимая фраза, употребляется во всех случаях жизни и говорит о легкости моего характера.

«Nobody needs anything here» (Никому ничего здесь не надо) – О товарах нашего Магазина.

«Don't buy because it is cheap, buy because you could not live without it» (Не покупай, потому что это дешево, покупай - потому, что не можешь без этого жить) - О товарах на распродажах.

«It is not about me» (Речь не обо мне) - когда покупатели пытаются переложить ответственность за покупки на меня.

«What the hell?» (Какого черта?) – обычная реакция на всё происходящее в Магазине.

Слова-паразиты: dear, beautiful, whatever (Дорогая, красавица, все равно)

Модные болезни

Меньше всего будешь подозревать в воровстве пожилую уважаемую женщину, организатора благотворительных вечеров, тратящую немалую сумму в год на свои туалеты. Она ждет меня, сидя за столом, я пробиваю ей жакет за тысячу долларов. На столе три яблока. Яблоки в орехах и в меду – двенадцать долларов штука. Возвращаюсь с ее покупкой, она как-то торопливо убирает от меня свою сумку, и я могу поклясться, что вижу яблоко! Но как я могу даже подумать об этом? На моем столе два яблока... Лет через пять шеф охраны скажет, что она крадет и давно у них на заметке!

Миссис Вол поначалу только раздражала меня своими манерами. Она – типичный представитель импульсивного покупателя. Ее страсть – блестящие вечерние жакеты а-ля Пресли и украшения. Надо отметить, что бог не дал ей ни фигуры, ни роста, так что толком на ней ничего не сидит. Она скупает вечерние наряды, но носить ей все это некуда. Чтобы купить что-нибудь новое, она приносит назад костюм двух-трехлетней давности. Ей всегда хочется получить что-нибудь даром. Так, если дашь ей подарок, она пытается получить второй. Если где-нибудь в Магазине дают бесплатную еду и выпивку – она тут как тут, поест на месте и еще заставит принести еду в примерочную и обязательно постарается унести что-нибудь домой. Если устраивается обед за столиками с цветами, она прихватит цветы. В примерочную миссис Вол приносит кучу тряпок, мы их не считаем. Ее поймали внизу, в молодежной одежде, где она стащила маечку за девяносто долларов. Я сомневаюсь, что она смогла бы даже натянуть ее на себя, просто по привычке попыталась прибрать то, что плохо лежит. Не прошло и месяца, как она снова пришла в Магазин, как ни в чем не бывало.

Итак, их портреты украшают разделы светской хроники, и их же портреты хранятся в каждом отделе, чтобы продавцы знали, с кем имеют дело.

Недавно наткнулась в интернете на статью «Искусство воровства в магазинах». И пока ученые решают, что же такое воровство – болезнь или преступление, автор статьи объявляет это искусством. Автор, Робин Гуд капитализма, проповедует старые идеи о перераспределении богатства путем воровства. Такое вот маленькое руководство – введение в искусство воровства, которое, с его точки зрения, заслуживает широкого распространения в массах. Иногда, кажется, что мир сошел с ума. Но нет, автор серьезен, и мне, как никому другому, понятны и известны его основные методы.

1. Воры бывают разные

Идя на дело, автор призывает надевать, что пожелаешь. Тут он совершенно прав, воруют дамы черные и белые, старые и молодые, в рваных джинсах и в костюмах Шанель.

Тридцать первое июля – последний день года в Магазине. Утром на собрании шеф охраны просит помочь поймать одного преступника, очевидно, для выполнения плана. За помощь предлагает приз в пятьдесят долларов и процент от сворованного. Бог жестоко посмеялся над ним. Тридцать первого июля черный мужчина подхватил сумок десять Гуччи и исчез, благо отдел сумок как раз на выходе.

А вот эта элегантная дама очень нуждается в перчатках, правда, все не может выбрать нужные. Очевидно, устав, она незаметно опускает пару перчаток в раскрытую сумку. Подумав и изучив обстановку, добавляет другие и удаляется.

В одном из наших магазинов лет двадцать промышляла всем известная дама, ее фотографии были во многих журналах. Она приходила, покупала один костюм и два-три других прихватывала бесплатно. Продавцы просматривают журналы со светской хроникой, и естественно, стали интересоваться, где же дама покупает свои наряды. Короче, все тайное становится явным.

2. Автор рекомендует следить за продавцами и камерами слежения

Многие так и делают, что заставляет опытных продавцов быть начеку. Когда нам показывают съемки воров в действии, видно, как они шарят глазами по потолку в поисках камеры и тем самым фотографируют себя. Эксперт призывает широко использовать примерочные. Я вспоминаю свое первое знакомство с этой проблемой. Клиентка принесла в примерочную кучу купальников. Один ей, очевидно, подошел, потому что она ушла в нем, оставив сиротливую вешалку.

3. Обмен одного товара на другой

С этим искусством я столкнулась первый раз, работая в Сирсе. Отдел нижнего белья был в углу без хозяина, маленький рай для воров. Короче, бюстгальтеры мы почти не продавали, зато в больших количествах меняли их на более нужные в хозяйстве вещи – отвертки, кофеварки и так далее. Виной всему правило: если ты хочешь вернуть что-либо без чека, ты можешь только обменять эту вещь на что-либо другое. Было впечатление, что мужчины этого города покупают в подарок женам исключительно бюстгальтеры и, конечно, неправильного размера.

4. Взять пустой пакет с чеком старой покупки и своровать тот же самый товар.

И с этой нехитрой техникой я хорошо знакома. Недавно пришел конец деятельности одной из таких дам, ей было запрещено появляться в Магазине под угрозой ареста. Лет десять наблюдали за ее махинациями со сменой этикеток с ценами, сдачей сворованных товаров по чекам от других товаров, но поймать ее с поличным было трудно. Правда, к моменту ее задержания она имела внушительное досье, и ее портреты красовались во всех подсобках Магазина. Кто-то рядом повесил ее портрет с какого-то благотворительного бала в обнимку с персональным продавцом Магазина. Цирк, да и только!

5. В заключении автор дает нужные советы, как себя вести, если вас задержали.

Они (воры) следуют этим советам: врут, плачут, клянутся и молят. Проходит время, и они попадаются опять.

Для некоторых эта зависимость, то же самое, что для других наркотики, алкоголь или секс.

Клептомания – страсть к овладению вещами, в которых нет нужды. Что же это – болезнь или преступление? Если это болезнь, то, как отличить действительно больных от мнимых? Исследования показывают, что болезнью страдают только пять процентов, в основном женщины среднего возраста.

В чем причина поведения, которое разрушает жизнь людей, их семью и карьеру?

Тэрри Шульман, юрист из Детройта, организовал общество анонимных воров, пытаясь понять, что толкает людей и как можно избавиться от этой зависимости. Дело в том, что Шульман сам страдает клептоманией. Лечение ему не помогло, он подвергается искушению каждый день и боится, что оно не исчезнет. Причины своего поведения он видит в ранней смерти отца-алкоголика.

Признание клептомании болезнью дает лицензию на воровство. Воруют – это вина врачей, а не воров. Работая в торговле, каждый день встречаешь людей с какими-то отклонениями, нас призывают относиться к ним снисходительно, как к больным.

Вот появляется миссис К. Она приходит уже в третий раз, перемеряет все костюмы, принимает решение и уходит с покупкой. Но я-то знаю, что скоро увижу ее опять. Она разочаруется в костюме и вернет его, купив другой. Но нет никакой гарантии, что и этот костюм она не принесет обратно. Вот так и живем, покупаем, возвращаем, меняем. Она зовет себя «pain in the ass» (боль в заднице) и недалека от истины.

Года три подряд в Магазин приходила странная покупательница, ее интересовали только кашемировые свитера, причем, они должны были быть совершенно новые, в пакетике. Она носила самый большой размер, и его часто приходилось заказывать в других магазинах. Платила она всегда наличными, телефона не оставляла. Как потом выяснилось, жила она в ночлежке, но при этом была очень брезгливая, и не хотела, чтобы кто-нибудь до нее мерил свитер. Она ходила вокруг этих свитеров и смотрела на них с вожделением, как только появлялись деньги – покупала новый, девственный в пакетике.

Магазины – это лучшее лекарство от депрессии. Есть большая категория людей, буквально живущих в Магазине, но никогда ничего не покупающих. Это явно больные люди, мне бы их время! «Плохо себя чувствуешь, засыпаешь за рулем, ну поезжай в магазин – встряхнись! Отведи душу, накупи туфель, тряпок там разных...» – поучает муж мою знакомую. «Сдать-то назад всегда можно», – не забывает добавить.

Самые ненормальные покупатели – коллекционеры. Девять часов утра, Магазин открывается в десять, но у дверей очередь, как в России в старые времена. Это коллекционеры, приехавшие со всех концов на встречу с Патрисией Бин. Она делает елочные игрушки, с моей точки зрения, ничего особенного, но американцам нравится. Они говорят все разом, сметают с полок эти далеко не дешевые игрушки. Зал полон, за автографами – очередь, настоящий муравейник! Восемь тысяч игрушек продали в минуту. Коллекционеры – счастливые люди, они любят хотя бы эти бьющиеся маленькие сокровища, а любовь прекрасна и приносит счастье. Они часами могут рассказывать об удачной покупке Деда Мороза образца тысяча девятисотого года в отличном состоянии.

Покупают, чтобы отпраздновать что-нибудь, покупают – когда грустно, покупают – когда одиноки и когда поссорились с мужем... Покупают, когда в отпуске и когда распродажи... Иногда страсть к покупкам перерастает в болезнь, и тогда люди теряют деньги, семью и работу.

Гости Магазина

В Магазине можно встретить интересных дизайнеров, они показывают коллекции, рассказывают о новых изделиях, устраивают шоу.

Каждый год привозит из Италии свою коллекцию Мирелла. Я знаю ее уже девять лет. Женщина удивительная, время не властно над ней, она не меняется. Все та же аккуратная прическа, простой элегантный костюм, худенькая изящная фигура. Ее вещи это ее дети, она относится к ним с любовью и заботой. Никто из приезжающих не умеет так идеально запаковать вещи, она не доверяет никому: показывает и направляет. В ее выступлениях основные слова: beautiful, very nice, very pretty (красивы, очень милы, очень хороши). Это относится к ее платьицам и блузочкам, она с нежностью прикасается к ним, разглаживает и восторгается. Все вещи идеальны в исполнении и деталях, многое сделано вручную. Творения дорогие и мало кому доступные, но находится пять-семь постоянных клиентов, готовых платить за качество и уникальность. По-видимому, дела Миреллы идут неплохо. В последний раз она приехала с помощницей Роз. На лице у Роз никаких эмоций, смотрит сквозь тебя, она только придаток своей хозяйки, ее слуга.

Принц Дмитрий из Италии был в Магазине несколько раз. Королевское происхождение, прекрасные манеры, приятная внешность и очаровательный акцент сводят с ума женскую часть Магазина, впрочем, мужскую тоже. Кэт справа: «Я замужем и счастлива, но могла бы смотреть на него весь день». Бесс рядом только глубоко вздыхает и сладко улыбается.

Все указывает на его особое предназначение в этом мире. Показывает книгу: на обложке красавица прабабка, умерла в возрасте 96 лет. Великих людей на фотографиях в книге он знает не по картинкам. История тесно слилась с его жизнью. Работал на аукционах в Сотсби. Стал делать украшения из жемчуга и драгоценных камней, теперь привозит к нам свои украшения. Очень немногословен, на вопросы отвечает в основном односложно.

На одном из утренних собраний выступал Джей Стронгвотер. Я проходила мимо, мой взгляд зацепился за выступавшего: молодой, таким он мне показался, худенький, в очках. К тому же на нем был яркий пиджак в клетку, безусловно, творение Этро. Держался легко, говорил с юмором и располагал к себе. Короче, я осталась и услышала из первых уст его историю, историю взлета и падения на пути к большому успеху и признанию.

Мать попросила сына, учившегося в школе дизайна, придумать ей уникальное украшение. Сын придумал ожерелье, мать и ее подруги были в восторге. Начало было положено, на его украшения появился спрос, их охотно принимали магазины. Большим успехом было появление его ожерелья на обложке Vogue вместе с костюмом Оскара де Ла Рента. Это определило на некоторое время совместную работу дизайнеров. Бизнес стал семейным: отец занимался пересылкой товаров, мать работала в выставочном зале, тетушка – бухгалтером. И тут неожиданно грянул гром – большие украшения вышли из моды. Инвестор покинул его, фирма рухнула, в результате ему перестало принадлежать корпоративное право на собственное имя. Его имя было Jay Feinberg.

Но нет худа без добра. Он взял девичью немецкую фамилию матери и переделал его на английский лад – Jay Strongwater.

С новым именем началась новая жизнь, и появились новые изделия. Для своих красивых вещей он стал использовать сырье, оставшееся от изготовления украшений: бусинки, застежки, кристаллы Сваровского и т.д. В тысяча девятьсот девяносто четвертом году появились его первые знаменитые рамки. Для рамок нужны были задники, он поинтересовался в магазине Тиффани, где они берут свои. Тут его ждало разочарование – размеры его рамок не подходили ни под какие стандартные задники. Тогда возникла гениальная идея делать их из металла самому, да еще и украшать, чтобы рамки были красивыми с любой стороны. Вместо белого листа он стал вставлять портреты художников прошлых веков, которые как нельзя лучше соответствовали изящным рамкам. Однажды какой-то покупатель признался ему, что его семья недостаточна красива, поэтому он оставляет портреты художников.

Продукция Стронгвотера разнообразна: от закладок для книг за сто пятьдесят долларов до зеркал за шестнадцать тысяч. Но особенно известны его миниатюрные рамки из металла.

Меня очень подкупило, когда в конце выступления Джей поставил на стенд большую фотографию со всеми сто двадцатью умельцами, которым, по его словам, он обязан успехом.

Мои три рамочки, моя бабочка и мой брелок для ключей стали мне как-то дороже после знакомства с их удивительным создателем и милейшим человеком.

А еще мне понравился Кармен Марк Вольво. Встречи с ним я никогда не пропускаю. Он очень симпатичный внешне и с хорошим чувством юмора. Когда кто-то спросил, что движет им в создании платьев, он ответил: «Страх, страх расслабиться и не сделать чего-либо, остаться незамеченным, дать себя обойти". Я думаю, многие из дизайнеров подписались бы под этим.

На моих глазах перестала существовать фирма Фабриканта. У него была потрясающая ниша в моде, никем не занятая. Он занимался вязаными платьями для полных женщин, вернее их могли носить все, но так как они были в форме трапеций, то хорошо скрывали отсутствие фигуры. Кроме того, у него были красивые необычные пуговицы. Но ему захотелось большего, и новую коллекцию он сделал в расчете на молодых, тонкие вязаные вещи, часто больше открывающие, чем прячущие. Результат – новых клиентов не приобрел, старых потерял. Магазин перестал покупать его творения.

Знаменитости бывают хорошие и разные. С некоторыми надо быть предельно осторожными. Так, на встречу с одним из них на утреннее собрание запрещается приносить кофе и еду (что мы обычно делаем). Приходить просят без опозданий, вести себя тихо и по возможности одеться в черно-белое.

Урок

Прежде чем начать работу в любом порядочном магазине, продавец должен пройти подготовительные курсы. Одно дело учеба, другое – реальная действительность и реальные клиенты. Мне было тяжелее, чем кому-либо: новый язык, новая жизнь, новый город, новая страна. Менеджер предложила мне постоять за дверью примерочной лучшей продавщицы отдела и послушать, как та продает.

Лучшая продавщица Розалия была родом из Доминиканской республики, лет ей было за шестьдесят. Говорила она низким голосом с акцентом еще более страшным, чем у меня. С виду была веселая и добродушная, правда, как потом выяснилось, далеко не всегда. В словаре Розалии слов было не так уж много, и все они выражали восхищение: красивая, чудесная, потрясающая, захватывающая дух. Этих прилагательных ей вполне хватало, чтобы описать всю гамму чувств при виде клиенток в нарядах Магазина. Чтобы не надевали ее клиентки, слышались одни и те же восторги, так она и продавала все подряд. Еще любила хихикать как маленькая девчонка, видно, поэтому клиенты считали ее простодушной и трогательной. Ходила она всегда в одном черном костюме и страшных ортопедических туфлях. Мне она напоминала ворону: большой нос, выпуклые черные глаза, короткая стрижка с хохолком.

Розалия любила «гонять кофе» с клиентками. Принесет из ресторана поднос с едой и приятно проводит время. Так что кое-чему я научилась, но для себя твердо решила, что так, как она, продавать не буду. По мне сразу видно, если что-нибудь не нравится. На одних восторгах далеко не уедешь. Надо убедить клиента, что он делает правильный выбор. И тут в ход идет все: знание моды, дизайнеров, направлений, пропорций фигуры, статьи и картинки в журналах. Одному подчеркиваешь уникальность наряда, другому – его практичность, третьему упираешь на цену и т.д.

С языком у меня тоже были проблемы. Оставляю клиентке сообщение, что получила ее пальто. Она звонит и сожалеет, что я простужена. В моем исполнении слово «пальто» прозвучало как «простуда».

Терпеть не могу заказывать вещи Ральфа Лорена из других магазинов, надо повторить раз десять, пока они меня поймут. Говорю вроде точно как они, но не понимают!

Чета китайцев покупает костюм. Клиенты трудные, пытаюсь быть предельно вежливой и спрашиваю тоскующего супруга, что он будет пить? «Водка»,- слышу я вполне ясный ответ. Для надежности переспрашиваю. Пошла в бар: «У меня ненормальный китаец с утра водку просит". Возвращаюсь со стаканом, китаец хлебнул и застыл с остекленевшим взглядом. Отошел немного и говорит: «Странная водка, нехорошая». Я прямо обиделась за водку: «Как это нехорошая, одна из лучших «Серый гусь» называется. И тут до меня дошло. Принесла бутылку норвежской воды. А жена его водку выпила, не пропадать же добру!

Союз клиента и продавца

Чем больше у продавца постоянных клиентов, тем успешнее он торгует. Чем дольше работает продавец, тем больше у него клиентов. Союз продавца и клиента напоминает брак, иногда он неудачный и кратковременный. Клиент уходит к другому, иногда его «уводят». Люди разные, и каждому нужен свой продавец. Кто-то выбирает продавца по его манере одеваться, продавец сначала «продает» себя. Кому-то нужен интересный собеседник или возможность поплакаться, кто-то любит быстроту в обслуживании.

Безусловно, основное внимание оказываешь своим самым «большим» покупателям: приглашаешь на обеды, сообщаешь о распродажах и новых поступлениях. Те, что остаются в тени, иногда переходят к новым продавцам, которые смогут оказать им больше внимания. Иногда клиенты используют разных продавцов с целью скрыть свои возвраты. Купят у одного, вернут – другому. Но все тайное становится явным. Напечатаешь отчет за день – и все как на ладони: кто купил, кто вернул.

Для того чтобы быть успешным продавцом надо:

Иметь хороший вкус и прилично одеваться.

Быть всегда в хорошем настроении.

Зажигаться и зажигать клиентов при виде новых товаров.

Иметь хорошую память, быть настойчивым при поиске товаров.

Быть психологом и актером.

К каждому покупателю надо относиться по-разному, с кем-то обращаться, как с английской королевой, с кем-то - как с подругой. Когда у меня назначена встреча с клиентом, я тщательно продумываю, что надеть, какой образ представить. Я выбираю свой туалет в зависимости оттого, что собираюсь продать клиенту.

Клиенты делятся на три основных размера: маленькие, средние и большие. С первыми двумя работать легко, а вот с большими размерами настоящие проблемы. Все дизайнеры как-то обходят стороной «настоящих» женщин. А ведь им тоже хочется носить модные вещи. Спасает Эскандар, но его наряды не всем нравятся, похожи на платья для беременных.

В конце года я пишу клиентам «любовные» письма, благодарю за бизнес и выражаю надежду на встречу в новом году.

Продавцы

Я считаю, что, принимая на работу в Магазин, надо проверять актерские данные.

Джонни – театр одного актера, наблюдать за ним сплошное удовольствие. Джонни – в самом расцвете молодости и красоты. В нем течет мексиканская кровь и есть все, о чем может мечтать порядочная девушка: рост, фигура, обворожительная улыбка, приятные манеры, бархатный, ласкающий голос. К сожалению, природа посмеялась – waist of material, Джонни – голубой. Но это не мешает ему иметь бешеный успех у определенного круга женщин. В глубине души многие из них не оставляют надежды изменить его ориентацию. Женщины чувствуют себя с ним легко и свободно, порой даже слишком. Джонни – прекрасный эскорт для пожилых дам, хорошо выглядит и прекрасно образован. Элегантный, в черном костюме и белой рубашке, с обворожительной улыбкой, он скользит, почти вальсирует по Магазину. За ним семенит очередная клиентка. Неожиданно спектакль начинается. Движением мага он разбрасывает наряды прямо на полу и сопровождает действия страстными монологами, с обилием умных, ничего, впрочем, не говорящих фраз и имен великих дизайнеров. «Пробивать» продажи он идет в места наибольшего скопления продавцов – пусть все видят его триумф. Я зову его маэстро: ему бы палочку в руки, и Карнеги-холл у его ног.

Мэри работает в отделе нижнего белья. Несмотря на тяжелую болезнь, она всегда шутит. У Мэри – своя теория. Весь гардероб она разделила на две части. Скучные черные рабочие костюмы и веселые, неожиданные по краскам и фасонам наряды – «клоунские костюмы», как она их называет. Мэри считает, что в костюмах клоуна она привлекает покупателей, и ее продажи резко увеличиваются. Надо ли говорить, что преобладают последние. Иногда они напоминают мне лоскутные одеяла, иногда наряды русских старушек в деревнях или цыганок в широченных юбках. Загипнотизированные нарядами, клиенты послушно покупают.

Моя любимая Лин продавала бы намного больше, если бы часами не сидела с покупателями, пережевывая их и свои проблемы. Но тогда это была бы не Лин! Ее жизнь никогда полностью не бывает безоблачной: обязательно кто-то болен, какая-то трагедия, смерть, несчастный случай. Обо всем этом надо немедленно оповестить интересующихся и не очень. Каждому новому покупателю сообщается вся информация. Когда причин для беспокойства нет, их можно придумывать. Так у нее была какая-то родинка, результаты были хорошие, но об этом говорилось довольно долго, а что если … и ну все же…

Она идеальный продавец для одиноких покупателей, любящих излить душу – ну вылитая мать Тереза. Кому нужна быстрота, ищет других продавцов. Лин опасно задавать вопросы, ответ будет очень обстоятельный и долгий. Она приходит в неописуемый восторг, увидев своих клиентов, что заставляет их чувствовать себя особенными и желанными. Лин очень эмоциональна, иногда чересчур. Любые происшествия в жизни клиентов, она переживает, как свои. Реакция на свадьбу одного из них по телефону: «О, как прекрасно, я надеюсь, что Вы будете танцевать со святым духом!» Если вам надо попросить о чем-либо бога, никто не сделает это лучше, чем она. Лин с ним на ты, и с удовольствием попросит за вас. В конце концов, она же чистый ангел!

Майкл работает в обуви. Глядя на него сразу видно – гей. Он это всячески подчеркивает и афиширует. В его обиходе много ласковых слов: honey, darling, sweety. Он любит уверять вас в своей любви: «Ты же знаешь, я тебя люблю!». Со мной он почему-то любит говорить по-французски, обязательно отметит мой костюм и туфли. Я стараюсь делать то же, хвалю изысканное сочетание цветов его рубашки и галстука. Общение с ним – как общение с женщиной, те же интересы и та же реакция, только отсутствует конкуренция.

Я бегу через его отдел, он демонстративно расчищает дорогу: «Clear, my dear» (свободно, моя дорогая). Майкл забегает в подсобку и быстро переодевает туфли, которых у него лежит пар десять. Интересуюсь, почему, неужели тоже ноги устают? Оказывается, очередная клиентка интересуется туфлями Гуччи, поэтому он меняет свои Ферагамо на Гуччи, чтобы показать, что он тоже любит и носит эту фирму. Другой трюк: убирает туфли покупателя как можно дальше от него и заставляет мерить новые и новые туфли. В обувном разработали язык жестов: касаются носа – пошел на обед, касаются руки – в туалет. Есть свой знак опасности при появлении главного менеджера Магазина.

Здесь же, в обуви работает эмигрант из Хорватии Тони. У него извиняющийся вид человека готового услужить, всегда печально-пессимистичен, с тихим голосом. В Америке он страдает от скуки и рвется в Европу. «Неужели ты до пенсии собираешься жить здесь?» - спрашивает он меня с ужасом.

Уверяю, что не только до пенсии, но, скорее всего, до смерти, что, впрочем, одно и то же. Тони считает, что жизнь в Хорватии, наладилась, так что может он и на Родину вернется.

Эми работала в детском отделе. У нее четыре образования и почти столько же комплексов. Она – черная, и это ее первый комплекс. Эми вышла замуж за белого – комплекс второй. К родственникам мужа она не ходит. Получив обеспеченного мужа, Эми бросила работу и полностью ушла в виртуальный мир. Главный ее комплекс – вес, он увеличивается. По субботам у мужа – родительский день, у нее семь дней в неделю – виртуальный мир, в нем есть все, чего не хватает в жизни.

Мэри работает в отделе мехов, подгоняет шубы, укорачивает рукава и все остальное. Мэри – немка, безукоризненно выглядит: хорошо одета, идеальный макияж, стрижка, маникюр. У нее две взрослых дочери: одна - правильная, другая – сплошное несчастие и проблемы. У правильной: образование, работа, собственный дом, муж и один ребенок. У неправильной нет: работы, образования, дома, денег. Есть: муж-пьяница, двое маленьких детей, живет в трейлере со свекровкой и ее непутевой дочерью, которая в свою очередь живет с подозрительным черным и двумя детьми. Рациональная, правильная Мэри приходит в ужас от жизни дочери и ее глупости, умоляет больше не рожать детей, на этих денег нет. «Мам, у меня нет денег на памперсы»,- Мэри слышит это регулярно и отвечает: «Брось курить, и вместо сигарет купи памперсы». Во время распродаж в детском отделе Мэри скупает одежду для малышей, сокрушается о том, что эту одежду на них она не видит, ходят в обносках. Каждый день она сообщает мне о новых приключениях непутевой дочери. Правильная дочь – копия Мэри и радость матери, она часто приходит с сыном в Магазин навестить бабушку.

Дебби работает в ювелирном отделе и много зарабатывает. Скорее всего, ей за сорок, но личико какое-то кукольное, фигурка маленькая и вечная улыбка на лице-маске. Она улыбается всегда и всем и в то же время никогда и никому. С ней поздороваешься – в ответ тишина-улыбочка, и она проплывает мимо. Первое впечатление – что за милое создание! Дальше начинаешь понимать, что ей просто лень раскрыть рот и сказать «Привет». Когда ее спросили, как ей удается удачно продавать, она долго и нудно объясняла, как ее предыдущая профессия медсестры помогла ей в ее нынешней. У нее, оказывается, такая сильная любовь к людям, такое желание помочь и обслужить. Приятнее иметь дело с бриллиантами, чем с болезнями!

Ленусика устроила в Магазин я. Не потому что я такая отзывчивая, совсем даже нет, не хотела я никого устраивать, а вот увидела ее, и она мне понравилась. Вот и мучаемся теперь вдвоем, вместе легче мучиться, она, правда, в платьях работает, и на работе мы редко видим друг друга.

Джи-джи – девушка без проблем, легкость мысли и поступков необыкновенная. Лжет так вдохновенно, что невозможно не поверить. От нее, как от греха, лучше держаться подальше. Любимое занятие – курить в неположенном месте, пить и соблазнять мужчин. Удивительно везучая во всех отношениях. Прошатается где-то, придет и тут же обработает покупателя на несколько тысяч. А тут стоишь, как привязанная, и ничего. У Джи-джи непропорционально большой зад при тонкой талии, облегающие штаны подчеркивают особенность ее фигуры. При этом красивые томные глаза и тонкая улыбка на губах Анжелины Джоли.

Кэт – подруга по рабочему столу, приятная во всех отношениях и хорошенькая, с очень развитой мимикой (итальянские корни), глаза – огромные черные маслины. Телефон – главное в ее жизни, связь с женихом, а теперь мужем – ежечасная.

Бесс – это, прежде всего голос, услышал ее по телефону – и влюбился. Правда, брат Кэт считает, что мой голос тоже сексуальный, но я думаю, ему просто нравится тяжелый акцент. А вот голос Бесс... С таким голосом надо работать в сфере интимных услуг по телефону, он обволакивает, располагает и возбуждает. Бесс – стопроцентная женщина, то есть, помешана на своем внешнем виде и тряпках. Наши вкусы похожи, мы покупаем одни и те же вещи. Бесс, в отличие от меня, не может устоять перед многочисленными соблазнами и постоянно что-то покупает. Бесс пришла работать в мой отдел после сокращения авиа компании TWA. В свое время она подрабатывала и на радио, вела передачи о джазе. Новое время – новые песни, решили вместо джаза играть хип-хоп, и Бесс стала там не нужна.

Бесс – красивая, чуть полноватая. Самое привлекательное на ее лице – ресницы, длинные и загнутые кверху, правда, они искусственные, но выглядят как настоящие.

Бесс хорошо воспитана и спокойна, всегда одинаково обходительна, вежлива, идеальный работник сферы обслуживания. Бесс за сорок, и она никогда не была замужем, детей нет. У нее есть респектабельный жених лет за шестьдесят – Джеф. Он разведен, и у него есть дети. Я знаю Бесс три года, но жених так и остается женихом, у него, правда, все уже было, и торопиться ему некуда. Бесс постоянно на телефоне, Джефа она ласково называет baby, хорош младенец, ничего не скажешь. Короче, Бесс – вечная невеста. Она все еще ждет, у нее даже все припасено для особой ночи: сексуальное нижнее белье и черные тапочки с мехом на каблучках. А пока появляется высокий араб неопределенного возраста, и она испаряется с ним на некоторое время, очевидно, устала ждать.

Бесс сделала какое-то открытие, по ее словам, что-то на стыке моды и косметики, поэтому пребывает в возбужденном состоянии. Иногда гениальные идеи приходят неожиданно. Как, например, платья Лили Пулитцер. Богатая дамочка Лили, спасаясь от депрессии, продавала на улице соки. Так вот она изобрела цветные простенькие платья, чтобы на них брызги от соков не были видны. На платья обратили внимание даже дамы высшего света, такие как Джекки Кеннеди. Так родилась одна из самых процветающих когда-то компаний. Правда, потом Лили наскучили и платья, но это уже другая история.

Постепенно разговоры о грандиозном открытии затихли. Оказывается, она не может решить, внедрить свое открытие самой или использовать большую компанию.

По средам Бесс подрабатывает в ресторане администратором. В Магазине она вербует клиентов для ресторана, а в ресторане – для Магазина. У Бесс страсть – она весь день сидит на телефоне. Судя по интонациям и продолжительности, разговоры – личные. Самое главное для нее сейчас – устроить свою жизнь.

Лили. Экзотическая птичка. Я зову ее иранской принцессой, красива до неприличия. Тридцать с большим хвостиком, умело скрывает возраст, разведена, детей нет. В Магазине особо не перетруждается, работает для того, чтобы покупать вещи со скидкой. Постоянно озабочена поиском спутника жизни. Любимая фраза: «Am I bothered?» (Мне нет дела).

Новенькая

У нас появилась новенькая, перешла из соседнего магазина, где была менеджером, что, несомненно, сказывается. Я зову ее Тутси, очень уж похожа. Высокая, не очень складная блондинка в очках, увеличивающих глаза. Ее основное свойство – недержание мыслей. Правда, их у нее не так уж много, поэтому они повторяются и начинают раздражать. Другая ее страсть – записки по любому поводу. Уходя, пишет менеджеру о том, что произошло, в восемь утра оставляет сообщение на телефоне, в десять звонит и проверяет, прочли ли ее сообщение.

За день до пятницы у всех на столах записки: «В пятницу, в час, я иду в ресторан на свидание со своим мужем» и подпись. Я издевательски приписываю ниже: «В двенадцать иду в туалет. Одна. Ирина". В последнее время, уходя вечером в субботу, пишу Тутси записку: «Have a nice day!» и рисую смешную мордочку. Она в восторге и сохраняет мои послания.

Стою, пробиваю на кассе. Прибегает Тутси: «Твои покупатели пришли, муж с женой». Я прекрасно знаю, о ком она говорит, я никогда им ничего не продала, раз попыталась и долго мучилась. Теперь на пушечный выстрел к ним не подойду. «Не мои»,- говорю. Но Тутси настаивает, чтобы я шла и смотрела на них. Во мне просыпается черт: «Не хочу, и не пойду!»

Я считаю себя натурой творческой и люблю побыть в своем мире одна, но упорная Тутси меня постоянно достает. Иногда, я просто оставляю без внимания ее вопросы. Она находка для менеджеров, такую бы клонировать! Велено продавать вонючие духи, можете не волноваться – она их продаст, замучает покупателей – и они купят. Подозреваю, что жизнь ее слишком пуста, вот и концентрируется на пустяках. Тутси только что вышла замуж в пятьдесят лет! А муж у нее оказался очень даже приятный, и как он ее терпит? Тутси «блестящая женщина»: куча цепочек, брошек, ремешков, шарфиков, всегда всего много, и все блестит. Правда, в том, что она стала носить яркие цвета, оказывается виновата я. Я своими нарядами вдохновляю ее!

Тутси нужно знать все обо всех, кто, где находится в данный момент. Я никогда ничего не знаю, и потому для нее бесполезна. Меня мало интересует жизнь других, я и не интересуюсь. В Америке считается важным спросить о делах другого, даже если на самом деле тебе глубоко наплевать. Тутси принадлежит к особой группе людей, которым до всего и всех есть дело. Она и спрашивает, слишком много спрашивает: имена клиентов, кто муж, на какой машине ездят, где живут...

Тутси находится в постоянной внутренней борьбе с жизненными обстоятельствами и принятием решений, что отражается на работе ее желудка. Он тоже в вечной борьбе. Бактерии и инфекции обожают Тутси, она для них благоприятная среда обитания. Полученное Тутси успешно передает нам, поэтому мы рады, когда она не выходит на работу в связи с очередной болезнью.

«Как ты думаешь, могу я сказать новой девушке, что нельзя жевать резинку, когда обслуживаешь покупателя?» - с подобной чепухой она обращается ко мне весь день.

Мне плевать на новую девушку и ее жевательную резинку, тем более что она, несомненно, в курсе, что можно, а что нельзя делать.

«Come on, Lenny! Concentrate, please, be calm! » (Ну, давай, Ленни, соберись и успокойся, пожалуйста), – уговаривает она себя, пробивая очередную продажу. Завидев меня: «Это ничего, что я сама с собой разговариваю?»

Уверяю, что лучшего собеседника, ей будет трудно найти. По крайней мере, она себя понимает.

Тутси дома не готовит, а ходит с мужем по ресторанам. В ресторане Магазина она покупает два шоколадных печенья, одно съедает сама, другое несет домой любимому мужу.

Бедная Тутси в принятии решения хуже любого покупателя. Вещи ей быстро перестают нравиться или какая-нибудь другая причина, и она возвращает купленное.

На Рождество Тутси усердно поздравляет по списку все руководство Магазина.

Тутси держит в курсе своих дел не только нас, но и клиентов. Она обожает оставлять сообщения на телефонах. Немного о бизнесе, а потом о состоянии своей мамы: что сказали врачи, что она ест и чего не ест, сколько паундов она потеряла и тому подобное.

Тутси ведет тщательный учет клиентов, делает персональные пометки каждому: « Одинокая пара стариков. У нее склероз. Не забывать спрашивать о ее здоровье. Покупает только с большой скидкой. Не любит цветное, только черное".

Бедная Кэт не переносит Тутси и ее вопросов, она ее раздражает.

Тутси нельзя воспринимать всерьез, только с юмором. Но, к сожалению, и мой юмор кончается, когда Тутси бежит жаловаться на меня за то, что я пустила свою клиентку в ее примерочную. Детский сад!

История Тутси

Тутси в первый раз вышла замуж в тридцать восемь лет. Пять раз была помолвлена, получила пять колец и купила три подвенечных платья, два из них сдала обратно. О кольцах умалчивает. Короче, типичная «убежавшая невеста». В период помолвки она ближе узнавала жениха и у нее появлялись сомнения. Вполне в характере Тутси: нерешительность, щепетильность, боязнь принятия решений. Итак, в тридцать восемь лет она, наконец-то, нашла единственного и неповторимого. Прожила с ним чуть меньше восьми месяцев, за это время любимый раскрылся не только доктором Джекилом, но и мистером Хайдом. Тутси вроде бы выходила замуж за менеджера процветающей компании грузовиков. В реальной жизни муж продавал обувь в магазине и зарабатывал копейки. Тутси попросилась на волю.

На семейной жизни она раз и навсегда поставила крест и переехала жить во Флориду, поближе к матери. Она снимала квартиру на третьем этаже, а на четвертом этаже жил Он. Они встречались в коридоре и говорили часами, но к удивлению Тутси, на свидание Он не приглашал. Однажды под дверью она нашла записку, что Он купил дом и переезжает, просил звонить. Тутси при встрече заявила, что мужчинам не звонит, и тут же поделилась номером телефона. Он позвонил, они стали встречаться, и через восемь месяцев поженились. Он — военный, за шесть лет они сменили четыре города. Бывшая жена у него наркоманка, не желавшая лечиться, так что Тутси для него просто ангел.

Тутси всю жизнь работает в системе наших магазинов, они разбросаны по городам Америки. За это время она видела смерть и ограбление.

Дисплеи Магазина, очень неустойчивые. Например, «рука», на которую вешают сумки. Она постоянно падает от малейшего движения рядом с ней. Манекены покрупнее еще более опасны. Свидетелем смерти покупателя, погребенного аж под двумя манекенами разом, и стала Тутси. Смерть была мгновенной.

Тутси вспоминает, как видела О. Симпсона с женой буквально за несколько дней до кровавого события, весть о посещении Магазина знаменитостями распространяется по отделам молниеносно. На моей памяти нас осчастливила появлением Перис Хилтон.

Однажды Тутси работала менеджером отдела дорогих украшений. К большому счастью, в тот злополучный день она ушла на обед. Боюсь, сценарий был бы другой, если бы в момент ограбления Тутси была на месте. Два бандита наставили пистолеты на двух продавщиц, пробили молотком витрину и унесли украшений на сто пятьдесят тысяч долларов. Вскоре обе девушки на нервной почве уволились из Магазина, а у Тутси появилась привычка держать палец на заветной кнопке вызова полиции.

Ярмарка невест

All the good ones are taken.

(Все хорошие разобраны)

Ожидание личного счастья витает в Магазине. Одиноких девушек хоть отбавляй, на любой вкус. Мои молодые и не очень подруги пропадают в барах и ресторанах в надежде на встречу единственного, ходят на blind dates (свидание с незнакомыми). Мужу идея очень понравилась, и он тут же устроил свидание у нас в доме одной русской искательницы приключений и друга, работающего с ним. Вроде что-то завязалось, во всяком случае, сначала. Но цели молодых людей были совершенно разные. Русская пыталась найти богатого мужа, и привезти из России двух детей. У друга не было столь далеко идущих планов, девушка ему нравилась, но и только.

Он уехал в командировку и оставил ее жить у себя дома. Русская развернулась: посадила цветы у дома, купила шторы и посылала счета для оплаты – другу. За шесть месяцев командировки она изрядно опустошила его кошелек. С испугу он завел девушку в Чили, красивую и без претензий. Короче, из Чили он приехал с новой женой, а русской пришлось искать нового жениха.

Все менеджеры отделов, как ни странно – старые девы. (Старая дева – девушка за тридцать пять лет, ни разу не сходившая замуж). Как только они перестают быть ими – уходят из Магазина. Совмещать семейную жизнь и работу менеджера невозможно.

Старые девы делятся на три группы. Первая – озлобленные старые девы, пытающиеся личные неудачи выместить на окружающих. Яркий пример – Стефани. Ей за сорок, без особой внешности, рыжая с белой кожей, при малейшем волнении становится красной в коричневую крапинку. У нее маленькая, но власть, и она всегда найдет, к чему придраться: не облокачивайся, не садись, не уходи из отдела, пока я не отпустила и т.д. Ее настроение быстро меняется, и лучше держаться от нее подальше.

Отсутствие мужа она заменяет двумя богатыми, старыми любовниками, они дарят подарки и возят в Европу. У каждого из них – жена, а у нее – другой любовник, так что им грех обижаться. Не буду упоминать другие преимущества наличия двух любовников, но один муж был бы лучше.

Дейзи, еврейская принцесса, сначала искала еврейского принца. В основном действовала через знакомых. Теперь не до выбора. Несмотря на ее критический возраст, с ней приятно общаться. Ее новый поклонник, к сожалению, кладет глаз на любую, проходящую мимо. Дейзи разговаривает с ним, а его взгляд блуждает и с удовольствием останавливается на Кэт.

Криси – третий вариант старой девы, вечная playboy bunny (игривый зайчик). Игрива, с ужимками и гримасами, весела и беззаботна, а ведь мы с ней одного возраста! Смотришь на нее, и невольно возникает вопрос: «Как такие достоинства (высокий рост, отличная фигура, блондинка) до сих пор не востребованы? Она у нас недавно и, похоже, не может разобраться, что ей здесь делать. Пока она отчаянно скучает и стоит в глубокой задумчивости: «Тебе лучше не знать, о чем я думаю». Сказать по правде, я не очень-то устремляюсь. У нее в голове сплошная каша, и не сразу понятно, что собственно она имеет в виду.

Рейчел – очень странная, совершенно зацикленная на себе особа. Бог наделил ее сногсшибательной внешностью: высокий рост, фигура манекенщицы, длинные белокурые волосы, красивое лицо. Волосы она собирает в дурацкий высокий хвост, возвышаясь на голову над остальными. При первом знакомстве она выложила все, что с ней происходило за двадцать пять лет жизни. Особенно подробно историю неудачного замужества, жених разорвал помолвку. Как можно уйти от такой красавицы? Не только уйти, бежать надо, в этом скоро убедились все работающие в Магазине. Я боюсь встречаться с ней глазами, тем более здороваться. Можешь застрять навечно, к тому же я не могу понять, что она говорит, речь ее удивительно монотонна и невнятна.

Рейчел обожает говорить. Правда, говорит она только о себе и не о чем другом, так что ты всегда в роли слушателя, вскоре это начинает раздражать. У нее нет подруг, ей они не особо и нужны, нужны уши. В газете появилась ее фотография с женихом и объявление о новой помолвке. Жених новый, платье старое, от первой попытки. Это обстоятельство смущает многих, только не ее. Платье важнее остального. Похоже, она очень хочет поскорее выйти замуж и бросить работу. Как утверждает моя клиентка, подруга матери несчастного жениха, Рейчел мечтает тут же родить подряд двух детей и не работать.

Родители жениха не в восторге от Рейчел, считая, что она слишком давит на сына.

Моя клиентка брезгливо бросает: « Вообще она из северной части города. Мать из кожи вон лезла, в частную школу ее устроила, переехали на запад. У Рейчел одно на уме – выйти замуж и не работать. Но на что они жить будут? Всем сообщает, что они дом на западе за полмиллиона покупают. Врет, самое большое тысяч за триста!» Надо заметить, у нас в городе, большое значение имеет, какую школу ты заканчивал и в каком районе живешь. Во всех брачных объявлениях об этом обязательно упоминается. В объявлении Рейчел к тому же описано, как он сделал ей предложение.

«Боже, какой ужас. Я знаю, это не понравится его родителям. Какой низкий вкус!»- восклицает моя клиентка.

Рейчел всю неделю бегает по Магазину с газетой в руках, свершилось! Даст бог, на этот раз жених не убежит!

На менеджера молодежного отдела Лиз нельзя смотреть без сострадания. Она, правда, уже побывала раз замужем. Лиз похожа на растрепанного птенца в клоунском наряде. Ей сорок пять, сыну – семнадцать, любовнику – двадцать пять. Выводы делайте сами. Лицо маленькое, помятое, тощая, тела нет, зато огромные широкие штаны и куча рубашек, жилеток, пиджачков. Она старается не отстать от девочек отдела, крутясь на острие моды. В результате выглядит нелепо и смешно.

Гейл – менеджер другого отдела, только что пышно отпраздновала развод после трех лет страданий. Хорошо отделалась, по крайней мере, детей нет. Последнее время Том, менеджер мужского отдела, зачастил к нам на этаж, думаю, Гейл тому причина.

Служебные романы в Магазине редки. По крайней мере, только один закончился свадьбой. Он и она работали после колледжа продавцами, были одинаково молоды, оба высокие и оба полные с румянцем на щеках. Двух месяцев работы им хватило, чтобы влюбиться, пожениться и покинуть Магазин навсегда.

Серж из мужского отдела, безусловно, питал нежные чувства к Майклу из обувного, и околачивался рядом с ним большую часть времени. Майкл, очевидно, чувств не питал и к работе относился серьезно, поэтому Серж ему только мешал. Вскоре, правда, Майкл переехал во Флориду.

Не избежала чар менеджера alterations и одна из продавщиц Магазина. Она готовила ему еду, приносила кучу баночек и тарелочек, покупала галстуки и рубашки. Когда она заболела, он быстро утешился с новой подружкой, забыв старую. Ему не нужны серьезные чувства и обязательства, жизнь прекрасна и без них, а, главное, легче.

Для большинства молоденьких девиц наш Магазин – переходный период между колледжем и замужеством. Викки из отдела напротив – другая история. Первое впечатление – веселая, громкоголосая девчонка с экзотической внешностью и лучшими ногами в мире. Ее ноги – само совершенство, к тому же она носит необычные, интересные туфли, что невольно привлекает к ним внимание. У Викки хрипловатый, громкий голос, она всегда улыбается. У нее прямые блестящие черные волосы до плеч и чуть азиатские глаза от отца филиппинца. Красивая девочка, и мало кто знает, что скрывается за ее улыбкой и легкостью.

Викки работает по выходным и по вечерам в Магазине, подрабатывает няней, берет классы на интернете. Но главное, что делает ее жизнь тяжелой – это больной, старый отец. Ему восемьдесят пять, он как ребенок: ест и пачкается, его переодевают, раз пять в день, не ходит, ему надо менять пеленки, не говорит, а показывает знаками. Викки спрашивает его о чем-либо, а он молчит, и ей кажется, он над ней издевается. Самое ужасное испытание – менять отцу пеленки и видеть его голым. У Викки шестеро братьев и сестер, они живут в Калифорнии и приезжают на день-другой. Им не понять, почему Викки такая злая и жалуется, что ухаживать за отцом тяжело. Матери Викки – пятьдесят пять, она работает медсестрой, так что к уходу за больными привычная. Викки со страхом рассказывает, что мать собирается на неделю в Калифорнию. Сестра Викки работает на студии в развлекательной программе, Викки мечтает, что года через два уедет к ней. Красавица сестра улыбается с обложки модного журнала. Викки не говорит, но подразумевает, что отец умрет, и освободит ее.

На мальчиках Викки поставила крест, ей не нужны отношения-игры, она боится и серьезных отношений. Будущее Викки не связывает с удачным замужеством, она хочет добиться чего-то сама. К счастью, у нее много подруг, и она не чувствует себя одинокой.

Работает в Магазине для того, чтобы покупать туфли со скидкой. Это ее маленькая радость – найти какие-нибудь особенные.

Теперь каждый вечер в среду я разговариваю с Викки, мне ее жаль. В последнюю встречу, она рассказала, что отец подавился мясом и уже неделю лежит в больнице. Викки просила помолиться за него. А я вот не знаю, о чем молиться. И молюсь о ее счастье, помоги ей бог!

Микки-Маус и все остальные

Микки и Мими работали в Магазине. Микки продавал обувь, Мими – платья. Микки – маленький, щупленький, немного сутулый. Мими – высокая, прямая, белокурые кудри и удивленно-выпученные глаза. Мими дружила со студентом-медиком, у Микки – никого. Мими звала Микки «shorty» (коротышка), Микки – Мими «stretchy» (дылда), они друзья, после работы вместе с другими продавцами ходили в кино или в бар.

Однажды Микки подвозил Мими домой и случайно поцеловал. Студент-медик стал историей и больше на выходные не появлялся. Мать Мими пришла в ужас и обозвала Микки Микки-Маусом. И только сделала хуже, Микки-Маус – любимый герой Мими с детства. Усмотрев в этом знак судьбы, Мими объявила, что выходит замуж за Микки. Мать перестала общаться с дочерью и на свадьбу не пришла.

Сейчас Мими за сорок, она похожа на вытянувшуюся Алису из страны чудес: слишком худая, поредевшие белые кудри, еще более выпуклые глаза. Микки преуспевает и получает хорошие деньги, Мими все так же работает в Магазине. У них огромный дом, две собаки и куча других животных. Детей нет. Мими по-прежнему обожает Микки, а Микки – Мими. На руке Мими – часы с Микки-Маусом, на пальце – обручальное кольцо с ним же. Они всегда держатся за руки, Мими на голову выше Микки, но играет роль его маленькой девочки. Она так долго старалась говорить детским голосом, что теперь этот голос стал ее собственным. Высокие каблуки не для нее, и больше всего на свете она боится поправиться. Ей нельзя весить больше Микки, что очень трудно, при его карликовых размерах. Мими не позволяет себе ничего лишнего в еде. В ее теле нет места для зарождения новой жизни. Но с этим они смирились, им хватает друг друга. Зимой Мими и Микки ездят на дорогие лыжные курорты. Каждый год дважды обязательно посещают Диснейлэнд, снимают дом, занимаются спортом, играют в теннис, то есть ведут здоровый образ жизни. Мими говорит голосом Микки-Мауса, счастливый Микки целует свою девочку, катает на каруселях и ведет за ручку в ресторан с вегетарианской пищей на самом верху «Современного отеля».

Мать Мими смирилась с зятем, он у нее единственный, хоть и маленький. Две толстые сестры Мими, подобравшие себе мужей нужных габаритов, их уже потеряли. У каждого – свое счастье...

Покупатели хорошие и разные

Что в нашей работе самое важное? Безусловно – клиенты. Одного приличного клиента достаточно, чтобы день был успешным. На моей памяти случай, когда клиентка купила на двадцать восемь тысяч, к сожалению, не у меня.

Богатые, как и бедные, тратят деньги по-разному. Муж моей знакомой - начальник крупнейшей компании. В год он зарабатывает больше миллиона. Она ни разу не купила вещь дороже трехсот долларов. «Ну, как я объясню мужу, что брюки стоят пятьсот долларов, а пиджак – тысячу?» – спрашивает она у меня. Я чувствую себя не совсем удобно, она прекрасно знает, что на мне пиджак за тысячу и брюки за пятьсот. Другая клиентка не хочет платить двенадцать долларов за пересылку вещей, хотя, не задумываясь, может потратить восемь тысяч в один день.

Люди покупают по-разному. Одни не смотрят на цену, другие лишь мечтают о будущих покупках. Тони, художник-дизайнер, продает собственные украшения: «Если я продам это чертово ожерелье, то приду к тебе завтра за жакетом». Джил, чтобы купить костюм, должна продать «дурацкий дом». Вот такой круговорот, все вокруг что-нибудь сначала продают, ну а потом что-нибудь покупают.

Все хорошие покупатели хороши одинаково, все плохие – плохи каждый по-своему. Идеальный клиент:

Покупает много и не возвращает

Не просит скидку, если увидит купленное на распродаже

Предан только тебе и покупает только у тебя

Не устраивает сцен по мелочам

Короче, хороший клиент – это, прежде всего, хороший человек. Пришел, увидел, купил, и, главное, быстро ушел.

Хороший клиент – категория хрупкая. Они легко могут превратиться в плохих. Стоит отказать в возврате ношеной вещи, не дать новую цену, более низкую – и ты враг навек. Дама возвращает сумочку Джудит Либер за три тысячи, ну как удержаться и не сказать, как прекрасно она выглядела на фото в газете с сумочкой в объятиях, неужели любовь прошла так быстро?

Богатые покупатели плачут, смеются, выходят из себя и матерятся.

Диалог покупателя с продавцом:

- I am so mad! It took you so long to ring the stuff!

- I am so sorry, machine was frozen.

- F... the machine!

- Sometimes I feel the same way too!

Я очень недовольна! Вы так долго пробивали товар.

Я извиняюсь, но касса не работала.

....машину!

Иногда я чувствую то же, что и Вы!

Запахи клиентов. Пожилые клиентки пахнут одинаково, запах старости или определенных духов, не знаю. Запах некоторых как визитная карточка, всегда один и тот же, большей частью неприятный, после них болит голова. Клиентка давно ушла, а комната и вещи, которые она примеряла, все еще пахнут ее духами.

Клиенты бывают немножечко ненормальными.

Миссис Нил – женщина-загадка с вечной печатью тоски и печали на лице. Она или в постоянной депрессии или на каком-то сильнодействующем лекарстве. Впечатление, что все доходит до нее очень медленно, а когда доходит, она опять долго думает. Приходит она редко, назначит встречу и не придет. И вдруг, когда ты уже совершенно забыл о ней, она появляется и обязательно в твое отсутствие. Чаще всего она приходит перед закрытием и никак не хочет понять, что Магазин закрывается, и ей не мешало бы поторопиться с решениями. А этого-то она как раз делать не умеет. На утро меня ждет записка. Я сохраняю ее как вещественное доказательство, достаю все, что надо достать, и пытаюсь заманить ее в Магазин забрать вещи. Она появляется месяца через два и удивляется, если тряпки все еще ее ждут, и еще больше, если не ждут. Ей никто не звонил, видите ли.

Как-то я случайно застала ее в кафе. Перед ней лежал увесистый том, страница была сплошь в пометках. При ближайшем рассмотрении оказалась библия. Она поглощала ее с ланчем, и была далека от окружающей мирской суеты.

Получаю письмо на фирменной бумаге круизного парохода. Пароход находится у берегов Японии. Письмо – сплошная мешанина, и понять что-то трудно, так как кругом приписки и указания. В левом углу – от кого послание и адрес, в правом – просьба позвонить на работу, если я найду то, что она хочет. Чуть ниже приписка, что пока она в восторге от всего, что я ей продала. Сообщает, что круиз замечательный. И дальше идет самое главное: она увидела жакет, который ей очень понравился, она хочет его купить, но он должен быть на распродаже, а не за полную цену. То есть, я должна за ним следить. Далее следует описание, рисунок и цена. В конце страницы указание перевернуть страницу, что я и сделала. Там во всех направлениях: прямо, по диагонали дана информация с ярлыков жакета, которую ей удалось добыть. Письмо отправлено в начале февраля, дома она обещает быть в мае. Мне бы ее проблемы!

Легковозбудимые покупатели. Приходят в восторг от множества вещей, их взгляд порхает от одной юбки к другой, от платья – к жакету. Пообщавшись с тобой часок, просмотрев все имеющееся в наличие, уплывают, сожалея о нехватке времени.

Внучки-дедушки. Это особая категория покупателей. Дедушки, как правило, женаты и богаты, и напоследок покупают себе маленькие удовольствия – девочек. Девочки – лет восемнадцать-двадцать пять. Как правило, блондинки, ноги от шеи, торчащие груди и куча желаний при нехватке средств для их осуществления. Итак, старички покупают молодость, а молодость – тряпки, украшения и путешествия. Часто жены знают о слабостях мужей, но предпочитают закрывать на это глаза.

Дети в Магазин часто приходят с бабушками и дедушками. Как правило, молодящиеся бабушки, любят обедать в ресторане с внуками, наряжают и выводят их в люди. Вот появляется ангел в каштановых кудрях с голубыми глазами, крепко держащий за руку бабушку.

Другой рукой он ласково машет мне: «Хай!» Я в восторге бросаюсь к маленькой красавице: «Как тебя зовут?»

Она скромно улыбается: «Ме» («Я»).

Она тут же хватает мой палец и требует, чтобы я шла с ней и с бабушкой гулять. Узнаю, что ангела зовут София, имя свое она почему-то не называет, а зовет себя в третьем лице. С сожалением покидаю маленькую незнакомку и ее молодую бабушку.

А вот очаровательная парочка, на вид им года по два. Девочка в длинном платьице с кружевами и мальчик в черном взрослом костюме и белой рубашке, настоящий денди. Они чинно выступают, взявшись за руки, вокруг них сплошные восторги на радость гордой бабушке.

Дочки-матери. Мои югославские знакомые: мать и дочка, не разлей вода, всегда вместе. У дочери нет друзей, у матери нет друзей, вот они и дружат друг с другом. Мне грустно смотреть на дочку, она невольно ускоренно стареет, постепенно носит то же самое, что и мать, сутулится как она. Дочка считает себя очень модной, но сзади это уже две сестры с общей одинокой судьбой. У дочери вроде бы есть поклонник, но я никогда его не видела, она всегда с матерью. Дочка – зубной врач, и почему-то мне не хотелось бы доверить ей свои зубы.

Другая пара, мать лет шестидесяти и дочь за сорок. Они редко покупают, но я обожаю тонкий юмор дочки, который в основном направлен на мать, бывшую учительницу. Когда-то дочь спросила отца, как выбрать мужа, он сказал, что это дело случая. Дочь до сих пор одинокая. У матери есть еще сын. Сын два года жил и работал в Англии и кроме станций метро ничего и никого не видел. На праздник Святого Валентина он с другом поехал в Париж. Вокруг все любили друг друга, девушки были красивыми и заманчивыми. Но его друга интересовали только французские рестораны, и из Европы сын вернулся холостым. Под сорок все-таки женился к большому разочарованию матушки, невестка ей не нравится, но она оказалась плодовитой и родила быстренько троих детей. Однажды мама и дочка даже ездили няньчиться. Со временем отношения между свекровью и невесткой испортились окончательно, и к сыну она больше не ездит. «Представляешь, она назвала дочь Кэтрин Мэри?» - с возмущением обращается ко мне мать. «Я все равно буду звать ее просто Мария. Ужас какой-то, будто нормальных имен не хватает, например, Лили»,- добавляет с нежностью. Лили - так зовут мать, и свое имя ей нравится. По ее мнению, невестка не отвечает всем ее высоким требованием, ведь ее сын – идеальный, а она... Мать не может расстаться с вещами, дом переполнен. Дочка периодически устраивает чистки и избавляется от хлама. Мать по ночам крадется к мусорным бакам и возвращает сокровища.

Мужья – особая категория клиентов. Некоторые – твои лучшие друзья и союзники, некоторые – сплошные проблемы. Не могу понять мужчин, принимающих слишком большое участие в выборе одежды для супруги. Мне просто жалко таких женщин. Мой крик души в ненаписанном письме мистеру Оливеру:

Дорогой мистер Оливер!

Десять лет Вы навещаете меня по вечерам. Отвлекаете от дел и других клиентов. Вы долго выбираете вещи для жены, которые ей точно не понравятся. Мне они не нравятся тоже. У Вас нет чувства моды и вкуса, но Вы настойчиво пытаетесь втянуть меня в свои пустые игры. Я играю с Вами: достаю, жду, возвращаю. Супруга наконец-то появляется, ей не нравится Ваш выбор, мы подбираем то, что нравится ей. Но это не Ваш выбор. Ваша угрюмая поза, недовольно выпяченные губы и молчание говорят за себя. Миссис Оливер сияла от счастья, мы сделали примерку. Победа была преждевременной. Вы весь вечер изводили бедную женщину своим нытьем. Ей надоело. Вы победили! Вы эгоист и самодур, у Вас красавица жена и безобразный вкус. Займитесь чем-нибудь: рисуйте, плавайте, коллекционируйте. Не шатайтесь по магазинам со своими дурацкими фантазиями, и дайте свободу выбора жене. Поверьте, от этого она только выиграет. Я с Вами больше не играю, у меня нет времени и терпения.

Что я на самом деле сказала мистеру Оливеру:

« Что случилось? Миссис Оливер разонравился наряд? Понятно, надо, чтобы нравился Вам. Хорошо, я верну. Извините, мне очень жаль. Конечно, найдем что-нибудь другое».

Мне потребовалась десять лет работы в Магазине, прежде чем я поняла, что **покупатель всегда прав**, что совсем необязательно защищать правила Магазина, так как в свою очередь, Магазин не защитит тебя от покупателя. Самое действенное оружие покупателя – обвинить продавца в грубости, и пойди, докажи обратное. Я поумнела, в скользких ситуациях теперь подставляю менеджеров, пускай они будут «грубыми». Работает безотказно! Покупателю нельзя отказывать, он все равно своего добьётся, а тебе – одни неприятности от руководства. Итак, улыбаешься, исчезаешь и приводишь менеджера.

У одной моей клиентки большая семья и куча родственников, которые постоянно женятся, празднуют юбилеи и так далее. Даме регулярно нужны новые длинные туалеты, чтобы блеснуть перед родственниками в Европе и Америке. Выход простой: купил, поносил и сдал обратно. Но даме очень уж нравятся длинные шифоновые юбки. К сожалению, их нужно подшивать, и за это платить деньги. Дама скупа и поэтому каждый раз пытается обработать новую портниху - бесполезно. Она стала возвращать наряды и после переделки, вроде бы плохо сидят. Мне все это изрядно надоело. В следующий раз, когда она купила два новых костюма, я предупредила менеджера, что после свадьбы, она вернет вещи. Так все и было. Сначала поцелуи портнихе, четыре примерки, причем после каждой она мрачнела все больше, тучи сгущались.

Я с ужасом ждала дня, когда она придет забирать костюмы. Как только я услышала знакомую песню о том, что юбка отвратительно сидит, ей испортили свадьбу, она после нее вернет костюм и так далее, я бросилась за менеджером. Ее дипломатического искусства хватило ровно на десять минут. Менеджер вышла красная как после парилки, но забрать назад вещи отказалась. Портниха вышла с юбкой и со слезами на глазах, две недели она жила на пороховой бочке, и вот бочка стала взрываться. Дама, пользуясь случаем, смылась по-английски. Через полчаса зазвонил телефон, муж дамы интересовался, что я сделала с его женой, она, видите ли, плачет. Я тут же передала телефон менеджеру, и она битых полчаса «приятно» беседовала с мужем пострадавшей. При этом ее лицо отражало богатую гамму чувств. Договорились о том, что муж придет с дамой и убедится сам, что костюмы в полном порядке.

Я тут же сбежала в ресторан, мужа дамы я прекрасно знала, и встреча с ним ничего хорошего не обещала.

Через пять минут прибежала Тутси с вытаращенными глазами: «Они требуют тебя!»

«Я в туалете!»- первое, что пришло мне в голову.

Через десять минут Тутси сообщила, что они волнуются, что я так долго делаю в туалете.

«Я ушла на обед, я сегодня еще не ела!» – отправила я ее с очередным сообщением.

Тем временем бедная менеджер продолжила разговор с дамой и ее супругом. Под двойным огнем она продержалась минут пять, и ушла поискать кого-нибудь из начальства. Кандидатуры двух заместителей директора быстро отпали, они бы рухнули под натиском врага. Решено было звать менеджера Дэна.

«I call you because I need somebody with the balls» («Мне нужна мужская сила»), - отбросив всякую скромность, призналась она Дэну.

Дэн ответил в том же духе: «I don't know if my balls are big enough for him» («Не уверен, что смогу противостоять его мужской силе»), но смело бросился в бой.

Первый раунд был выигран, но радоваться рано. Такие клиенты не успокаиваются, начинают звонить выше... Так было и на этот раз.

У меня зазвонил телефон... Телефоны, их в моем отделе четыре, звонят не переставая, и все равно клиенты жалуются, что дозвониться к нам невозможно. Может потому, что много личных разговоров. Бесс и Кэт просто срослись с телефонами. За день я получаю богатую информацию о разном: медицинские вопросы, страховки, вопросы воспитания детей и домашних животных, последние сплетни, кто с кем спит, и кто собирается...

Три телефона разрываются разом. На одном клиентка пытается разобраться с полученным счетом, отправляю ее по назначению. На второй линии мой муж, большая редкость, прошу подождать и отвечаю на третий звонок. На третьей линии «Жертва русской революции» Триш. Ей я ни в чем не могу отказать, в прошлой жизни, в возрасте тридцати лет, она была убита во время русской революции 1917 года. В американской жизни ей повезло больше, ей уже 64 года.

Звонок в Магазин. Звонит «Кристина Агулера» и просит подобрать ей черные платья. Магазин вверх дном, в лучшую примерочную сносится все самое-самое, нетерпение в воздухе. Приехала какая-то девка, отдаленно напоминающая звезду, перемерила все платья, загоняла бедных продавцов и уехала уставшая, ничего не купив.

Другой звонок от интересующегося. Мужчина по рождению, фотограф по профессии, женщина в душе. Ему за тридцать, обожает смотреть программу Е и вручение Оскаров, хочет знать все о самом лучшем в косметике и моде.

Застаю Бесс, делающую странные движения руками над своими ногами. Оказывается, она объясняет несчастному как правильно надевать чулки, чтобы их не зацепить ногтями. Какие тени вы предпочитаете? Какие румяна порекомендуете? Какие ногти лучше носить, и каким цветом их красить? Какие чулки и к чему надевать. Его вопросы бесконечны, перед ним океан моды, по которому он с радостью пускается в плаванье. Где, как ни у нас в Магазине, он найдет ответы на все интересующие его вопросы? Вот и звонит периодически, причем явно предпочитает разговаривать с Бесс, еще бы – такой голос!

Иногда такие, как он, приходят и за покупками, чаще всего по нескольку человек разом, чтобы оценить, как сидят платья на другом. Один как-то пришел с советчицей-мамой. Они хотят быть красивыми и носить то, что злая природа им не дала.

Есть клиенты, которые звонят скуки ради. Одна предлагает вспомнить жакет, который я продала два года назад, и начинает пытать, что лучше к нему надеть, юбку купленную прошлой весной или от старого костюма. Надо ли говорить, что я не помню ни ту, ни другую. Чтобы не потерять меня, она периодически справляется, успеваю ли я следить за ее мыслями. Я стараюсь, но рядом ждет клиент и звонит другой телефон. Мы как-то топчемся на месте, она повторяет в двадцатый раз свои глупые вопросы, от этого моя память не становится лучше, и вообще мое внимание разбегается в разные стороны.

Я стараюсь быть терпеливой и прошу принести вещи ко мне для окончательного решения, чтобы не дай бог не сделать неправильный выбор. Она соглашается, но расставаться со мной не спешит. Я тем временем пробиваю покупку стоимостью больше миллиона долларов. Карточка, потребовав информацию, все-таки срабатывает. Представляю лицо директора Магазина, если бы он в этот момент проверял продажи отделов!

Выбираю момент, иду в туалет. Из кабинки – испанская речь, нежный женский голос. О боже, неужели нельзя отложить разговор и не прерывать его странными звуками и смыванием воды в туалете?

Моя первая клиентка

Мой первый день в Магазине, моя первая клиентка... Работали мы в тот день с Эми. Она вскоре удачно вышла замуж за богатого, красивого и умного, и с радостью покинула Магазин. Так вот, стоим мы с ней, скучаем, а тут как раз миссис Сизор с мужем и появилась. Как ни смотри, клиентка с виду неперспективная: слишком старая, слишком толстая и вряд ли купит что-нибудь дорогое.

Эми милостливо предоставила ее в мое распоряжение: «Дерзай, опыта набирайся, может, что-нибудь из галереи долларов за двести и купит».

Галерея – это отдел дешевых платьев, тогда они тоже были для меня дорогими, но по сравнению с моим отделом цены маленькие. Старушка как колобок, а дед, бородкой напоминавший Мичурина, едва держался на ногах. Я его усадила для надежности в кресло, и он тут же заснул крепким сном. Пора было приниматься за старушку. Для начала принесла ей воды из ресторана, стоит как вино, но клиентам – бесплатно.

Бабушка хотела купить платье, в те далекие времена это тоже было трудно, но еще возможно. Дизайнеры как-то не жалуют своим вниманием платья. Как и советовала Эми, начала с галереи. Действовала просто: притащила все платья четырнадцатого размера. Бабка меряет и вроде бы ничего ее полностью не устраивает: то цвет, то ткань, то рисунок не тот. Главное же, платья толком на ней не сидят из-за огромного живота. Плюнула на цены и принесла платья из своего отдела. Смотрю, миссис Сизор разбирается, наши платья ей гораздо больше нравятся. Особенно Плато за тысячу долларов, светло-фиолетового цвета. Пасха на носу, как раз пригодится. Простая такая рубаха, по крайней мере, ее живот скрыла.

Перемерив все имеющееся еще по разу и взяв с меня честное слово, что ничего приличного больше нет, она остановила свой выбор на двух платьях: черном за двести долларов и на Плато за тысячу.

После двух часов ее влезания и вылезания из платьев, мне было совершенно все равно, купит ли она что-то: «Если Вы хотите выглядеть на миллион долларов – берите Плато, если Вам нужно очередное черное платье – пожалуйста, у Вас будет еще одно".

Как ни странно, это на нее подействовало.

Она быстренько оторвала этикетку с Плато и попросила его пробить в кассе, уничтожив цену: «Мужу совсем не обязательно знать, сколько стоит, удар еще хватит!»

Миссис Сизор с тех пор появлялась ежегодно за новым платьем. Все шло обычным порядком: Мичурин спал, миссис Сизор тратила деньги, всегда выбирая самые дорогие платья. Но однажды... Платье Фабриканта ее размера в Магазине не было, и я обещала заказать его в другом магазине. Миссис Сизор как-то странно сказала, что утром она все уладит в банке, и позвонит мне после этого. На следующий день я без проблем нашла и пробила в кассе ее платье. Позвонила миссис Сизор и сказала, что проблемы улажены, я как-то не совсем поняла какие проблемы. Позже я случайно посмотрела на ценник платья, на этикетке вместо семисот долларов стояла цена в семь тысяч. Моя бабушка была полна решимости выложить семь тысяч долларов за платье! Вот и доверяй после этого внешнему виду и возрасту!

Джули

Есть женщины с печатью греха на лице, у нее – лицо ангела, Милое, открытое личико в белых кудряшках, типа Дины Дурбин.

Джули маленького роста и хорошо сложена, такую так и хочется укрыть и защитить от опасностей жизни. Но внешность бывает обманчива. Джули точно знает, что ей нужно и как это получить.

Я случайно подобрала ее в дешевом отделе платьев лет восемь тому назад и сделала из нее принцессу. Благо ее финансы позволяли, и мне просто надо было познакомить ее с красивыми дорогими вещами. За время нашего знакомства она стала платиновой покупательницей, то есть оставляет в Магазине более ста тысяч в год.

Когда мы с Джули познакомились, еще был жив ее муж, много старше ее. Сейчас ей за сорок, женщина в самом расцвете сил. Ее жизнь состоит из тяжелой работы и многочисленных романов, причем вещи эти взаимосвязаны. Она владеет чартерными перевозками. Сама пилот, и занимается тренировкой пилотов. Ее можно застать в любой точке Америки, но если полетов нет, она часто приходит к нам в Магазин на обед. Чаще всего – это бизнес-ланчи с привлекательными высокими клиентами лет сорока-шестидесяти. Через два-три обеда деловой партнер превращается в любовника. Я называю это тремя стадиями отношений.

Первая – начало знакомства. Джули сама чистота и очарование, женщина-жертва, которую надо завоевать и соблазнить. Она в меру кокетлива. И невдомек клиенту, что начинается игра, в которой он будет играть по чужим правилам и столько, сколько это будет угодно Джули. К концу ланча он полностью под её обаянием и начинает мечтать о немного ином развитии их производственных отношений. Как приятно делать бизнес с красивой женщиной, не бизнес, а сплошное удовольствие.

Вторая – роман и бизнес в полном разгаре. Джули победно выступает с новой жертвой. Его рука приобнимает ее за плечи или беззастенчиво скользит по спине. В романтическом варианте – держатся за руки.

Третья - финальная. У Джули всегда есть более-менее постоянные любовники, это те, которым удается продержаться более шести месяцев. Отношение к ним снисходительное, как к старым домашним тапочкам. Она позволяет себе забыть о назначенных с ними встречах. Своих новых знакомых Джули приводит знакомиться со мной, чтобы я оценила.

Итак, Джули занимается тем, чем традиционно занимаются мужчины. Она сходится с ними легко и так же легко их оставляет. Мужчины для нее – сексуальные игрушки. Джули имеет все, что хотят получить женщины от мужчин: деньги, положение, бизнес, власть. От поклонников она ждет немногого: остроты новых чувств, и чего-то еще, ранее не испытанного. Для нее мужчина, как непрочитанная книга, книги – разные, мужчины – тоже. Иногда их становится слишком много, и Джули, женщина добрая, старается держать их в неведении относительно друг друга. От чересчур навязчивых она спешит избавиться, проблемы и разбирательства – не ее стихия.

Она любит игру и приводит в недоумение Studmagnets, это мужчины не очень богатые, но любящие пускать пыль в глаза, хорошо одеваться и ездить на дорогих машинах, чем естественно и завлекают женщин. Каково же их удивление, когда они узнают, что у Джули есть не только самые дорогие машины, дома, но и самолеты.

Как-то у меня была встреча с одним из старых поклонников Джули, я помогала ему выбрать подарок для нее. Ничего не подозревающая Джули появилась в обнимку с новым поклонником. К счастью, я благополучно развела их по разным комнатам.

Причина такого отношения Джули к мужчинам лежит в ее детстве. Жили-были три сестры, две взрослые, обе замужем, и маленькая – Джули. Обе сестры жили плохо, причиной их несчастья были мужья. Когда маленькая Джули выросла, ее сестер не стало, обе погибли из-за мужчин. Джули четко знала, что не повторит судьбу сестер, лучше она сама будет, как мужчина.

Джули – моя самая лучшая клиентка, на цены не смотрит, и если в настроении, то покупает легко и много. С такой работать – одно удовольствие, фигура без особых проблем, внешне привлекательная. У нее двое взрослых детей – идеальные мальчик и девочка с глазами необычайной голубизны. Я даже как-то подумала, вот такую бы девочку моему сыну! Скромная, воспитанная, красивая, и образование – юридическое!

Однажды Джули пришла ко мне какая-то совсем другая, светящаяся. С ней был немолодой мужчина.

«Познакомься, Джим, я его люблю», – вот так просто и выдала, я прямо растерялась.

Мужчина старый, невысокий, совсем не в ее вкусе, очевидно, на самом деле любовь. Мне он сразу не понравился. Несмотря на преклонный возраст, довольно привлекательный, видно, в молодости пользовался успехом у женщин и привык к соответствующему поведению. Он давно уже был в другой категории, а привычки остались. В нем не было теплоты, была надменность и высокомерие, холодные, колючие глаза. Джули была на седьмом небе и не замечала того, что так бросалось в глаза. А еще я сразу поняла, что он мне не союзник, и вряд ли будет тратить деньги на тряпки. Как всегда, я принесла последние новинки сезона, Джули примеряла вещи, пыталась получить от Джима реакцию, тот оставался равнодушным. Его не интересовало, в чем будет ходить его любимая. Чтобы поскорее отделаться от неприятного для него занятия, он ткнул пальцем в первый, попавшийся на глаза пиджак – сделал выбор.

Мне оставалось только ждать – время покажет. Может, ей просто захотелось поиграть в настоящую любовь? По крайней мере, они не регистрировали свои отношения.

Джули стала появляться все реже и реже, ссылаясь на строительство большого, общего с Джимом, дома. В редкие визиты передо мной появлялась уставшая, небрежно одетая женщина. Говорила – все хорошо, но я видела по лицу – не очень. Я чувствовала, что конец не за горами, не та Джули женщина, чтобы терпеть, да и не к чему ей это.

Из любви к деньгам

История Габриэль в чем-то схожа с историей Джули, только конец другой. От чего ушла Джули, к этому, по иронии судьбы, пришла Габриэль.

Первый раз я встретила ее в Магазине десять лет назад. Тогда ей было чуть за сорок, в расцвете красоты, тоненькая, громадные блестящие глаза, не сходящая с лица улыбка. От Габриэль невозможно было отвести глаз. Она пыталась казаться счастливой, а, может, и была по-своему счастлива. В это верилось с трудом, стоило мне увидеть ее супруга. Она летала вокруг неприятного старика-мужа, вечно чем-то недовольного, называла его ласковыми, нежными именами. Ко всему прочему, у мужа были отвратительные манеры, поверить в любовь к такому чудовищу было трудно. Для меня этот брак был брак по расчету. Как говорит мой знакомый: «It is all about Benjamins!»

Детей у них не было. Габриэль не работала. Муж был довольно скупым, и не очень-то торопился раскошеливаться на дорогие наряды для жены. Все-таки ей удавалось покупать кое-что.

«Красивая женщина должна красиво одеваться», — пыталась убедить я супруга.

Как-то незаметно Габриэль исчезла, перестала приходить в Магазин, ее телефон замолчал.

Она появилась через десять лет. Красота ее немного поблекла, четвертый размер превратился в восьмой, глаза не блестели, около губ появились глубокие морщины, выделявшиеся на почти идеальном лице. Габриэль потеряла мужа, правда, ожидаемых миллионов не получила. После мужа остались одни долги, банкротство. Муж или по слабоумию, или может, боясь, что Габриэль его бросит, уверял ее в том, что у них миллионы. После смерти богатой тетки мужа, миллионы перешли к его брату. Деньги обходили красавицу стороной.

Габриэль начала новую жизнь: «Слава богу, что он умер, когда мне было пятьдесят, а не шестьдесят. Было бы трудно начать все заново».

Она оканчивает школу медсестер, мечтает стать доктором. Ее удручает вес, который она набирает сидя за учебниками.

Ко мне она пришла со старым пиджаком, хотела купить к нему брюки или юбку. Мне было ее немножко жаль. Я нашла ей подходящую юбку, и она ушла зубрить медицину. Скоро у нее выпускной экзамен.

48 лучших часов из жизни женщины

Я отдыхаю по воскресеньям и понедельникам. Вечер субботы мой любимый – все еще впереди и планы наполеоновские: убрать, написать, посетить, посмотреть, показать, прочитать, и, конечно же, отдохнуть.

День первый – воскресенье

Хлопнула дверь в туалет, шаги вниз по лестнице, замяукала кошка, осторожно ступая по мне. Мой дом проснулся, пора вставать.

«Хай, мам», – поцелуй от сына и обворожительная улыбка от потенциальной невестки, исчезают без завтрака.

На кухне – больной, а потому больше обычного раздраженный муж. Судя по следам подгоревшего молока на плите – уже позавтракал. Заливаю чистящим средством, пускай отмокает. В ванне, на ковре аккуратно прикрыты салфеткой злодеяния кошки: или за что-то мстит, или чем-то отравилась. Заливаю чистящим средством. В столовой взгляд невольно цепляется за двухнедельную гору непоглаженных рубашек, фронт работ обеспечен. По мудрому решению мужа, в воскресенье я отдыхаю вместе с семьей и друзьями, а в понедельник одна занимаюсь домашними делами. Проглатываю традиционный завтрак – бутерброд с сыром и чашка кофе.

Что мы будем делать сегодня, оставила на усмотрение друзей, я легка на подъем и готова присоединиться ко всякому решению: выставка, кино, парк – в любом порядке. Итак, муж с гриппом остается дома, я с друзьями еду на выставку. Жестоко – но такова жизнь.

Все наши культурные мероприятия сопровождаются « дегустацией напитков». У американцев всегда и везде – еда, а у нас – напитки. Не подумайте, что мои друзья и я какие-нибудь алкаши, совсем даже нет. Образовательный уровень выше среднего, половина – доктора наук, в одной семье их даже двое. Мой друг Сергей, доктор химических наук и без пяти минут татарский академик (еврейское происхождение помешало) всегда при себе имеет: в России не страдал от отсутствия спиртного и здесь как-то по старой памяти любит, чтобы всегда все было.

Идея сходить в музей современного искусства, пришла, к сожалению, мне. Год, как открыли, а я так и не посетила. Попавшийся мне в руки каталог аукциона обещал интересные и разнообразные экспонаты, к тому же выставлялась картина знакомого из Нью-Йорка.

По пути в музей время даром не теряли. Ленусик, тонкая артистическая натура, в прошлом музыкантша, а теперь еще и художник-любитель, занялась поправкой пошатнувшегося здоровья. Для нее Сережа приготовил кокосовку, напиток крепкий, и доставляющий эстетическое наслаждение. Мы с его женой, доктором химических наук и опять же художником-любителем, пьем наше любимое шампанское, вернее игристое итальянское вино с музыкальным названием Верди. В музей я прибыла вся в шампанском, липкая и мокрая, но настроение заметно повысилось. В идеальном варианте машину ведет мой непьющий муж, а все остальные наслаждаются...

В фойе стояла куча вентиляторов с натянутыми на них мешками из продуктовых магазинов. Лопасти вертелись в разные стороны и жужжали как пчелки. Я не стала задаваться вопросами, что подразумевал под этим создатель композиции, моя душа просила большего.

Музей был пуст в буквальном смысле: посетителей не было. По двум залам слонялись скучающие девочки и мальчики, следившие за порядком. В первом зале был выставлен всего один объект – дегенеративная девочка крупных размеров. Японский художник нарисовал ее с непропорциональными чертами на тарелках, громадных картинах, одна великанша даже стояла посреди зала. Озабоченность художника ущербностью маленьких детей, показанная в таком виде, угнетала. Ленусик стала печальной – мало выпила или наоборот? Впервые, можно сказать, вывезли ее в музей в поисках нужного ей вдохновения, а что получилось? Единственный плюс: рвавшиеся наружу эмоции можно было громко высказывать на родном языке, не скупясь на лексику.

Не задерживаясь на девочке, отправились во второй, и как оказалось, последний зал. В нем, очевидно, для контраста, картинки были малюсенькие. Основной объект – фигурки типа роботов, вырисованные тоненькими линиями. Они удивительно напоминали рисунки моего одноклассника Вовки, помешанного на фантастике. Впрочем, у Вовки было больше фантазии. Вот и все!!! Другого искусства не было, и никаких тебе картин аукциона. Оказывается, чтобы ознакомиться с ними, надо придти в определенный день, заплатить тридцать пять долларов, и, смотри, сколько хочешь. А за пять долларов – только большая девочка и маленькие роботы...

Я всегда жалела, что не умею рисовать. Рисовала бы любимое небо, была бы небонистом. Любуюсь им в основном, когда еду на работу или обратно. При моем искусстве вождения вещь небезопасная. Итак, рисовала бы небо и контуры деревьев на его фоне. Деревья я люблю обнаженные, у них ведь как у людей, вся красота и уродливость прячется под листьями, как под платьем. В нашем саду растет кривая елка, мужу она явно мешает, и он порывается ее срубить. Мне елку жалко, ну и что, что она как Пизанская башня, сам виноват: подсадил к ней дерево, вот елка и отклонилась. На Куршской косе все ели такие, люди удивляются, а художники рисуют. А я пока только фотографирую. Камера всегда со мной в машине, никогда не знаешь, когда пригодится. Как-то подъезжаю к дому, а на коврике у главного входа, лиса свернулась калачиком.

Ленусик совсем раскисла, и жизнь казалась напрасной. Хотелось немедленно выпить, и хотелось настоящего искусства, которое пробуждает, возбуждает и вдохновляет.

Девочкам для их творений опыт других необходим, что-то подсмотреть, что-то перенять, а тут одно разочарование и никаких идей. На общем собрании было решено ехать в Художественный Музей, он никогда не подводил, к тому же бесплатный.

Так было и на этот раз. Настроение Ленусика под двойным воздействием – кокосовки и настоящего искусства – явно повысилось. По мнению ее строгого супруга Оскара, она перестала вести себя прилично: прыгала, делала свою любимую ласточку в неподходящих местах и громко смеялась, хотя мы были уже в музее с посетителями. Вот так всегда: Ленусику плохо, ему еще хуже. Ей хорошо, и он вместо того, чтобы радоваться, призывает ее вести себя прилично. Убивает в ней непосредственную радость ребенка. Пришлось выступить в защиту детей. Какая разница, что подумают другие, главное, ей хорошо и нам тоже. Оскар, осознав неправильность своего поведения, купил Ленусику в подарок красное сердце. Оно не раскрывалось, но в нем что-то стучало, очевидно, сильное чувство Оскара. Страсти улеглись, все остались довольны искусством, собой и другими.

Дома ждал больной покинутый муж и остатки «Оскара» по телевизору. Жалко – пропустила открытие! Сияющий сын сообщил о покупке двух костюмов, необходимых для интервью, и попросил оплатить хотя бы один. Может быть, может быть. Поинтересовалась, где его любимая. Оказалось – в Канзасе на интервью.

Вот так. Строили большой дом в три этажа, а когда построили, поняли, что жить в нем будем только мы с мужем да кошка – ровесница дома. Дом пустеет.

День второй – понедельник

Просыпаться не хотелось, так хорошо и просторно быть одной в кровати. Я люблю раскидываться, муж ушел спать в одну из трех пустых спален. Причины были веские: недовольство моим поведением и боязнь заразить меня гриппом. Итак, меня ждала уборка и недовольный больной муж. Очевидно, ввиду моей плохой памяти, мне напомнили о моих обязанностях, чем испортили настроение. Я знаю ровно один способ исправлять дурное настроение. Короче, день я начала с поездки в любимые магазины – TJ Maxx и Marshalls.

Я одеваюсь одновременно в самом дорогом и самых дешевых магазинах. Моя дочь, живущая в России, пришла в ужас от моих нарядов, заявив, что мой вкус испортился. Мой вкус просто приспособился для работы и жизни в Америке, смесь американского с европейским флером.

Каждый раз в примерочной происходит одно и то же, я даю обещание не есть шоколад и хлеб и заняться гимнастикой. Все висит и ничего толком не сидит, вещи просто кричат о несовершенстве моей фигуры. В первом наряде я выгляжу как постаревший Буратино в коротеньких штанишках, во втором – как разодетая сельская труженица (не имею ничего против них, просто вид не тот, о котором мечтала.)

Я редко ухожу пустая. Как правило, я нахожу что-нибудь интересное: картину, посуду, одежду, открытки. Сегодня день на редкость удачный. Прежде всего, я откопала ярко желтые коротенькие брючки (Одри Хепберн) с маленькими молниями внизу. Моя фантазия тут же прицепила две желтые бабочки туда, где кончается молния. Я нравлюсь себе в желтом цвете и тут же добавляю черную маечку с желтой отделкой. Не могу пройти мимо желтых босоножек BC BG, что-то меня тянет сегодня на этот цвет. Замечаю великолепную натурального соломенного цвета шляпу с коричневой отделкой, итальянскую, всего двадцать долларов. В Магазине, где я работаю, она стоила бы двести. Ну, как отказаться от такого чуда? Беру и шляпу. Итак, часом позже и на сто долларов легче, выхожу из Магазина в прекрасном настроении, обогащенная новым нарядом, желтыми обалденными босоножками и божественной шляпой, день начинается чудесно!

По дороге домой заезжаю в корейский магазин, покупаю кимчи. Кимчи – это вышибающая слезы капуста с красным перцем, я почему-то ее люблю. А еще прихватываю зеленую редьку. Когда-то, в России муж привозил ее весной из Средней Азии. Редька большая и сладкая с привкусом редиски. На кассе вижу ролики суши, прихватываю и их.

Заезжаю в магазин кофе и чая. Владелец, исключительно приятный пожилой мужчина, все внимание уделяет мне за отсутствием других покупателей. Я последовательно нюхаю все имеющиеся в наличии чаи, в том числе грузинский, почти без запаха. Беру персиковый, жасминовый и цейлонский.

Стою на светофоре. На фоне неба черные контуры веток с красным яблоком светофора. Хватаю камеру – мгновенье мое. Мысленно сочиняю хокку.

> Красное яблоко
> В черных ветках,
> Жду, когда позеленеет

Видел бы сейчас меня мой муж. Он даже музыку не дает слушать в машине, музыка-то как раз самая безобидная. Происходящее вокруг и мои мысли – вот что меня отвлекает. По радио автор рассказывает о книжке, где героиня представляет себя внутри только что испеченного ею пирога. Немедленно воображаю себя на ее месте. Мягко, уютно, свежий сладкий запах ванили. Прослушав историю с пирогом, подъезжаю к дому чертовски голодная. Суши пришлись кстати. Они оказываются овощными, но понять какие овощи внутри не успеваю, очень вкусно!

Как не оттягивай удовольствие, а убирать дом надо, желательно все три этажа, иногда я забываю про basement (подвальная жилая часть дома). В доме – деревянные полы. Американцы используют всевозможные механические щетки, я их не люблю, по старинке получается как-то лучше. На палку - тряпку и вперед. Мое любимое место – туалет на первом этаже, на полу – красивый мрамор как картина, на стенках – дамы начала века – арт-декор. Вынимаю щетку для мытья туалетов, и вырывается неожиданный запах французских духов. Это мое изобретение по использованию ненужных или пробных духов. Когда-то в Москве я день стояла в очереди, чтобы купить три флакона французских духов, да еще мужа уговорила присоединиться, чтобы купить шесть, три – в одни руки. Каждый флакон – месячная зарплата, представить трудно такой идиотизм! Сейчас проблем с духами нет, я поливаю пробными духами щетки в туалете и каждый раз, доставая их, приятно удивляюсь запаху.

Пробные шампуни я использую для стирки кашемировых свитеров. Свитерам это явно идет на пользу – они пушистые и хорошо пахнут. Покончив с полами, перехожу к самому противному – глаженью белья. Включаю телевизор, все веселее! Показывают Марту Стюарт. Кухонная дива похудела, состояние выросло, о тюрьме и людях, встреченных там, самые теплые воспоминания, одна только польза от тюрьмы получается. Молодец, женщина! Представляю себя на месте Марты, то же материальчик бы набрала для рассказов, это уж точно. Сомневаюсь, правда, что мне повезло бы с тюрьмой как ей, где она встретила таких интересных и хороших людей. Вот, оказывается, где они скрываются. Каждому – свое, и тюрьма – тоже у всех разная.

Слава богу, рубашек у мужа много, можно гладить раз в две недели. Правда, он этого не любит, ему обязательно требуется определенная рубашка из не глаженных. Моя подруга Кэт тоже терпеть не может гладить рубашки. Как-то раз она схитрила и сдала их в химчистку. На следующий день поменяла вешалки, рассталась с заначкой и стала идеальной женой! Муж был потрясен возросшим искусством жены. Для меня вариант неподходящий, химчистки не люблю, да и денег жалко.

Странный звук на кухне, что-то двигается и стучит. Кроме моей любимой кошки по имени Киса дома никого нет, проверять лень. И вдруг звук падающего предмета. Застаю Кису на месте преступления. Видно ее привлек запах конденсированного молока в банке на столе. Поиграла немного, сбросила банку молока со стола и с радостью подлизывала лужу. Хорошо подлизала, никаких следов не осталось. Вообще-то, она нашу пищу не ест, только свою – сухую, диетическую. Исключение составляет йогурт. Стоит мужу присесть у телевизора с баночкой – Киса тут как тут, выпрашивает. Киса очень отважная и не терпит других животных на нашей территории. Как-то, выхожу в сад, а там громадная лиса и Киса стоят напротив друг друга. Видно как напряжены обе, я сдуру подходить начала, боюсь за кошку. Киса восприняла мои действия как сигнал к наступлению и бросилась в атаку, лиса бежать. Киса – настоящая кошка, гуляет сама по себе.

Домучила рубашки. Звонит Черная, отплывает с любовником в отпуск. Просит меня присмотреть за Серым. (Серый – это громадный персидский кот). Я интересуюсь, не нужен ли присмотр за Черным. (Черный – это муж, с которым в настоящее время она живет раздельно). Получаю подробнейшие инструкции по уходу за зверем и обязуюсь их выполнять.

Листаю журнал Магазина для мужчин. Со мной или с миром что-то не в порядке. Номер явно рассчитан на определенных мужчин, которые очень интересуются модой – геев. Основной цвет – розовый. Аппликации, вышивки, радуга цветов, украшения, красные туфли! Половина журнала – мальчики с длинной фигурной стрижкой, другая половина – плохо выбритые и очень коротко подстриженные.

Перехожу к русским газетам.

Читаю заметку о прирученных лисах. Когда-то давно их разводили у нас в Академгородке, а теперь потомство живет и в Америке.

Вот и выходной прошел. Все хорошее имеет свойство кончаться быстрее, чем плохое. Подвожу итоги: почти что убрала, посетила, встретилась, отдохнула.

Понедельник омрачает тень вторника.

Утро

Первыми в Магазине появляются не покупатели, а "спортсмены". Им лет по шестьдесят – семьдесят, лица сосредоточеные и серьезные, полные решимости победить старость. Наш Торговый Центр – тренировочная площадка, климат подходящий и обстановка приятная. Приветливо улыбаясь, марширует женщина-клоун: «Красивое платье», – бросает она на ходу. Последнее время ходит одна, муж сошел с дистанции, трудно стало поспевать за спортивной супругой. Она похожа на клоуна, ей лет семьдесят. Пухлое красное лицо обрамляют белые тонкие кудряшки, нос неопределенной формы. Ресницы и губы всегда ярко накрашены, как перед выходом на сцену, на лице – добрая улыбка.

А вот миссис Гольд появилась, я ей бросаю: «Хорошо выглядите»,- а она в ответ: «Я не хорошо выгляжу, я просто хожу», но с удовольствием останавливается, чтобы рассказать о путешествии в Россию.

Вот её история.

В их туристической группе была неприятная пара, все им не нравилось, и они всем не нравились тоже. Ее муж случайно услышал, что эта пара просто терпеть не может черную икру. Короче, он мужественно пригласил супругов за свой стол. Любовь к черной икре была выше неудобств. Весь тур супруги Гольд ели двойные порции черной икры в не лучшей компании, и были в восторге от своей сообразительности.

В конце путешествия неприятный сосед преподнес им громадную матрешку: «Это вам, вы единственные приличные люди в группе, которые пригласили нас к себе за стол и общались с нами!»

Мистер Брук – еще один спортсмен-любитель. Он явно утратил форму с нашей первой встречи и, похоже, оставил попытки приобрести заграничную невесту. Когда-то, семь лет назад, он очень обрадовался, узнав, что я русская. Оказывается, он выписал себе русскую невесту, которая не говорила по-английски, а он, естественно, не понимал по-русски. Мне пришлось пригласить их к себе домой. Невеста, с горящими голодными глазами, оказалась лет на двадцать моложе. Жених ее как-то мало интересовал, он был лишь средством передвижения. Разговор был довольно странный. Жених с моей помощью пытался как можно больше узнать о невесте, а она узнавала о посторонних вещах. Внешности девушка была, прямо скажем, никакой: увидишь и тут же забудешь. О чем она думала, когда ехала в Америку, не зная ни слова по-английски? Жених, со своей стороны, интересовался конкретно английской школой для русских. Для меня было очевидно, что так далеко дело не зайдет. Невесте, похоже, нравилось все, за исключением жениха. Короче, она "отбыла срок" и укатила на Родину. Он, в свою очередь, поставил крест на женитьбе, отпустил животик, одряхлел, но по-прежнему раз в неделю я встречаю его во время спортивной прогулке по Магазину.

В двенадцать часов появляются старенькие супружеские пары, приодетые для ланча. Пятьдесят и более лет совместной жизни стирают различия и добавляют сходства: одинаковые выражения лиц, одни мысли, одна судьба. Как правило, ничего не покупают, только обедают в ресторане.

Выползают совсем старые старушки в креслах, их часто сопровождают внучки. Бабушки с кошельками и без желаний, внучки – с желаниями, но без кошельков. С бесцветными, потухшими глазами бабушки проплывают по Магазину, внучки пытаются расшевелить их, показывая свитерки и юбочки, ничего не прикрывающие. Глаза внучек блестят от полноты жизни и эмоций. У большинства бабушек остался лишь интерес к еде, остальное – как придется.

А вот миссис Вол в сопровождении сына, он посадит ее за стол и быстро исчезнет по своим делам. Ее обед длится часа два, торопится ей некуда, а здесь вокруг приличная публика, и очень красиво. Миссис Вол довольно неопрятна, годами появляется в ресторане в дежурном костюме от Сент-Джона со следами всех предыдущих обедов. Пройдет года два, и она «съест» свой костюм и придет покупать новый. По цвету, он будет удивительно похож на предыдущий, светло-коричневый. Юбка должна обязательно показывать ее коленки и ноги в форме X. Она не терпит возражений.

"Если вы сядете, то Ваша юбка не прикроет коленки", - пытаюсь ее вразумить. "Я буду стоять", - парирует она. Вот и сидит в этом костюме, с волнистыми белыми волосами, похоже, никогда не знавшими расчески и в юбке, едва прикрывающей коленки.

Интересный мужчина

Do not believe in miracles – rely on them.
Закон Мэрфи

Звонок. Этот голос до чертиков узнаваем. Джерри сообщает голосом Левитана, что заказанный мною в другом магазине пиджак не вышлют, и мне надо искать его снова. Ничего не скажешь, хорошее начало дня. Пользуясь случаем, звоню Ирине из вашингтонского Магазина. Русские всегда стараются помочь друг другу и не будут врать, что пиджака у них нет.

«Привет, дорогая. Как дела?» - начинаю.

Ирина явно не в духе: «Какие дела? Думала хоть суббота пройдет хорошо. За весь день только семейство пейсатых пожаловало. На нем – пальто как у Пушкина, она – свиноматка в парике, юбке и чулках, это в жару такую! Куча дочек, самая маленькая в кудряшках очень хорошенькая, оказалось – мальчик, они их до трех лет не стригут. Все перемерили, раскидали, разбросали, всю душу вытянули, бормочут что-то по-испански. Ничего не купили! А эта моя блоха прыгучая, у нее две пружины вместо ног, обернуться не успею, она всех клиентов уже поимела. Ладно, что тебе надо?»

Получаю заветный пиджак, делюсь проблемами, желаю хорошего дня.

Прибегает Кэт, она теперь в вечном движении и на телефоне. Неожиданно после одинокой спокойной жизни, она приобрела большую семью. У нее теперь муж, две кошки, две собаки, двое детей от первого брака мужа – мальчики семи и одиннадцати лет. Тот, которому семь – идеальный ребенок, а вот с другим Кэт просто теряет выдержку, и вчера даже заявила ему, что в итальянских семьях, а она итальянка, детей бьют! Другая проблема – кот. Кэт только что усыпила старую кошку, и взяла котенка. Котенок плохо адаптируется и чихает. К тому же его достают ревнивые собаки. Кэт обсуждает с врачом поведение котенка, идти и платить за визит сорок долларов она не хочет. Поговорила с врачом, проверила сообщения от детей и супруга, звонит последнему. Все по-старому!

По пути в ресторан останавливается менеджер соседнего магазина – Тэдд, очень приятный внешне. Бесс тут как тут, знакомлю.

«Везет вашей жене, вы, наверное, приносите ей красивые вещи», - замечает Бесс.

Жены у него нет, но Бесс эта новость ничуть не огорчает, она обворожительно улыбается: «Рада была познакомиться, кстати, если любите джаз, я могу дать билет в ресторан, где работаю по средам".

Берет быка за рога, правда, бык бесполезный, хотя сразу и не подумаешь. Ладно, пускай поупражняется!

К Лили новый поклонник пожаловал, вполне симпатичный такой, разведенный.

Бесс подцепила интересного видного мужчину и завораживающим голосом описывает достоинства костюмов. Мужчина смотрит восторженными глазами, и я не могу понять – что ему нравится больше: костюмы, которые демонстрирует перед ним Бесс, или сама Бесс? Полчаса спустя картина не меняется, бедная Бесс из последних сил продолжает показывать коллекцию. Вариант – чем дальше в лес – тем больше дров, клиент теряется от обилия возможностей.

От созерцания Бесс меня отвлекает маленькая женщина с детским голосом и наивными детскими глазами. Ее интересует вечный вопрос: как уберечься от моли? Я стала бы миллионершей, если бы знала ответ. Выкладываю все, что читала по этому поводу. В заключении добавляю, что моль любит грязные места одежды, особенно, где раньше были остатки еды. Дама неожиданно взрывается: «Вы что, хотите сказать, что я не должна есть в костюмах Сент-Джона?» Так и хочется ответить: «Есть можно, но не как свинья», но это ведь грубо, и я мило отвечаю: «Можно, если осторожно».

«Привет, я тебя люблю!», - раздается за моей спиной на ломаном русском.

Оборачиваюсь – Одри. Когда-то мы вместе с ней начинали работать в Магазине. Одри – вылитая принцесса Диана, правда, носик подправленный, для полного сходства. У Одри замечательный муж и маленький сын. Работа в Магазине ей надоела довольно быстро. Она купила ферму и наслаждается жизнью на лоне природы. Страсть Одри – лошади, и если нормальная женщина просит подарить мужа украшение, то Одри просит – лошадь, что значительно дороже.

«Ты видишь, я еще помню, чему ты меня учила», – обнимает меня Одри.

«Привет, дорогая, как живешь в своем раю, не надоело еще?»

Чтобы никто не мешал, уходим в примерочную. Но поговорить толком не удается, Тутси, видите ли, боится пропустить рыбу в ресторане, вчера ей не досталось, а сегодня она договорилась, что ей оставят кусок в два часа. Тутси обожает рыбу. Надо выйти в отдел немедленно, она настаивает. Отпускаю бедную наслаждаться рыбой.

Лин тем временем бросается к Одри: «Oh, pumpkin, you look so wonderful!»

Я в восторге от Лин, ну как можно назвать девушку с лицом принцессы Дианы тыковкой, хоть и прекрасно выглядящей? Одри исчезает в горячих объятиях Лин.

« Девочки, вы должны ко мне приехать. У меня натуральный Ноев ковчег, кого только нет, даже обезьяна»,- печально с вздохом добавляет принцесса.

«Ну и как она, обезьяна, живет?»

«Как-как, мне ее бабка беременную подсунула. Мне жалко было бабку, говорила, что не может ухаживать, ну я и взяла. Бабуся клянется, что ничего не знает. Я к ветеринару с обезьяной ходила – точно беременная. Прямо, как дева Мария – от святого духа. Но самое ужасное, что никто не может сказать, когда она будет рожать. У них ведь, не так, как у людей, может через сто пятьдесят дней, а может и через двести семьдесят. Вот я теперь и несусь домой, ожидая подарка".

«Одри, обязательно позвони, когда мартышка появится. Слушай, я должна идти, видишь, баба кругами ходит, нервничает, никак вернуть что-то собирается!»

Одри побежала к обезьяне, а я, вежливо улыбаясь, направилась к даме: «Чем могу помочь?»

Из мешка клиентка вытаскивает платье-чудовище, я такого никогда не видела. Вечернее платье Сент-Джон, одна половина черная, а другая ядовито- малиновая в блестках.

«Откуда это?» – невольно вырвалось у меня.

«Как откуда? У вас купила, правда, давно. В химчистку сдала, а блестки и облетели. Хочу его вернуть, качество плохое!»

Я десять лет работаю, и такого платья у нас не было, от умершей бабушки оно ей, что ли досталось? Улыбаюсь еще более сладко, забираю платье, информацию о хозяйке, и обещаю узнать у менеджера.

Вместо менеджера встречаю Мэри из мехового. Глаза у нее печально-круглые, можно сказать испуганные.

Оказывается, позвонила непутевая дочь, порадовать маму новой беременностью: «Ты представляешь, совсем свихнулась, не думает совершенно! Целый трейлер бездельников, и она туда же. Рожать будет, лишь бы не работать. Всё, никакой помощи больше! Но ведь знает, что мне детей жалко! Муж тоже урод, пропивает все, что зарабатывает. Боже, за что мне такое наказание! Моя дочь - white trash".

Успокоить Мэри трудно, говорить об аборте нельзя, грех. Она все равно его родит, нельзя ребенку быть нежеланным, так что у бедной Мэри будет радость со слезами на глазах.

Я совсем забыла о клиентке, а когда вернулась в отдел, она уже исчезла, оставив меня наедине с жутким платьем.

По Магазину важно плывет Джуэл. Когда-то эта элегантная леди доставила мне много неприятных минут. Я тогда только начала работать в отделе, где работала и она. Джуэл всячески старалась показать пренебрежение ко мне, и при возможности унизить. Джуэл лет семьдесят, она одинока, да и какой нормальный человек мог бы ее выдержать? Она всегда в дорогих черных очках и шляпах. По-английски говорит в нос, с британским произношением, а не «чудовищным американским». Иногда, правда, сбивается. Зиму она живет в Австралии, а лето – в Америке. Короче, женщина с претензиями. Наши скользкие отношения – в прошлом, я чувствую себя с ней на равных, она тоже изменила свой взгляд на меня, просто нечего больше делить. Мы обнимаемся, со стороны – просто лучшие друзья! Такова американская жизнь...

Миссис Грант забежала сообщить, что уезжает на рыбалку, и как только вернется, обязательно придет за покупками.

Меньше всего можно представить эту стильную даму на рыбалке: «Ты же понимаешь, я с ним на рыбалку поеду, а он мне разрешит костюмы новые купить».

Напоминает моего мужа, у которого любимая фраза: «Ты ко мне по-хорошему, и я к тебе по-хорошему».

Половина покупателей осматривает вещи и одновременно говорит по телефону: кто-то продает дом, кто-то консультирует по работе, а вот эта серьезная дама, оказывается сейчас на совещании в чужом кабинете.

«Не могу я дать вам этот документ... Почему? Да потому что я сейчас на совещании в другом отделе и на другом этаже.

Часа через два буду у себя, тогда и пошлю. Извините, я очень занята".

Она пытается найти цену заинтересовавшего ее пиджака, какие тут к черту документы!

Тем временем Бесс переходит к заключительной стадии общения с клиентом: дает визитку, сообщает, что она как персональный продавец может продать ему в Магазине все, что угодно, в любом отделе. Мужчина жмет ей руку, в свою очередь дает визитку, благодарит за помощь и исчезает. Как покажет история, очень на короткое время.

Фамилия на визитке очень даже знакомая, его жена – моя клиентка.

«Она же не любит Сент-Джон», - моя первая реакция.

«Он купил это в подарок матери. Правда, интересный мужчина?» - замечает Бесс с томной улыбкой.

Миссис Вилсон

Я знаю мужей почти всех моих клиенток. В некоторых случаях это полезно, но иногда их лучше не знать. Короче, мужа миссис Вилсон я встретила впервые. Внешность очень даже приятная, лицо открытое, светлые волосы, сложен что надо, лет сорока пяти. Именно такими я представляла себе американцев, когда жила в России.

Я тут же сверила информацию, так точно, адрес тот же.

Миссис Вилсон – настоящая актриса, ее жесты, голос, мимика – все рассчитано на публику. Завидев ее, я пытаюсь быстренько исчезнуть.

Не удалось – представление началось: «Дорогая, моя, сладкая девочка, как ты поживаешь?»

Я возбуждаюсь, загораюсь, сверкая радостью, лечу в ее объятия. Обнимаемся, целуемся, подставляя друг другу щеки. Попалась, хорошо если на час и не больше. Меня ждут долгие беседы о том, где она была в очередной раз и что купила. На ее фигуру почти ничего не лезет. У меня она покупает исключительно кашемировые свитера-распашонки. И вот тут-то начинается театр.

Чтобы описать миссис Вилсон, представьте Аллу Пугачеву четырнадцатого размера с огромной грудью. Миссис Вилсон, несомненно, очень любит себя: встает в позу роковой женщины, гордо вскидывает рыжие кудри, вытягивает шею, оттопыривает пальчики в брильянтах-булыжниках, придает лицу надменно-чувственное и одухотворенное выражение. Ей нравится то, что она видит, но надо пококетничать и посокрушаться над своим видом.

Ее два основных врага: старость и вес. Она периодически исчезает сбрасывать вес по научному, возвращается точно такая же, но гордо заявляет, что потеряла десять фунтов. Возвращает она их гораздо быстрее, чем теряет. Другая извечная тема – я должна придти к ней в гости, у нее музей творений великих дизайнеров. У нас же в Магазине ничего путного не купишь, а вот из своих поездок она привозит удивительные вещицы. Последнее время я не видела ее в Магазине. Муж у нее оказывается очень даже ничего, она, правда, никогда о нем не говорила. В основном, мы обсуждали мужа ее сестры, который над сестрой издевался, бил, не давал ей денег, и от которого она в результате ушла.

Марсианка

Плохо, когда покупатель точно знает, что ему нужно, а у нас этого нет. Еще хуже, когда клиент сам не знает, чего хочет. Именно такой и оказывается моя клиентка. Она - «марсианка», то есть человек живущий в своем особом мире. Когда марсианин выходит в большой мир, он совершает кучу открытий. Клиентке было лет сорок, и избыточным весом она не страдала. Мой профессиональный взгляд тут же отметил линию трусиков под белыми брюками и грудь в свободном падении.

Нижнее белье говорит о тебе больше чем любое резюме - моя любимая фраза. С него я и начинаю, притащив ей штаны видом напоминающие велосипедные, длинные и утягивающие. Мой муж, издеваясь, называет их сексуальными. Она с ужасом смотрит на меня и интересуется, что ношу я. С готовностью демонстрирую идеальный без линий зад. При этом замечаю, что мужу можно в этом и не показываться. Но дама уверяет меня, что муж ни разу не видел ее в нижнем белье. У меня естественно возникает вопрос: занимаются ли они сексом? Подумав, она решается на велосипедные штаны. Выбрав, затянув и подтянув бюстгальтер без лишних деталей и швов, возвращаю даме грудь.

Если следовать инструкциям нашего Магазина, женщина должна иметь пятнадцать разнообразных бюстгальтеров. У меня несколько иной подход. Я делю бюстгальтеры на зимние и летние, предпочитая цвета черный и телесный.

Каждой женщине нужно найти «свой» бюстгальтер. Я нашла свой благодаря Опре, она о нем рассказывала в одном из своих шоу. Могу подписаться под каждым ее словом. Я забросила все другие бюстгальтеры, поистине революционное открытие! Но подходит, увы, не всем. Все же половина моих клиентов оценила по достоинству фирму «Le Mystere».

После нижнего белья плавно переходим к костюмам и обуви.

Бегу в обувной.

Там Майкл демонстрирует кашемировый свитер с расцветкой Пуччи: «Мне это идет или это чересчур для геев?»

Пожилая клиентка выпучила в испуге глаза, и выбирает из двух зол меньшее: «Да, Вам в нем очень хорошо!»

Соглашаюсь с ней и бегу в подсобку обувного. Там, за столом бедный Том сражается с шоколадной ногой в натуральную величину. Продашь туфли Маноло – отпилишь кусочек ноги. Том делится со мной кусочком в счет будущих продаж, жизнь становится слаще, обожаю шоколад! Нога на вкус вполне сносная, скорее всего из Италии. Выбираю несколько пар туфель, в том числе и Маноло Бланик, самые дешевые лодочки за пятьсот долларов. У меня такие же, довольно удобные.

Показываю клиентке туфли Маноло Бланик, ноль эмоций: «Кто это такой?» Просвещаю, рассказываю об этом интересном человеке, его не менее интересной жизни, упоминаю сериал «Секс в большом городе» и Джессику Паркер. Ее глаза все больше удивляются, никогда не слышала, ничего не видела. Средства массовой информации в ее жизни совершенно отсутствуют. Покорно меряет то, что я ей рекомендую. Брюки Сент-Джон ей очень нравятся, удобные и хорошо смотрятся на велосипедных штанах. Пиджак подчеркивает тонкую талию и сидит потрясающе.

Цена туфель Маноло Бланик клиентку смущает, она и не подозревала, что туфли могут стоить пятьсот и больше. Обращает свой взор на туфли Стюарт Вайцман, всего за двести долларов.

Объясняю разницу: « У вас есть выбор ездить на Форде или на Мерседесе, что вы выберете? Маноло Бланик – это Мерседес в мире обуви».

Дошло, покупает Маноло Бланик.

Через два часа я выпускаю совершенно новую, частично просвещенную женщину. Ее зад идеален, линия груди безукоризненна, в сумке – старое нижнее белье и туфли, в руках – мешок с новым костюмом.

К нам в отдел она забрела случайно, пришла покупать духи. Мне лень идти на первый этаж за духами, мир запахов ей откроет кто-нибудь другой.

День, как день

Меня встречает Лин и смотрит с ужасом: «Я вчера твоих покупателей оставила в примерочной и забыла про них!»

Улыбаюсь в ответ: «Что же пойдем, посмотрим, может, они еще там».

Звонит телефон, Лин берет трубку, на ее лице выразительная гамма разных чувств – от ужаса до удивления. Я не могу упустить спектакль, сажусь за стол рядом и жду объяснений.

Наконец, Лин кладет трубку и смотрит на меня дикими глазами: «Ты не представляешь, с кем я сейчас говорила. Со своей свекровью, она в Доме престарелых живет. Так вот, ей девяносто шесть лет и у нее полное отсутствие памяти. В девяносто лет она перешла в другой мир и забыла прежний. Каждое воскресенье я привожу свекрови французские круасоны, про них она никогда не забывает, а вот кто я такая, ей всегда приходится объяснять. Чаще всего она меня за медсестру принимает. Ну да ладно, я к этому привыкла. А вообще-то страшно, я бы не хотела доживать в таком виде до ста лет. Она ведь еще в свое семидесятилетие с парашютом прыгнула, первая в городе женщина-пилот, смерть первенца пережила, детей без мужа поднимала и вот такой страшный итог – ничего не помнит, не ходит».

И вдруг, Лин говорит то, от чего мне становится страшно, ведь Лин – это ангел, сама доброта: «Вчера она меня так измотала, что когда везла ее мимо лестничного пролета, вдруг подумала, ну почему бы тебе милая, не прыгнуть и не закончить свое существование? Представляешь, вчера мне позвонил доктор из Дома и сообщил, что она сломала челюсть. Челюсть выпала, и она случайно переехала ее на «самокате». Зубов нашли только три штуки. Я естественно в ужасе, хороший Рождественский подарок! Бросилась туда, доктор подсчитал – дешевле трех тысяч не обойдется. Спасибо Бушу, чтобы ему гореть в аду за его программу. А тут она еще опять капризничать начала – глазной доктор ее, видите ли, не устраивает, дураком его обозвала. Очки ей плохие прописал, она в них не видит. И ведь ничего ей не объяснишь. Он ей для дали прописал, а она в них читать собирается. Короче, повезу ее к нашему семейному доктору, ему она верит. А теперь слушай дальше. Ты же знаешь, как тяжело к нам в Магазин дозвониться? Практически невозможно. Не поверишь, она только что мне сама звонила, и имя ведь помнит, я сразу и не сообразила, кто говорит. Так вот, весело так сообщает, что зубы нашла, она их предусмотрительно в носовой платок спрятала. А вот сегодня утром в сумочку полезла и нашла! Бог есть на земле, поеду, посмотрю в каком состоянии челюсть, все дешевле будет восстановить, чем новую заказывать. Вот так и живу. Короче, я считаю, все, абсолютно все, должны жить до шестидесяти пяти лет. Впрочем, тогда мне осталось жить всего два года. Ладно, увеличим до восьмидесяти, нет – до семидесяти девяти. Здесь проходит черта, это точно!»

Прибегает Бесс, сгорая от нетерпения сообщить что-то важное. Оказывается, позвонил мистер Вилсон, тот самый муж моей клиентки, сказал, что он сегодня придет, и ему нужна помощь Бесс. Похоже, она нашла отличного клиента, с чем я ее и поздравляю.

Лили сидит вся сонная, вчера пересидела в баре. Только собралась домой в час ночи, как в баре появились бейсболисты «Кардинала». В честь победы стали поить всех бесплатно. Народ пьянел на глазах, и тут какой-то идиот признался, что болеет за «Красные носки». Началась драка, приехала полиция, бедная Лили оказалась дома после трех ночи. Может, поэтому сегодня она не особенно любезная.

Девица в отделе неудачно стукнулась головой о вешалку: «О, это потому, что у меня такая большая голова!»

Лили стараясь быть приветливой, окинула бедную критическим взглядом: «Это ничего, вы все равно симпатичная!»

Я чуть со стула не упала от такой любезности.

Несчастная Тутси озабочена вчерашним походом в салон красоты: «Представляешь, они там все китайцы и лопочут между собой. При этом как-то странно на меня смотрят, точно обо мне говорят. Так неприятно было, я педикюр делала, извелась вся. Как ты думаешь, можно как-нибудь узнать, о чем они говорят?»

Предлагаю озабоченной Тутси в следующий раз взять мое записывающее устройство и записать, ну а потом китаец Дэн из обувного переведет. Тутси не совсем уверена, но отстала на время.

Кэт в очередных заботах: в память об умершей бабушке решила посадить плакучую иву. Пытается по телефону узнать, когда же, наконец, ее привезут и посадят.

«Кэт, дорогая, не проще ли самой вырыть ямку и дешевле будет, да и бабушке приятнее, если ты сама посадишь?»

Кэт на минуту глубоко задумалась: «Ты знаешь, я полью иву пивом Будвайзер. Бабушка его обожала, я даже его тайком в больницу ей приносила".

Я не очень уверена, что иве пиво понравится, но, по крайней мере, внучка проявит заботу и оригинальность.

На меня буквально прыгает маленькая шустрая старушка. Сразу видно, из тех, кому просто не с кем поговорить.

Незаметно, вроде бы рассматривая тряпки, она вводит меня в курс своей жизни: «Вы не поверите, что я делала сегодня утром».

Начало многообещающее, я только не могу понять, зачем мне об этом знать?

Мое молчание ее не останавливает: «Я провела уже второе утро в очереди медицинской службы и опять не попала на тест. Но вы знаете, это даже лучше, я опять получила семьдесят пять долларов, и попросила вызвать меня в следующий раз".

Далее бабушка подробно описывает, кто там был и что делал. Оказывается, она – специалистка по социологическим обследованиям. Ее любимое – пищевое. На него надо приходить совершенно голодной. Кормили ее супами, а она должна была расписывать свои вкусовые ощущения. Ушла она хорошо поевшая, да еще и с деньгами. А вот исследование телевизионных программ ей не понравилось, целых пять часов смотрела, утомилась ужасно.

Незаметно бабушка перешла на более интересную для меня тему – детство и юность директора Магазина. Жили по соседству, а теперь ее внук дружит с его дочерью. Вроде бы внука не очень жалуют, что обижает бабку. Правда, недавно они его куда-то пригласили, и ее волнует, значит ли это что-нибудь. Бабушке девочка нравится. Внук постоянно грозит ее бросить, но все как-то не получается. А дочь бабки девочку привечает, кормит, целует... Мудрая бабка считает, что хорошо бы, чтобы они сейчас разбежались, а потом попозже встретились. Родители девочки против мальчика, но, может, и смирятся, все-таки семью знают.

За полетом мыслей старушки трудно следить, их у нее слишком много накопилось, и она спешит все вывалить на меня.

Вперемежку с частной жизнью она отпускает замечания по поводу костюмов: «Я что слепая или это на самом деле жакет тысячу долларов стоит? И что к нему прилагается? Как ничего? Штаны – четыреста долларов? Вы, что смеетесь? Я, наверное, не в том отделе».

И так же как появилась, она молниеносно исчезла, оставив меня переваривать ценную информацию.

И весьма кстати. Я оказалась в объятиях Мишель – королевы Мэри Кэй. Мишель – крупная шишка в пирамиде этой компании, у нее розовый Мерседес и большая свита. Она просто излучает здоровье, красоту и успех. Положение обязывает, и она регулярно пополняет свой гардероб новыми блестящими туалетами. В ее жизни немало торжественных случаев и банкетов. Она постоянно в движении и куда-то опаздывает. Промчится ураганом по моему отделу, заставит меня бегать и вертеться между примерочной, рестораном, обувным отделом. Я пытаюсь подогнать и подшить немедленно, пока она в Магазине. Мы с ней в чем-то похожи. Мишель даже пыталась завербовать меня в свои ряды, привезла громадный мешок косметики, книги и дискету. Мой муж прослушал запись и даже задумался.

Итак, Мишель со свитой радостно щебечет в Сент-Джоне, я бегу в ресторан за напитками. Собираю тряпки для примерки, Мишель делится последними новостями и надевает золотой костюм. Требует туфли на шпильках, чтобы показаться во всей красе. Шоу начинается. Мишель выплывает то в красном, то в голубом, роль модели ей очень даже нравится. Она высокая блондинка и чудесно смотрится в длинных вечерних нарядах. Свита в восторге, сыплются комплименты, в результате просмотра моделей, выбирают самый лучший костюм, быстро подгоняем его по фигуре, и королева исчезает, благодарно чмокнув меня в обе щеки. Пока, до следующего набега!

А мистер Вилсон появился, как и обещал. Видно, ему пришлось по душе предложение Бесс быть его личным продавцом. В этот раз Бесс отправилась с ним на первый этаж, в мужской отдел. Пришла вся возбужденная и радостная: «Представляешь, я ему на пять тысяч продала. Он все покупает, что я советую».

Я немного удивлена таким поворотом дела, что-то здесь не так: «Бесс, никак ты ему нравишься, с чего это в нем любовь к одежде вдруг проснулась?»

Бесс загадочно улыбнулась: «Ты знаешь, я совсем не против, если он так и дальше будет тратить. Помнишь Крис в сумках? Ну, ту, которую уволили за откровенные наряды? Так вот, она говорила, что ее внешний вид и глубокое декольте помогают ей продавать – мужчинам, конечно».

Тут мое внимание привлекла Хэвенли, вернее то, что она принесла для дисплея – фиолетовые розы с зеленой травой, я принялась их рассматривать, вроде не крашенные, смотрятся здорово. Решила завтра принести камеру и запечатлеть это чудо природы. Что-что, а цветочные композиции в Магазине самые лучшие в городе. Это точно.

Тутси по всему отделу разбросала записки: «6.15 – свидание с мужем в Бенто». От одного воспоминания о японской кухне я немедленно хочу есть. Пошла в обувной, подкрепилась шоколадной ногой, полегчало.

Кэт притащила из детского отдела платье Лили Пулитцер в подарок знакомой, пытается отыскать спрятанное имя Лили на нем. Я с удовольствием присоединяюсь, находим имя на спине жирафа!

Джули пришла сегодня с маленькой старушкой в шляпке: «Знакомься, это Бетси, мы должны найти ей новую шляпку!»

Дело несложное. Бетси с удовольствием крутится перед зеркалом, примеряя последовательно все шляпы в отделе. Я пыталась узнать последние новости Джули.

«Бетси – мое спасение, она советует мне, что делать. Если скажет, не лететь в среду, я остаюсь дома», – пытается просветить меня Джули.

Бетси скромно отмахивается ручкой в перчатке: «Не слушай ее, Ирина, она преувеличивает мои возможности. Так, немного балуюсь».

Бетси приглянулась коричневая шляпка с черной каемочкой. Маленькая предсказательница подхватила большую шляпную коробку, взяла под руку Джули, и они растворились в толпе.

Сижу, от скуки просматриваю местную хронику. Малыш лет пяти осторожно присаживается на диванчик рядом с двумя манекенами. Еще более осторожно, как в замедленном кино поворачивается к манекену. Осторожно приподнимает юбку манекена и заглядывает под нее...

На горизонте просматривается покупательница, от которой лучше бежать подальше, конечно, возвращать что-то принесла.

Выслушиваю давно знакомую песню: «Я ненавижу эту новую линию Сент-Джона. (О старой она говорила то же самое). Мне семьдесят шесть лет (А я думала - восемьдесят). Вырез – большой, рукава – узкие, юбка – короткая, невозможно такое носить».

Мой диагноз: стара, толста, не кофта не подходит тебе, а ты не подходишь кофте, конечно, короткая – растянула ее вдоль, вот и короткая! Рассерженная на весь свет дама обиженно уплывает, получив кредит.

И тут появляется еще один. И как я сразу не поняла, кто передо мной! Слишком предыдущая клиентка разгорячила. Весь какой-то странный, неуверенный, глаза бегут и убегают далеко от меня. Я как всегда пытаюсь выяснить данные о даме, для которой он покупает. Он какие-то странные вопросы задает, отвечает о себе, а не о даме. Я своей непонятливостью его окончательно добила и повергла в бегство. Тут-то мне Тутси и сообщила, что это cross dresser (мужчина, носящий женскую одежду). Он оказывается уже был здесь один раз, сапоги женские на каблуках мерил, босиком по всему Магазину бегал в удивительных обтягивающих штанах, не оставляющих сомнения в его ориентации. А я даже не заметила, в каких сапогах он пришел! Тутси заметила, что в женских!

В общем, весело так день пробежал, незаметно.

Феличита

Новенькую зовут Алисой. Ей за пятьдесят, но выглядит прилично. Никогда не рожала, сохранила фигуру. Вышла замуж в пятьдесят лет. Одевается в однотипные, строгие бесцветные костюмы и толстые черные колготки. Смотрю на нее и на Тутси, и больше всего хочется соединить их вместе, а потом разделить, здорово бы получилось, а то одна – как школьная учительница, а у другой вид как на свадьбу собралась.

Она

Жизнь промчалась как одно мгновенье.

Любимые семидесятые: секс, наркотики, рок-н-ролл.

Кошмарные восьмидесятые: большие прически, плечики, диско и море наркотиков. Накачанная она выползала из ресторана с восходом солнца. Ее окружали герои «Scarface». В магазин, где работала, приносили фантастические суммы денег. Его закрывали для публики, чтобы крутые могли скупить все, что хотели, а заодно и расслабиться от дел земных. Она бежала в соседний магазин за выпивкой. Клиенты платили наличными. Майами – наркотический рай, где жизнь текла по особым законам.

В девяностые она встряхнулась, пришла в себя и дважды вышла замуж.

Первый любил ее тело и плевал на душу. Второй был тонкой натурой, но оказался шизофреником.

Она искала любовь повсюду, в разных странах и городах, а потом успокоилась на карьере и маленьких прелестях жизни. На Рождество и День благодарения навещала мать во Флориде. Мечта о доме так и осталась мечтой. К пятидесяти годам она смирилась с тем, что остаток жизни проведет в одиночестве.

Ей спокойно можно дать около сорока: высокая, худенькая блондинка с короткой стрижкой и веселыми глазами-лучиками. Любимый цвет – белый, любимая одежда – белая рубашка и джинсы. Любимое занятие – чтение любовных романов, желательно длинных.

Отдыхая у матери, она читала все дни напролет: утром – у бассейна, после обеда – в книжном магазине.

Странная штука жизнь – молодость тянется долго, но пролетает быстро, старость летит молниеносно, но длится долго. Вы понимаете, что я имею в виду? Старый возраст дольше, чем молодой, к сожалению.

Он

Десять лет назад он развелся с женой и почувствовал себя счастливым. Жена не работала и не занималась хозяйством. Единственное достоинство – тонкая талия вскоре исчезла без следа. В ее жизни были две страсти: еда и телевизор, поесть она любила в ресторане, а телевизор смотрела лежа, и это сказывалось.

Друзья не раз знакомили его с женщинами, но неудачно. Последняя оказалась дважды вдовой и постоянно рассказывала о бывших чудесных мужьях. Ему стало тошно, третьим он стать не хотел.

По долгу службы он часто переезжал. Любимое занятие – чтение, а после Вьетнама стал писать сам.

Они

Первое июня, полдень, она открывает дверь книжного магазина. У витрины с новинками стоит он, на минуту их глаза встретились, она приветливо улыбнулась, он улыбнулся в ответ. Она получила заказанную книгу «Кельтский крест» и, взяв кофе, устроилась за столиком у окна. Он проходил мимо, увидел название книги и заинтересовался – его предки из Шотландии.

«Простите, пожалуйста, это исторический роман?»

Она покраснела и почему-то перешла на шепот: «Нет, это любовный роман, но он разворачивается на фоне реальных исторических событий в Шотландии».

Так начался их роман на фоне тихого провинциального городка. А дальше все было как в ее мечтах и даже лучше. Они поженились, переехали жить в большой город, купили старинный дом, ставший маленьким шотландским замком. Она с удовольствием красила стены и бегала по магазинам в поисках особых светильников. И вот настал радостный час, она смогла распаковать свои богатства – картины, истосковавшиеся по стенам. Он не знал, что в доме может быть так уютно, что вечером его будет ждать накрытый белой скатертью стол, а главное, жена, тоненькая как девочка, с глазами-лучиками и звонким смехом. Он пишет ей пронзительные стихи:

Last night, as we lay,
Your scented hair, soft hands,
Smooth body became
That luxurious space
Under down blankets
And cotton sheets…
Прошлой ночью я погрузился в божественное пространство
Твоих душистых волос, мягких рук и нежного тела…

А она, никогда не имевшая детей, с восторгом рассказывает о его замечательных сыновьях и с нетерпением ждет внуков.

Неблагодарный муж

Среда – самый противный день, я работаю до восьми вечера. В семь пятьдесят в каждом застрявшем покупателе видишь личного врага и мечешь взгляды-молнии. Особенно непонятливым приходится вежливо сообщать, что Магазин закрывается. Скорее на свободу, на свежий воздух, к небу! У меня к нему особое отношение, с некоторых пор, я смотрю на него постоянно. Выйду на улицу и первым делом проверяю небо. Мужу изрядно надоели фотографии облаков и закатов, но я ничего не могу поделать – ловлю мгновенья. Мой последний закат оказался со звездой Давида посередине.

Восемь тридцать. Доехала до дому, открываю дверь – телефон разрывается.

«Слава богу, где ты шатаешься, я тебя часа два вызваниваю. Пора бы могильник завести», – выпаливает Сонечка Черная.

«Извини, дорогая, пора запомнить, что в среду работаю до восьми. Только зашла, жрать хочу. Что там у тебя?» - мне явно хочется положить трубку.

«Что случилось? Черный вызвал бабу из Питера, она теперь у него живет, вот что случилось!»

«Ну, а тебе-то что? У тебя своя жизнь, с как там его, Джоном», - пробую успокоить подругу.

«Какая к черту жизнь? Какой Джон – Джеф, но у нас все кончено», - еще больше распаляется Сонечка.

«Дорогая, ну ты же сама ушла».

«Ты ничего не понимаешь, я хотела попробовать пожить отдельно. Столько лет его тащила через аспирантуру, две диссертации, эмиграцию, ведь все на мне, он совершенно беспомощный. А вид, ты посмотри, на кого он похож: толстый, лысый бегемот, и надо же, прихожу вчера к нему поговорить, а он так мило открывает дверь, приглашает сесть. Я ему выпаливаю, что решила вернуться, а он нагло улыбается и сообщает, что ничего не имеет против, если мы будем жить втроем! И тут его новая краля вываливает – познакомиться. Представляешь, успел пригласить быстренько так, не очень переживал и раздумывал. Конечно, дурой надо быть, чтобы из России в Америку не согласиться приехать. Примчалась, декабристка проклятая!»

Я слушаю Сонечку, мне ее нисколечко не жалко. Мне жалко голодную себя. Пытаюсь снять сапоги, сразу становится легче. С зажатой трубкой, ставлю воду для пельменей, и слушаю исповедь Черной.

«Ну, что ты на это скажешь?» - взывает ко мне Сонечка.

«Сонечка, милая, у меня голова от голода не варит, дай поем, а потом поговорим, забудь ты о нем, сама же говорила, что беспомощный, вот и пытался выжить, как умел".

Что вокруг творится, все как с ума сошли, разводятся! Нет, от добра не ищут. Черная, ведь она как думала, женит на себе Джона-Джеффа, он владелец крупной компании, и будет она богатой на всю оставшуюся жизнь. Джефф не дурак, молодая русская любовница – чудесно, но с женой у него общий капитал и двое детей. Любовницу всегда можно найти, но она должна знать свое место и не претендовать на то, что не положено.

А хорошо все-таки, что у меня мобильника нет!

Не бросайте манекены на пол

Утреннее собрание началось с объявления, что продавцы не только раздевают манекены, но даже были случаи, когда их оставляли лежащими на полу...

Он увидел ее на полу в Магазине, и почему-то в голову пришла дурацкая мысль – поднять. Пугливо озираясь, ведь уронил не он, поставил манекен на ноги, то есть в прекрасно-совершенные Манолос. В этот самый момент он почувствовал, как цепкие руки обвились вокруг шеи, и он окунулся в божественный аромат французских духов.

Принимая во внимание, сколько он выпил, (возвращался со дня рождения друга), совсем не удивился, а был скорее раздражен: «Поднимай тут всяких, а потом не отвяжешься!»

Приятно улыбнувшись, создание пролепетало: «Дождалась, наконец-то, пойдем поскорее отсюда. Сказать по правде, я ужасно голодная».

Последняя фраза его немножко озадачила, ресторан не вписывался в его текущее финансовое положение. Вести красотку в костюме Шанель (это, несомненно, Шанель, и даже его скудных познаний в этой области хватило, чтобы это понять) в Макдоналдс, было не совсем удобно. И вдруг, словно читая его мысли, прелестное создание пролепетало, что с удовольствием пойдет перекусить к нему, как будто только то и делала, что перекусывала у него.

Вести ее к себе? Он явно не был уверен, что хочет этого. Его квартира, хоть и недалеко от Центрального парка, была слишком скромная, мягко говоря. Он лихорадочно стал вспоминать, в каком состоянии оставил ее утром. Дело в том, что в Нью-Йорк он переехал ровно два года назад прямо из-под крыла мамочки Бесс. От нее он унаследовал болезненное отношение к чистоте, в ресторанах тщательно протирал столовые приборы, общественные двери открывал только салфетками, в случайные связи не вступал. И вот этот монстр, то есть Нью-Йорк, стремительно разрушал его чистый мир. Теперь, приходя, домой, он первым делом включал свет на кухне, тем самым, давая понять собратьям тараканам, что наступает его час, и лучше им исчезнуть.

«Как мило», - пролепетала незнакомка, впорхнув в дверь.

Он удивленно пожал плечами: «Голодная, вот и вежливая». Она тут же принялась с умным видом рассматривать книги, его единственное богатство. Он же бросился на кухню в надежде найти что-либо съедобное. С радостью обнаружил яйца и помидоры, так что его коронное блюдо обеспечено. И тут, словно очнувшись от наваждения, он решил повнимательнее рассмотреть объект, который так неосторожно, в первый же день, привел домой.

Объект, как ни в чем не бывало, сбросил туфельки и растянулся с книжкой на диване. Она (черно-белая) на диване (красном) выглядела обалденно, он невольно залюбовался. Юбка на ней почти отсутствовала и открывала широкие возможности для обозрения не только нескончаемых ног. Таких он еще не знавал, девочка явно не из его круга - Uptown girl (Девочка из Верхней, престижной части города). Такие сидят в первых рядах на показах мод, а дизайнеры бесплатно присылают им свои творения, летают они только на частных самолетах и останавливаются только... Короче там, куда его нога никогда не ступит. Но до чего же хороша, и эта шапочка черных коротких волос, и красные чувственные губы и длинные летящие пальцы рук. Несмотря на маленький опыт по части женщин, он ни мог не отметить прелести незнакомки.

Она опять прочла его мысли: «Нравлюсь? А ты сделай снимок на память».

Он покорно нашел одноразовую, оставшуюся от поездки во Флориду, камеру. Она аккуратно расправила все цепочки и складочки на костюме, поправила волосы, улыбнулась: «Cheese.»

«Я хочу чего-нибудь выпить», – пропела она, он не стал уточнять, чего бы она хотела выпить, в его холодильнике водилось только пиво.

Девушка оказалось на редкость легкого характера, с удовольствием схватила пиво и стала пить его прямо из бутылки, вот тебе и Uptown girl! Бегая между диваном и кухней, он чуть было не пропустил готовность своего шедевра. Покрыв журнальный столик единственным новым полотенцем (спасибо дорогой мамочке), он принес две тарелки с омлетом. Девушка была в восторге, к его изумлению, она попробовала блюдо впервые в жизни, и оно ей понравилось! Она чувствовала себя как рыба в воде и ничуть не стеснялась. Да и чего ей было стесняться, с такой красотой все двери и сердца открыты, только выбирай к кому бы сегодня пойти на ужин. Она закинула ногу за ногу, и от этого простого действия все вокруг него перевернулось и застыло. Незаметно последние пары алкоголя покинули его и уступили место другим, не менее сильным чувствам.

«Спасибо. Просто божественно», – и она поцеловала его в щеку, затем вытащила длинные, как и ее пальцы, сигареты, улыбнулась: «Не возражаешь?»

И закурила, не дожидаясь ответа. Да и кто мог ей возразить? Только не он. Его щека пылала от ее поцелуя и лишала возможности трезво оценивать ситуацию. В его квартире еще никто никогда не курил, но сейчас ему это как-то даже нравилось. Она курила с наслаждением, прикрыв глаза, как будто священнодействовала. Какие у нее огромные ресницы, а помада все еще блестит. Что если она захочет остаться, хотя больше всего он боялся, что она просто исчезнет. Он поймал себя на мысли, что ему хорошо, и он счастлив, наблюдая за этой молодой женщиной, о которой час назад даже и не подозревал.

Она внезапно открыла глаза, затушила сигарету и как гром среди ясного неба: «А не пора ли нам спать, я, пожалуй, останусь».

Это его испугало, и больше всего его мучил вопрос, как они будут спать?

Его мораль не позволяла спать с девушкой после первого свидания. Он считал, что «ранний» секс портит дальнейшие взаимоотношения. Но тут как бы и не было свидания, а вот секс вполне мог быть, судя по всему. Что касается дальнейших взаимоотношений, так далеко он на сей раз, почему-то не заглядывал.

Она проскользнула мимо него, обдав шлейфом зовущих запахов. Черно-белый killer suit (убийственный костюм), как по мановению волшебной палочки оказался на полу, а нижнего белья на ней не было. Такое было трудно пережить. Brazilian Wax (косметическая процедура по удалению волос в нижней части тела) сделала ее тело девственно чистым, он где-то читал об этом новом увлечении богатых девочек. Грудь была идеальной формы и размера. Она, похоже, и не сомневалась в произведенном ею эффекте, улыбнулась и скрылась в ванной.

Как ни странно, он еще соображал и бросился искать чистое полотенце. К большому сожалению, нашел только пляжное с дельфинами, но тут уж не до выбора! Его тело начинало жить и ощущать прекрасную незнакомку, его тело мучительно страдало и плакало.

Она с радостью приняла полотенце и предложила ему присоединиться. Он полуживой, со стоном выскочил из ванной. Мысль о ее совершенном теле не покидала теперь ни на минуту.

«Душ свободен», – объявила она, появившись в «платье» с дельфинами, оно ей чертовски шло.

Дрожа и недоумевая, куда все это приведет, он поплелся в душ, долго и с остервенением тер себя, пытаясь смыть дьявольское наваждение. Вот сейчас выйдет – а ее и нет, да и не было никогда. Окончательно запутавшись в своих мыслях, решительно закрыл кран, окинув себя взглядом в зеркале – вздохнул, и смело покинул душ.

Прелестное создание ждало, где и полагается ждать. А дальше... После такой ночи можно было спокойно умереть, потому что самое главное и прекрасное в его жизни уже произошло. Но он не умер, а проснулся в пустой постели и с пустой головой. Он стал метаться по комнате в поисках любой мелочи, связанной со вчерашней незнакомкой. Ничего, абсолютно ничего, даже сигаретного запаха!

Звонил телефон. Его долгоиграющая девушка Трэйси сообщала, что нарисуется вечером. Он хотел возразить, но врожденная мягкость не позволила ему этого сделать. Недаром Трэйси говорила, что у него personality of the wet noodle (он как мокрая макаронина). С Трэйси они вместе учились в университете и как-то незаметно решили, что спать вместе лучше.

Он бросился в магазин, там был полный порядок, и манекены на полу не валялись. И тут он вспомнил о камере, как же это он мог забыть о самом главном доказательстве.

Через час, получив пленку, он лихорадочно выбрасывал виды Флориды, ища одну единственную... Вот она. О счастье, он не сошел с ума. Тут он вспомнил, что даже не знает ее имени.

Дома он не мог найти себе места, вспоминая подробности вчерашнего вечера. Трэйси как-то совсем вылетела из головы, и пришла она явно некстати. Боже, что у нее был за вид! Впрочем, вид у нее, надо сказать, был обычный. Ее белокурые волосы торчали в абсолютном беспорядке как у маленького ребенка, лицо не знало косметики, и даже ее улыбка, казавшаяся раньше обворожительной, почему-то сегодня оставила его равнодушным.

«Привет»,- она чмокнула его в щеку и тут же плюхнулась на красный диван.

«Устала до чертиков»,- она сбросила безобразные туфли-утюги и взгромоздила ноги на журнальный столик.

Ему стало не по себе. Для полного счастья Трейси решила избавиться и от тесного пиджака. Одевалась она, мягко говоря, странно. Ее пунктиком было надеть на себя как можно больше, на всякий случай. Такая вот женщина-капуста, состоящая из слоев. На белую мятую рубашку была надета розовая кашемировая кофта, а сверху – пиджак, давно уже ставший узким. И все ее слои почему-то торчали в разные стороны. Как он раньше не замечал этого. Лучше бы и не замечал. Она продолжала описывать свой ужасный день, а он не мог глаз оторвать от ее ног. Ноги ему тоже не нравились, вернее это были другие ноги, в каких-то ссадинах и явно не знавшие педикюра. Мысль, что он должен будет прикоснуться к ее телу, к этой лохматой и какой-то чужой девице, привела его в панику.

«Ты меня слушаешь, где ты сегодня витаешь?», - тянула его за руку Трэйси.

«Я вспомнил, что у меня ничего нет на ужин, я сейчас, я скоро». Короче, он просто смылся от когда-то любимой и в один день ставшей чужой. Ушел искать единственную.

С чувством выполненного долга, Сюзан набрала номер и оставила важное сообщение: – «Бесс, не волнуйся дорогая, с мальчиком все в полном порядке. Уверяю тебя, он не гей. Скромный и тихий – это есть, а в остальном все в норме».

Вот так помечтала немного, а собрание тем временем и закончилось…

Собачье счастье

«Ты посмотри, до чего люди дошли, стоят рядом с коляской и на ребенка – ноль внимания, собачки их, видите ли, больше интересуют», - возмущается Тутси.

Я ее успокаиваю: «Коляска-то собачья, они в ней и приехали».

Последнее время стало модным ходить в Магазин с собаками в колясках. Хозяева гордятся ими не меньше, чем родители детьми, правда, вряд ли при этом могут что-нибудь купить – собачьи поклонники осаждают.

Как-то, одна маленькая болонка оставила следы своего присутствия возле моего стола, такие аккуратные горки, что нисколько не смутило ее хозяйку, удалилась, как ни в чем не бывало, оставив меня наедине с проблемой. Большинство же маленьких собачек путешествует в сумках хозяек или в колясках. У одной из богатых клиенток – белая болонка. Сама хозяйка постоянно меняет цвет волос, и ей жаль бедную собачку, которая вынуждена всю жизнь ходить белой. Короче, она покрасила ее в розовый цвет. На Халовин она принесла собачку в костюме невесты. Бедная невеста оказалась на редкость строптивой и сдирала фату, чем расстраивала хозяйку.

Регулярно приходит с маленькой собачкой кореянка, у обеих на голове ленточками завязаны хвостики, сходство потрясающее. Собачка едет в персональной маленькой колясочке, как настоящая принцесса. Хозяйка уверяет, что собачка терпеть не может корейцев и не дает себя гладить. Видно, знает о меню корейцев. Зато у нас в Магазине она прыгает от удовольствия, лижет всем руки – ее звездный час!

Бегу за камерой, в Магазине появилась очаровательная посетительница в маечке и в ботиночках, на ее белой головке бесподобная модная стрижка. Собачка плохо позирует, вертится, то ее зад получается, то половина тела, то мордочка и красная подошва одного башмака.

Молодой человек поднимается по эскалатору, на руках у него огромный стофунтовый белый пудель. По всему видать – собака породистая, вся очень важная и сознающая свою красоту. Хозяин горд своим подопечным и небрежно улыбается на многочисленные охи и вздохи окружающих.

Последнее время перестал приносить в Магазин свою моську пожилой господин. Или моська умерла, или не стало нужды у господина знакомиться с женщинами с помощью собаки. Раньше, бывало, как появится в Магазине с маленькой болонкой, дамы сбегаются, и есть повод пообщаться с прекрасным полом.

Кое о чем

В еженедельной газете города Далласа сообщалось, что мужской туалет Магазина входит в десять самых любимых мест встречи геев. У охраны прибавилось работы – следить за мужчинами, которые одновременно направляются в туалет.

По Магазину осторожно, как по яичной скорлупе, двигается странный мужчина. Ему лет восемьдесят, худой, высокий, с длинными белыми волосами, в кепке и в очень обтягивающих джинсах. Причина его походки становится ясна, когда я случайно бросаю взгляд на его обувь, на нем самые высокие изящные шпильки и направляется он в отдел женской обуви.

Скажите, пожалуйста, ну зачем мужчина пойдет вместе с женщиной смотреть, как она примеряет нижнее белье? Разумеется, про таких покупателей следует забыть на время и не беспокоить глупыми вопросами, как сидит и не принести ли еще что-либо. А иначе можно увидеть много неожиданного.

Отдел нижнего белья это самый опасный отдел. Старушки застревают в грациях, и их беспомощных обнаруживают на полу, как птиц в капканах.

Некоторые клиенты не носят нижнее белье, сейчас я к этому как-то привыкла, а первый раз просто застыла от изумления. Не понимаю, как женщины могут работать в мужском отделе, голую бабу я как-нибудь переживу, но мужика…

Наша работа, как работа врача, постепенно привыкаешь к старым, некрасивым фигурам, отсутствию груди, шрамам. Мало ли что увидишь! Тряпки скрывают многие недостатки, часто женщины выглядят молодыми, и только, когда разденутся, замечаешь дряблую, обвисшую кожу. По результатам обследования больше пятидесяти процентов недовольны тем, как они выглядят. Мне кажется, таких наберется намного больше. По крайней мере, все мои клиентки постоянно жалуются на фигуру и вес. Большинство уже сделали одну или несколько операций. Не всегда результаты видны, но, может, это и хорошо. Хуже, когда операция прошла неудачно и изуродовала лицо.

Самая распространенная операция среди моих клиентов — замена колена, такое впечатление, что почти все уже ходят с новыми коленками.

Красная роза – эмблема любви

Never sleep with anyone crazier than yourself.
Закон Мэрфи

Раз в два года в зоопарке устраиваются благотворительные балы – зуфари. Билет стоит долларов двести. У меня два бесплатных за выдающиеся производственные успехи. Мужа оставляю дома, на Зуфари еду с иранской принцессой Лили на ее Мерседесе. Короче, как белые люди. На бал съезжается цвет нашего города.

Кто из нас в детстве не играл в принцесс? Я была бездарна в рисовании, мои тетрадки состояли из одних принцесс – тонкие осиные талии и пышные юбки, из-под которых высовывались крошечные туфельки. Труднее было с руками. На голове обязательно красовалась корона с вуалью до пола. Мое новогоднее платье принцессы состояло из кучи накрахмаленных слоев марли, а корона была из картонки и ваты с наклеенными блестками. Ночь перед елкой я мучилась на тряпочках (вместо бигуди), чтобы утром проснуться настоящей принцессой с локонами. Внутри меня до сих пор живет девочка-принцесса. Я обожаю одеваться и тоскую по временам, когда женщины носили шляпки и перчатки. О, простота и изящество двадцатых! Пышные юбки и тонкие талии пятидесятых!

У моей прабабушки была ложа в театре Екатеринбурга, сама она жила в глубинке. Путешествие в театр было праздником. Специально к поездке шились платья, заказывались шляпки, приготовления захватывали не меньше, чем сама поездка. Увы, современный театр не блещет нарядами. Потускнел и Лас-Вегас, уходит праздник и красота.

«Ты должна поехать в круиз»,- уговаривает меня друг. «Где еще ты сможешь показать свои тряпки?»

Круизы – последние островки роскоши, на других посмотреть и себя показать. Американцы в большинстве к моде равнодушны, на русской вечеринке все красивы по-своему, стараются.

Итак, я еду на бал, могу надеть длинное платье, убийственные туфли и даже перчатки! На мне темно-красное длинное платье с черной нижней юбкой, на шее неизвестные самоцветы, подаренные мужем, на ногах убийственные Манолос. В целом очень даже красиво. Платье для бала – это платье твоей мечты и оно должно делать тебя волшебницей. Так считал Кристиан Диор. Лили яркое тому свидетельство: черные жгучие глаза, роскошные черные волосы по плечам и черное же пышное открытое платье, на белоснежной шейке – тонкое ожерелье с брильянтами. У Лили хороший вкус и деньги бывшего мужа. Со вкусом у меня тоже все в порядке, с финансами – хуже.

При входе в зоопарк нас встречают очаровательные девушки с отвратительными змеями гигантских размеров. Желающие могут завернуться в них или просто погладить. Спасибо, нежных чувств к змеям не питаю. Дальше – развлечение для мужчин, по крайней мере, здесь их большинство – танцы живота. Со всех сторон доносится музыка, на выбор: джаз, блюз, диско и все, что душе угодно. Судя по всему, бедных зверей ожидает бессонная ночь.

Каждый ресторан блистает шедеврами своей кухни, публика двигается от одного к другому, ест, пьет, танцует, оседает в шатрах отдохнуть.

Лили – знаток ресторанов, не теряем времени даром, идем сразу к лучшим.

Лили разборчива: каждое вино должно быть определенного года, внимательно изучит бутылку, если Мерло, например, то только 2003 года. Мне абсолютно все равно, она меня везет, значит, могу пить, желательно что-нибудь сладкое.

Итак, пьем, закусываем, стреляем глазами по сторонам, раздаем улыбки и комплименты многочисленным клиенткам: «Ах, и Вы здесь? Замечательный вечер, и как повезло с погодой, июнь и такая неожиданная прохлада...»

Погода – главная тема разговоров вечера, прошлые балы были в нестерпимую жару. Оцениваем туалеты дам, определяем стоимость, и где были куплены.

Неожиданно рядом с нами появляется чернокожий мэр города. Не могу отказать себе в удовольствии и, пользуясь случаем, фотографируюсь с ним. Где-то вдалеке мелькает элегантный Джонни под руку со стареющей светской львицей, та заходится в истерике от смеха. Джонни в своем репертуаре.

За столиком с шампанским в одной руке и сигаретой в другой оживленно беседует с молодым человеком Джи-джи. Она – в черном Армани, ее спутник – в ослепительном белом фраке. Переглядываемся с Лили.

«Ты помнишь, чтобы она покупала платье?»,- спрашиваю я.

«Я тебя хотела спросить то же самое, очередной подарок сестры или подруги? И как она сюда просочилась? Правда, такой зад открывает двери в любое общество», – Лили нежно улыбаясь, машет рукой Джи-джи.

«Девочки, присоединяйтесь к нам», – приглашает Джи-джи.

И тут, весьма вовремя, к Лили подходят двое мужчин, целуют подругу и меня заодно. По их одежде, манерам и запаху, определенно геи. Боже, ну почему самое лучшее достается мужчинам? Пит помоложе, Джим – постарше, и вполне мне подходит. Оба в белоснежных пиджаках и черных брюках. Возбужденные радостной встречей все четверо оседаем за столиком немного отдохнуть и опять же выпить, тем более, выясняется, что есть причина.

Пит просто летает в облаках, он влюблен и любим, доказательство – ежедневно доставляемые красные розы. На днях он летит в Калифорнию: выходит замуж или женится? Судя по розам – он невеста. Пит – красавец, жгучий брюнет с великолепной фигурой, мягкими движениями и чарующим голосом, с гордостью демонстрирует кольцо – громадный брильянт в платине, я присоединяюсь к восторженному хору, хвалят изысканный вкус жениха Мэтью. С ним он познакомился случайно на выставке в Нью-Йорке, целый год ездили друг к другу, и вот решили соединить судьбу и жить в Сан-Диего. У Мэтью там шикарный дом, а на побережье – яхта и летний домик, короче, не жизнь, а рай!

Пьем за свадьбу, за невесту, за жениха, за дом, за яхту, за друзей. Джим галантно ухаживает за нами, приносит выпивку и закуски, мои мысли плывут и качаются по волнам чужого счастья. Шампанское мне не нравится, я плебейка и люблю «Верди» за пять долларов, а не это кислое долларов за триста. Постепенно проникаюсь почтением к дорогому напитку. Вот она идеальная компания: красивые мужчины и женщины (я ведь тоже вполне ничего, когда захочу), мужчины совсем не опасны, зато изысканны и галантны, почти подруги, и понимают тебя лучше женщин.

Для полноты программы решили, что пора размяться. Я танцую с Джимом, Лили – с невестой Питом. Джим похож на английского лорда, я их представляю такими. У него красивая седина, гордый профиль и изящные манеры. На минуту забываю о его ориентации, сейчас он для меня просто партнер, танцуем, тесно прижавшись, друг к другу, моя голова у него на груди, со стороны и не скажешь, что между нами ничего нет.

Музыка объединяет, обманывает, и я почти верю в мягкость и нежность рук моего партнера.

Танцевать быстрые танцы на каблуках – задача не из легких, тем более что ноги уже не слушаются. Я легкомысленно бросаю туфли Маноло Бланик под какой-то куст, и приходит второе дыхание. Танцуем все подряд: сумасшедшие быстрые сменяются спасительными медленными, я с удовольствием висну на Джиме. Вспоминаю про туфли, вокруг темнота, фонари только по краям дорожек, да и туфли черные...

К концу вечера мы все-таки добралась до шатра Магазина, где нас ожидали подарки – стеклянные стаканы с выгравированными на них слонами. Отдаем их как свадебный подарок Питу, он замечает, что слоны с хоботами вверх – хороший знак. Знак хороший, но, видно, не для него. Через полгода я снова встретилась с теперь уже страдающим Питом. Его жених оказался маниакально ревнивым и бил Пита без всякой причины. Вот тебе и красные розы!

Летать в облаках

Самое хорошее в работе – это отпуск. Самый хороший отпуск – бесплатный.

Итак, менеджер Синди, главный менеджер Магазина и я отправились во Флориду. Поездкой наградил Сент-Джон. Мой муж мечтал присоединиться, но не тот случай. Синди меня как-то не очень беспокоила, у нас с ней нормальные отношения, она мне даже нравится. Смущал главный босс, придется вести себя прилично. Я встретилась с Синди в аэропорту, босса не было. Я мечтала о том, чтобы он вообще не появился. Синди же хотела, чтобы он появился, но без жены. Он пришел прямо перед посадкой, красивый и загорелый.

Синди трепетала, краснела и всю дорогу говорила глупости. И тут-то до меня дошло: Синди влюблена в босса. Теперь все встало на свои места. Я поняла ее ненормальную преданность работе, она хотела быть лучшей ученицей в школе босса. Как она расстраивалась, приходя с собрания, если чем-нибудь ему не угождала. Она поливала его последними словами, пытаясь спрятать истинные чувства. Синди светилась от счастья, целых четыре дня она проведет с ним, будет видеть его каждый день! Я не сомневаюсь, что босс знал о ее любви, и чувствовал себя неловко.

Отель Ритц-Карлтон, номера по пятьсот долларов за ночь, завтрак в постель, обеды и ужины в любых ресторанах курорта, сауна, массажи, полеты, ныряния, лодки и все остальное – бесплатно. Мечта идиота, я чувствовала себя прекрасно, и для этого мне нужно было одно – чтобы меня оставили в покое, и я могла делать, что хотела. Идешь в магазин, покупаешь что-нибудь, говоришь номер и уходишь. Свои траты можешь посмотреть на экране телевизора, если пожелаешь. Хорошо быть богатой!

Вечером нас ждал праздничный ужин. Красивое меню с золотыми буковками и золотой ленточкой лежало на кровати рядом с шоколадками и книгой завтраков. Звучало все по-французски и удивляло обилием перемен блюд. В тронном зале необыкновенной роскоши стоял длинный нарядный стол. За столом сверкали нарядами Сент-Джона продавцы и их менеджеры. Мужчин было немного, да и те геи. Вместо галстуков – косыночки, рубашки поражали смелостью рисунка. На их фоне наш босс казался неотразимым в классическом светло-сером костюме и белой рубашке с галстуком. Я тоже неплохо смотрелась, по крайней мере, как всегда, уникально. На мне русский вязаный костюм изо льна, юбка кончается зигзагообразно, а на концах – веревки. Веревки и на кофточке, на ногах – танкетки Гуччи под цвет и громадные темного цвета бусы из прибалтийского янтаря. Тут же куча вопросов: где купила, кто дизайнер.

Синди волновалась, как бы босс не сел где-нибудь один без нас. Обед был выше всяких похвал. В номере нас ожидали сумки с подарками, в них лежало все необходимое для отдыха: халатики и шлепанцы от Сент-Джона, полотенце, косметика против и для загара и куча еще бог знает чего.

Утром я обследовала холодильник: всевозможные вина, напитки, конфеты. С голоду не умрешь. Открыла меню завтраков. Самый дорогой – четыреста долларов: икра, рыба разная и что-то непонятное. Я утром есть не люблю, разве что кофе выпью. Но завтраки были комплексные, решила взять самый дешевый долларов за тридцать. Через несколько минут вкатывают ко мне столик с едой человек на пять, все в каких-то серебряных судках под крышками. Я с испугу звоню Синди, приглашаю на завтрак, а она мне сообщает, что сама только что получила свой и не знает, что делать. Советую позвонить боссу и пригласить его на завтрак в номер. Она почему-то обиделась и назначила мне свидание на пляже. Не в моих правилах оставлять еду, но тут я ничего не могла поделать.

Погода была восхитительная, вода теплая, рай, да и только! Обслуга ненавязчивая и очень вежливая. Можно заказать выпить и закусить, и тебе все принесут, только назови заветный номер. Синди лет на десять старше меня, но выглядит потрясающе. Я невольно залюбовалась ее стройной фигурой и полным отсутствием живота.

«Неужели ты думаешь, я с этим родилась? Все куплено: и грудь идеальная, и бедра, и живот», - спустила меня Синди на грешную землю.

Синди оказалось очень дорогой женщиной, больше десяти тысяч потратила на приведение себя в порядок. Вот вроде бы все есть у человека, но нет никого рядом, живет одна с кошкой. Любимое развлечение – бейсбол, болеет за нашу местную команду. Однажды, когда Макгвайер пришел к нам в магазин, даже чувства к боссу не остановили Синди. Она бросилась брать автограф у знаменитости. За что и пострадала позже.

Синди, прежде всего, начала выяснять, видела ли я босса. Нет, не видела и не очень скучаю. Синди решила немедленно прогуляться по пляжу и найти его.

Босс оказался замечательный, сразу предупредил меня: «Все что здесь происходит, здесь и остается. Нет начальников, нет подчиненных. Отдыхаем!» Особенно стало легко, когда мы вместе выпили. С чувством юмора у него все в порядке, скучать не пришлось. И если бы не влюбленная Синди, было бы проще. Босс предпочитал не попадаться на глаза Синди, и поэтому она была в постоянном поиске. По ее теории мы должны отдыхать дружным коллективом, и я обязана следить за ним тоже.

Перед обедом я пошла на массаж. Сидим только в одних полотенцах, в комнату входят молодые симпатичные люди, называют имена и уводят. Боже, какой красавец мне достался! Я никогда не делала массаж голой у мужчины, поэтому сначала чувствовала себя не очень удобно. Но мальчик оказался болгарином, и мы быстро нашли общие темы для разговоров. Так что, про свой вид я забыла. Час пролетел очень даже приятно. Попарилась в парилке, поплавала в бассейне и выбрала французский ресторан для обеда.

Звонила Синди, она с утра не видела босса и жутко волновалась. Я предложила ей успокоиться, не маленький, найдется, уговорила пойти со мной на обед, а уж потом заняться его поисками.

В сауне я познакомилась с девочками из других магазинов, особенно мне понравилась Катерина. Может потому, что она из Греции и ее акцент очень напоминал мой. Катерина, романтичная девушка, решила полетать немного – параселинг называется. Для этого ей нужна была компания, и я показалась ей подходящей жертвой.

После обеда лежим мы дружной группой, как полагается: Синди, босс и я. Она нашла его на пляже и тут же улеглась рядом, заставив меня сделать тоже с другой стороны, чтобы не убежал, наверное. Тут и появляется неотразимая Катерина с предложением полетать. Не знаю, что на меня вдруг нашло, я соглашаюсь лететь, если полетят Синди и босс. Они, впрочем, особого желания не выражают. Я босса начала стыдить, надо компанию поддержать и так далее. Он вроде бы соглашается, Синди упрашивать не надо, с ним в паре она полетит хоть куда. Я иду договариваться с ребятами на следующий день на одиннадцать часов. Один из мальчиков выглядит удивительно знакомым, оказывается, он в телевизионном шоу снимался. Короче, местная звезда экрана.

Утром пригласила Синди на завтрак, все не так много добра пропадет. Синди тут же попросила меня позвонить боссу, напомнить о нашем полете.

Звоню, он видно спал или просто придуривается: «Где ты, Ирина?»

«Я на пляже жду Вас для совместного полета».

«Какой полет! У меня голова раскалывается. Ты знаешь, как долго я вчера в баре сидел?»

«Не знаю, и знать не желаю. Обещали коллективу лететь, а теперь срываете мероприятие. Таблетки у меня, кстати, есть. Я Вас мигом на ноги поставлю».

В таком духе пикируемся довольно долго, в результате босс соглашается лететь. И тут глупая Катерина чуть всю малину не испортила, ей вдруг захотелось с боссом лететь. Я ей по-хорошему объяснила, что лечу ради нее и лечу только с ней. Она затихла, Синди спасена. Катерина вдруг странные вопросы стала мне задавать, например, есть ли в океане акулы. Какие акулы: если сорвемся, я плавать не умею, так что, какая разница?

Короче, телевизионный мальчик посадил, привязал нас, и мы с Катериной полетели первыми. Она опять про акул, в воду всматривается, как будто там что-то можно увидеть. Я – фаталист по натуре, расслабилась, лечу и наслаждаюсь красотой. Удовольствие было огромным и бесплатным. Но счастье Синди было гораздо большее: с любимым в облаках, ну не мечта ли это? Я мальчика попросила не спешить спускать их на Землю, пускай полетают.

Рассматриваю фотографии. Вот я в странной длинной рубахе купаюсь в фонтане. Вот на банкете, на берегу океана, а вот мой босс на руках у меня и еще трех женщин, и видно, ему очень даже нравится. Да, вина хватало и даже с излишком. Никто не говорил тебе, что нельзя плавать в бассейне в час ночи и пить шампанское, сидеть в баре или купаться в океане. А вот мы с боссом у дома Версаччи на Южном Берегу – вечно бодрствующем городе. Я среди орхидей. А вот в стриптиз-баре, девушки как-то неожиданно оказались перед нашим столиком. Бедный босс, его это обстоятельство немного смутило. Нет слов, хорошо отдохнули, и возвращаться не хотелось. А что здесь произошло – здесь и останется!

Крем-брюле на двоих

Она явно задержалась на этом свете. Все друзья и знакомые незаметно покинули ее. Муж ушел первым десять лет назад. Тогда ей казалось, что жить больше не к чему. Детей бог не дал, так что на ней все и кончалось, ни братьев, ни сестер, ни, естественно, внуков. Каково было ее предназначение на этой Земле – не ясно, правда, прожила она жизнь в любви и достатке.

Из зеркала на нее смотрит приятная моложавая женщина лет пятидесяти, не больше. Первый раз она сделала подтяжку лет тридцать тому назад. Уехала вроде бы на африканское сафари на два месяца, а вернулась свежей и помолодевшей. С тех пор она посещала доктора Прайса раз в пять лет, и надо отдать ему должное, он поддерживал ее лицо в приличной форме. Тогда все восхищались, а теперь восхищаться некому. После смерти мужа она перестала обращать на себя внимание и больше к доктору не ездила. Как ни странно, лицо все равно осталось молодым, и лишь руки выдавали возраст. Может, поэтому она любит носить свитера с длинными рукавами или блузки с воланами.

Ее однообразные дни сливаются в однообразные недели, а недели в месяцы. Каждый четверг она посещает парикмахера и делает маникюр. Каждую пятницу ее можно увидеть в ресторане Магазина. Вот, пожалуй, и все. Остальное время она проводит в компании старой мексиканки Розалии. Впрочем, Розалия на двадцать лет моложе хозяйки. Но трудная жизнь состарила ее до времени.

Ресторан Магазина ей очень дорог. Здесь она познакомилась с мужем. Интересно, что они оказались в тот день в ресторане совершенно случайно. Ему срочно понадобился галстук, было время ланча, и он решил перекусить. У нее была назначена деловая встреча в соседнем здании. Она пила бульон и читала книжку. Он сел за соседний столик, уже зная, что она будет его женой. Минуты через три он ей об этом сообщил и заказал по такому случаю самое дорогое шампанское и любимое крем-брюле. Его напор и уверенность в себе сделали свое дело. Короче, шампанское они пили вместе.

Как давно это было! Каждую годовщину встречи они праздновали в этом ресторане и неизменно заказывали шампанское и крем-брюле. А потом его не стало, и каждую пятницу она появляется в ресторане одна. На ее памяти интерьер ресторана менялся несколько раз, и почему-то становился все хуже, все более чужим и неуютным. И только по-прежнему удивляли изящные композиции из свежих цветов. Да еще память о муже.

Она занимает традиционное место справа за столиком на двоих, заказывает бутылку того самого дорогого шампанского и просит не беспокоить. Час, другой она наслаждается шампанским, отгородившись книгой от всего остального мира. Ей нравится эта своеобразная уединенность среди людей, среди кипения жизни. Проголодавшись, она заказывает обед и что-нибудь на вечер для себя и Розалии. Она обязательно берет два крем-брюле с собой. Последнее время ее обслуживает русская девушка Нина. Нина ненадоедлива, но всегда под рукой и готова исполнить все ее малочисленные желания. Еще бы! Она оставляет ей чаевыми долларов восемьдесят. По крайней мере, один человек здесь был искренне рад ее видеть и знал ее имя.

Она выпила в этот день треть бутылки шампанского, оставив остальное мужу, и попросила Ниночку завернуть крем-брюле. За этим занятием в кухне и застал ее шеф-повар, он же менеджер. Повар накричал на Нину, узнав, что она отдает крем-брюле в формочках на дом. Он не хотел и слышать о замечательной клиентке, оставляющей по двести долларов в ресторане. Не положено и все, он здесь хозяин. Ниночка сжала зубы и про себя сказала звучное английское слово. Она долго извинялась перед дамой, пытаясь что-то объяснить. Дама как-то жалко улыбнулась, особенно вежливо поблагодарила Ниночку, рассчиталась и ушла навсегда.

Удачный день

Я всю жизнь вляпываюсь в истории — так небезосновательно считает мой муж. Утро, я пью кофе и как всегда смотрю новости. И вдруг, на экране знакомая физиономия Петечки. Но все по порядку. С Петечкой я познакомилась, как только мы приехали в город. Петечка — очаровательный неудачник. В России он неплохо начинал в науке и даже защитил кандидатскую. Жена вытянула его в Америку, и здесь он растерялся. Оказалось, что ничего, кроме решения уравнений, он делать не умеет. Петечка учил меня водить машину. Мой супруг после нескольких данных мне уроков, заявил, что с него хватит, тут-то и появился спокойный и деликатный Петечка. Его не беспокоила моя хорошо оплачиваемая тупость, деньги он регулярно получал за каждый урок, чем больше уроков — тем лучше для Петечки. Обучал он меня на горках самой длинной улицы города, той самой, по которой я теперь езжу на работу. Вскоре я была в курсе всех семейных проблем Петечки. Ему постоянно нужны были деньги, жена его оставила, и одному было трудно платить за дом. В один из таких критических моментов я одолжила Петечке деньги на месяц.

Прошел год, и я поставила крест на деньгах. И вдруг Петечка позвонил, голос такой радостный, я даже сначала не узнала: «Привет! Я хочу тебе деньги вернуть. А за твои страдания я приглашаю тебя в лучший ресторан города. Завтра в шесть, я заеду».

В ресторан я бы с удовольствием пошла, только вот работаю до восьми. С другой стороны, испытывать судьбу я не хотела и попросила оставить деньги между дверьми главного входа, мы им не пользуемся. Так он и сделал, деньги ко мне благополучно вернулись.

Итак, собираюсь на работу, пью кофе, смотрю новости, вижу Петечку. Сообщают, что полиция вчера провела успешную операцию по обнаружению склада наркотиков колумбийской мафии в доме, принадлежащем члену русской мафии!

Бог уберег меня и на этот раз. Я живо представила, как меня арестовывают с ним вместе в момент передачи денег в ресторане. Хорошо все-таки, что я работала вчера до восьми, а то, глядишь, тоже бы записали в русскую мафию. Жалко Петечку, какой из него мафиози, дурак просто!

День начинался явно удачно для меня и плачевно для Петечки. Муж уговорил с утра съездить на «гаражную» распродажу. По средам в Америке устраивают распродажи. Я люблю ездить по богатым районам, смотреть красивые дома и красивые вещи, иногда попадаются неплохие картины и интересные книги. Первый же дом оказался удачным, картины, правда, были не по карману, а вот книги что надо! Муж разговорился с организатором распродажи, интеллигентно так про книги, картины. И вдруг во время разговора он видит, как женщина берет в руки книгу с магическим названием Эрте.

«F... unbelievable»,- в порыве кричит он.

«Что вы сказали?» - организаторша не верит своим ушам.

Муж как удав за кроликом следит за женщиной с книгой. Слава богу, полистала – кладет на место. Он хватает книгу – великолепный альбом-биография художника, я в восторге! Но самое интересное ждало нас внутри одной из книг по организации жизни. Книгу купили за один доллар, внутри же лежала стопка денег – пятьсот долларов. Угрызения совести не мучили, распродажа была после смерти хозяина и проводилась специальной конторой. Отдавать кому-то деньги – глупо. Так, за доллар купили самую дорогую книгу в своей жизни!

Сломанная рука и разбитое сердце

Часов в двенадцать неожиданно пришла Джули. Но, боже, в каком виде! Лицо без кровинки и без косметики, волосы висят в беспорядке, в каком-то странном тренировочном костюме. В довершении всего – со сломанной рукой и разбитой душой. Любовь окончательно ушла, и она осталась в новом громадном доме одна с двумя маленькими собачками. Руку вроде бы сломала лошадь, когда она пыталась ее кормить. Джули была в подавленном состоянии. Я бегала по всему Магазину, пытаясь найти что-нибудь, что она смогла бы носить со сломанной рукой в гипсе. Для поднятия духа прикупили веселых кашемировых шарфиков на шестьсот долларов, накидку с норковой отделкой, жакет вязаный, короче, это как-то помогло на мгновение отогнать ее грусть.

Я позвала Джули на обед Эскады с показом моделей одежды. Сначала она отказывалась, но я обещала быть рядом. Чтобы спрятать ее грязный гипс, я принесла черный чулок и обвязала им руку, закрепив булавками, вышло вполне прилично. В планах Джули было пойти на танцы, реанимировав для этого старые связи. Но по ее виду я поняла, что она просто пытается не показать своего истинного состояния подавленности. Скорее всего, приедет в свой замок, выпьет с горя и заснет. Ничего, все проходит, пройдет и это.

Страстный старый жених уговаривал Джули немедленно узаконить отношения, видно, у него захватывало дух от открывшихся для него возможностей. И чем больше он пылал, тем больше заставлял Джули задуматься: «Зачем спешить?» Потенциального супруга мало интересовали практические и финансовые вопросы постройки их общего гнездышка, вкладывать деньги он не спешил. Благоразумная Джули оформила все документы на свое имя. Похоже, жених хотел делить только деньги Джули, а не проблемы бизнеса и строительства. Старенький жених спешил, боясь не дожить до светлого, богатого будущего с молодой женой.

Жизнь привела меня к золотому правилу: счастье не должно зависеть от мужчины, работы и внешних данных. Сначала это всегда были мужчины, любовь решала все. Нашла идеального мужа, появилась другая проблема и причина плохого настроения – работа. За десять лет я стала хитрой и умной, работа ушла на десятый план, и больше меня не тревожит – это не самое важное в жизни. С внешностью у меня никогда проблем не было, так что я наконец-то могу считать себя счастливой.

Четверг

Бесс просто с ума сошла, все мысли и разговоры о Диете Южного Пляжа. Положила книгу внутрь каталога Эскады и читает, думает, что никто не видит. Что это такое со всеми женщинами мистера Вилсона, у всех на уме идея похудеть. Жена так увлеклась, что мужа потеряла, а теперь вот и Бесс помешалась. Каждый день приходит и сообщает мне, что просто ощущает положительное действие диеты. Я ей тут и сообщаю, что тортик трюфельный принесла – французский. Она гордо заявляет, что сладкое не ест. Бесс, чтобы показать результаты, пришла сегодня в узких штанах и маленьком пиджачке Ральфа Лорена, а для полноты картины пошла в отдел косметики и облилась духами того же дизайнера. Я ленивая и занятия спортом не для меня, обожаю шоколад и сладкое. С радостью читаю интервью с кинозвездами, которые ничего не делают и выглядят прекрасно, может, и не надо себя насиловать?

Алиса, худая как щепка, притаскивает на работу несколько бутылок воды. Вроде бы пьешь и наполняешься, меньше ешь. Не знаю, перспектива бегать каждую минуту в туалет меня не устраивает, иногда и раз в день трудно найти время.

Каково же было мое удивление, когда я обнаружила книгу по диете у Кэт. Ну, ей-то, скажите ради бога, на что? Тощая как палка, нет, говорит, что поправилась. Я из любопытства в книгу заглянула и сразу поняла – не для меня. Все продукты, которые я употребляю, были в колонке нежелательных и наоборот. Правда, рецепт супа-гаспаччо мне понравился, особенно то, что он пять дней может храниться в холодильнике и станет от этого только вкуснее. Бесс прицепила к поясу счетчик шагов, чтобы узнать, выполняет ли она норму. Если Бесс ходит и светится вся от своей диеты, то Кэт злится и постоянно хочет есть, мне она такая не нравится! К тому же у нее опять проблемы с котенком, таскает его на анализы.

Кэт провожает взглядом Криси: «Ты знаешь, мне кажется, что она ходит в туалет слишком часто. У нее проблемы, это точно, не случайно она такая тощая. Съест что-нибудь и скорей в туалет бежит, сама понимаешь, зачем. Дурная, что поделаешь. Доиграется до больницы».

К Лили пришел бывший муж, решил купить что-то в мужском отделе. Красивый, умный, серьезный, и что им не жилось? Это, конечно, Лили, он-то ее по-прежнему любит.

За стол подсаживается Джи-джи, от нее несет сигаретами, накурилась – решила побеседовать. Вот Джи-джи проблемы веса не интересуют совсем. Ходит, виляет африканской задницей и никаких комплексов по этому поводу. Мужикам очень нравится.

И тут я замечаю на ней туфли Шанель, их-то я ни с чем не спутаю: «Джи-джи, это что, Шанель?»

«Дорогая, как ты можешь в этом сомневаться?»

«Когда это ты успела приобрести?», - продолжаю допрос.

«Сестра прислала, ей большие, а мне вот просто замечательно», - не моргнув глазом, отвечает Джи-джи. Надо сказать, что Джи-джи просто меняется на глазах, пришла такая скромненькая, а теперь вся в дизайнерских тряпках разгуливает. И что странно, в Магазине ничего вроде бы не покупает. Подарки отовсюду так и сыплются! Одно слово, везучая!

Кэт сегодня очень занята, завтра едет в командировку в Нью-Йорк по делам Эскады. С утра отыскала прогноз погоды на четыре дня и меню всех итальянских ресторанов. Опросив всех знающих людей, стала звонить – резервировать места в ресторанах. Чтобы не пропадал просторный номер, Кэт уже вызвала двух подруг из Флориды, так что соединит приятное с полезным. Утром появился больной представитель Эскады – Джон.

Некоторым посланникам фирм-производителей на все наплевать, они не вникают в детали, задавать вопросы им бесполезно, жаловаться на что-либо – тоже, обратной связи не будет. Джон из таких, приятный мальчик-гей, утром провел собрание Магазина, не вынимая жвачку изо рта, потом пошел с Кэт пить кофе. Оставшуюся часть дня проболтал по мобильнику и со мной. Его знания о Сибири и русских, несомненно, обогатились, я же узнала кое-что о жизни особенных мужчин.

Тутси вся сияет от счастья, муж звонил ей сегодня два раза. После работы он повезет ее в ресторан на встречу с важными людьми и их женами. Тутси переживает, что одета слишком по-зимнему.

Пытаюсь ее успокоить: «Дорогая, ты все равно будешь одета лучше других. В этом особенность нашей работы».

За тридцать минут до приезда мужа Тутси не расстается с телефоном, он ждать не любит. Как, впрочем, и мой.

Лекарство от плохого настроения

У меня два лекарства от плохого настроения: что-нибудь купить или что-нибудь выпить.

Бесс притащила кроссовки «Пума», очень дешевые, разве можно устоять! Пошла в обувной проверить, не осталось ли что для меня. И тут на полу вижу радугу в трех местах – красивая сверкает, как-то интересно свет преломился, и получилось такое чудо. Говорят – к счастью, по крайней мере, последние кроссовки ухватить успела.

Сижу, рассматриваю кроссовки, а тут Тутси прибегает и сообщает о распродаже в меховом отделе, все просто даром! Иду в меховой, и правда, цены нормальные. Лили пальто из норки примеряет, Джи-джи тоже в каком-то неизвестном звере разгуливает. Лин рядом сокрушается о загубленных животных.

Лили ей и выдала: «Моя норка покончила жизнь самоубийством, а не была убита. И, вообще, была ли ты когда на норковой ферме? Эти норки отвратительно пахнут. Для каждой нужна отдельная клетка, иначе они свои драгоценные шубки раздерут, те еще твари! Я имела счастье посетить такую ферму в Канаде. После этого – никакого к ним сочувствия».

Шубка, просто блеск, короткая из стриженного, крашенного во все цвета радуги бобра, веселенькая такая. Только надела – все в один голос: «It is so you!» Я и сама вижу, что это «Я». Вот только с деньгами проблема, последние на кроссовки спустила. В отделе шуб появилась клиентка, и страсти вокруг меня поутихли. Клиентка была вся какая-то взвинченная, пришла забирать свои шубы – пять штук. А привезли только четыре. Она требует наказать того, кто виноват в этом. Менеджер шутливо обещает отрубить тому голову.

Баба шуток не понимает и взвивается: «Я с вами не шучу, я совершенно серьезно требую наказать виновного».

Тут мы все как-то сникли, объясняем, что все мы люди и имеем право на ошибки. У бабы другое мнение: таких надо немедленно увольнять! От греха подальше испаряюсь из отдела.

Звоню мужу, он справедливо считает, что мне эта шуба ни к чему. Знаю без него, у нас ведь Магазин желаний, а не необходимых вещей. Принимаю решение – завести кредитную карточку Магазина. Вот так всегда, нет покупателей – начинаешь покупать сама. И ведь вела себя хорошо, никуда не ходила, ничего не искала, так нет, сообщили, возбудили и вот результат!

Покупки в Магазине я называю вложениями, муж считает, что вложения растут слишком быстро. Моих тряпок хватило бы прилично одеть не одну женщину. Так он считает, и тут же строит мне новую громадную кладовку-комнату. Ну, как такого не любить?

С работы лечу домой, но что-то подсказывает, надо быть осторожной – полная луна. У нашего Магазина купол стеклянный, так что полную луну я еще на работе заметила и сфотографировала, она так любопытно к нам в Магазин заглядывала.

Так и есть, на повороте, у фермы – авария. Две машины скатились с горки, сломали забор и лежат в овраге. Вокруг пожарные машины, полиция, скорая. Пришлось ждать.

Вечером с сыном решили сходить в японский ресторан недалеко от дома. Муж нашей любви к сырой рыбе и суши не разделяет, но против большинства не пойдешь. Ресторан порекомендовала Тутси. Вкусам американцев лучше не доверять. Ресторанчик какой-то неуютный, почти забегаловка, продувается насквозь с каждым новым посетителем. Что в нем нашла утонченная Тутси – не пойму. Еда неплохая, но наш с сыном любимый ресторан гораздо лучше и уютнее. Приехали домой и скорее горячий чай пить, холодный день, да и в ресторане прохладно было.

В нашем городе я пока не нашла приличного ресторана, может, хочу невозможного. Первым делом в ресторане я проверяю туалет, он говорит о ресторане, как нижнее белье о женщине. Безусловно, должна быть хорошая кухня. Меня не привлекают американские рестораны с огромными тарелками и кучей наполнителей к ней – салаты, картошка, капуста. Тут мы явно расходимся с мужем, он терпеть не может французские рестораны с изящными порциями. Хорошо бы, конечно, чтобы и музыка была – джаз или просто на пианино играли, и обязательно должно быть уютно и красиво. Но все составляющие найти в одном месте просто невозможно. Может поэтому, я выбираю японские рестораны. Еда довольно простая. Сырую рыбу испортить трудно, а это как раз то, что я люблю – сашими. Салат из морской капусты, пиала с супом и сливовое вино – мне больше ничего не надо. А идеальный ресторан остается неосуществленной мечтой. Когда-то мы с мужем подумывали открыть ресторан, идей много, да страшно пускаться в новое дело.

Party time

«Я здесь не для того, чтобы дружить с кем-нибудь», - заявила как-то Стейси.

В этом я с ней полностью согласна. Слишком мы все разные и по возрасту, и по воспитанию, и по месту рождения. Брошены случайно в общий котел Магазина, цель — адаптироваться, выжить и мирно сосуществовать в условиях конкуренции и комиссионной торговли. Сложно, многие не выдерживают и уходят, остальные жалуются и тянут лямку. Дружить?

Я предпочитаю русские компании, все как-то понятнее и меньше притворства. Несколько мартини в баре с девчонками, сплетни о Магазине и его обитателях — вот и все мое американское общение, остальное — в уютных русских компаниях.

Мими сегодня в каком-то странном одеянии, похоже, она все еще считает себя маленькой девочкой. На ней коротенькое ситцевое платьице в скромный цветочек, в таких я ходила в детский садик. Мими пригласила меня на вечер. Знаю я эти вечера! Расцветаю в улыбке и тут же разочарованно гасну, как жалко, я уже приглашена на день рождение! Похоже, желающих идти к Мими нет. У Кэт бурная семейная жизнь, Бесс думает только о встречах с Майклом, у Лили очередной «blind date».

Мими, очень одинокий человек, безуспешно пытается подружиться то с одной, то с другой девочкой Магазина. Она устраивает огромные вечера, куда приглашает почти всех работающих у нас. Однажды я уже была на таком вечере, очень уж хотелось посмотреть на дворец-зоопарк Микки и Мими.

Дом потряс размерами, особенно если учесть, что живут в нем два человека. Правда, это не совсем так, в доме множество различных животных. Например, одну залу-комнату занимает гигантская клетка с хорьками. Другая комната – для собак. Мими регулярно спасает списанных с бегов старых гончих. У нее они находят поистине царское житье и гордо расхаживают по трем этажам. У Микки и Мими в доме есть все необходимое для здорового образа жизни: спортивный зал, джакузи, бассейн, теннис и т.д.

Из-за обилия мрамора и стекла, дом показался мне холодным и неуютным. Странно смотрелись в нем множество фигурок, картин и кружек с любимым образом Микки-Мауса.

Приготовлением еды в доме занимается исключительно Микки. Если не знать, что он хозяин дома, его можно принять за ловкого маленького слугу. На длинном столе типичные американские салаты и закуски, причем в довольно скромном количестве. Подходи, бери и ищи место, где пристроиться. Удивительно неудобный вариант для русского человека. Жонглируй едой, выпивкой, не забывай про салфетку, будь осторожен, не урони, не разлей чего-нибудь. Впрочем, зоркий взгляд Микки-Мауса все ухватит, и вот он уже несется с салфеточкой подобрать чью-то крошку или подставить тарелочку под неосторожно поставленный фужер. Подберет, сотрет, унесет.

Итак, еды нет, по крайней мере, для меня. Разговоры опротивели еще в Магазине, обстановка слишком официальная и закрепощает. Напиться? Не поймут, и вряд ли получится, да и к чему? Короче, скучно, неестественно и скованно. Итак, осмотрев стерильный дом и прилегающий к нему зоопарк, голодная и абсолютно трезвая, начинаю просить Лили отвезти меня домой. Впрочем, просить не надо, Лили надоел этот цирк еще раньше, чем мне. Я, по крайней мере, животных люблю, и с удовольствием общалась с собачками. Хотя, надо заметить, они тоже были какие-то слишком важные, и не очень-то падкие на мои жаркие чувства. Терпели.

По дороге домой вспоминали вечера у Одри (та, которая живет теперь на ферме и у которой обезьяна). Тогда она только вышла замуж за Билла, у них был маленький уютный домик, всегда полный гостей. Пьянели от самого воздуха, от веселой компании, от замороженной водки с соком в маленьких стаканчиках. Каждый приносил, что хотел, приводил, кого хотел. Джонни (гей) появлялся с очередной отпадной девицей. У девиц были старые мужья и недостаток общения, Джонни – прекрасный вариант: безопасен (к сожалению) и красивый эскорт.

«Ты заметила, как Микки-Маус на меня посмотрел, когда я рассказала анекдот про пастора?» – вспомнила Лили.

«Да, явно не к месту. И все ведь так притихли, аж неудобно стало. С другой стороны, плевать, что они о нас думают, главное, что мы о них думаем. Я тоже отличилась, пыталась дурацкую оливку поймать, ускользнула! Так Микки тут как тут, за ней прыгнул под диван, я после этого с едой больше не экспериментировала. Да, Лили, это не наши с тобой застолья, не умеют американцы наслаждаться жизнью. Да и что за стол? Чипсы, салаты с макаронами, и это-то при их здоровом образе жизни? Наверное, для нас специально приготовил».

Больше я решила в гости к Мими не ходить.

Маленькое счастье большой Бренды

Наша жизнь – это то, что сейчас.

Жак Превер

Большая черная Бренда приходила в Магазин, вернее в отдел Сент-Джона, повздыхать и помечтать. Сколько ее помню, она тешила себя мыслью, что похудеет и вот тогда-то купит костюмы Сент-Джона. Но время бежало, а фигура не менялась.

Мой знакомый, когда его спрашивают, что вы делаете с весом, отвечает: «Покупаю брюки большего размера».

Бедная Бренда избрала другой путь: она ничего не покупала и вечно ходила в черных штанах на резинке и черной бесформенной блузке.

У ее подруги Гвен прекрасная фигура и большой кошелек мужа. Гвен ежемесячно балует себя новыми костюмами Сент-Джона. Бренда завидует Гвен.

В один прекрасный день Бренда проснулась и приняла отчаянное решение – купить костюмы, много костюмов, за все годы ожидания. Ей хотелось достать что-нибудь особенное, такое, чтобы не было даже у Гвен. Она поехала в соседний город, в фирменный магазин Сент-Джона. Путь неблизкий, но чего не сделаешь для осуществления мечты?

Стояло лето, магазин был пустой, с одной лишь скучающей продавщицей и редко забредающими любопытными. Бренда, как голодная, бросалась от одного пиджака к другому, голова шла кругом, вот оно счастье, которого она лишала себя так долго: счастье выбора, счастье надевать эти красивые вещи. Продавщица летала по магазину, принося в примерочную новые костюмы. Перемерив все и изрядно устав, Бренда остановилась на трех костюмах. Она чувствовала себя королевой, вокруг нее суетились продавщица с портнихой, обещавшей подогнать вещи прямо сегодня же. И случилось чудо: костюмы скрадывали то, что надо было спрятать, и подчеркивали то, что надо было показать. Все складывалась как нельзя лучше. В восемь вечера она наконец-то погрузила маленькое счастье в багажник Лексуса.

Открыла верх машины, приятная вечерняя прохлада. Музыку не включала. Зачем? Будет отвлекать от приятных мыслей. И совсем даже неплохо она выглядит в Сент-Джоне, давно надо было попробовать, столько времени потеряно даром! «Блоканули», так это называется, и все сидит как надо, фантастика!

Белый костюм... В нем она, конечно, пойдет на очередное заседание клуба, у них традиция ходить на встречи в белом. Вот всех удивит! Раньше только шляпами и могла похвастаться, идут они ей очень. Из всех поездок привозила, слава богу, шляпы не требуют тонкой талии! Кстати, до чего удивительно, следующая тема встречи: «Радуйся жизни, она пройдет быстрее, чем ты думаешь». Ведь это прямо о ней. Не жила, а мучилась, ходила, в чем попало. А жизнь незаметно и пробежала, вот и внуки уже появились...

Нежно-фиолетовый, цвет ее спальни, любимый цвет... В нем она пойдет на свадьбу к племяннице. И шляпа есть подходящего цвета, какое счастье! Завтра же поедет и сделает прическу, массаж лица, педикюр, маникюр и станет совершенно новой женщиной... Костюмы скроют полноту, а цвет освежит лицо.

Розовый, куда же я надену розовый?

Насчет розового она так и не решила. Глаза начали слипаться, мысли куда-то закрутились, завертелись, а дальше... Не было дальше!

По иронии судьбы ей довелось надеть только розовый костюм, Гвен так решила... А вокруг белые розы, много-много белых роз...

Веселые красные шапочки и все остальные

Ресторан полон, но это не наши покупатели. Сегодня там царствуют «красные шапочки» и какие-то девчонки пионерского возраста. Я даже сначала подумала, что эти две группы вместе. Нет, молодежь сидела в маленьком зале, а «красные шапочки» – в большом. «Красные шапочки» посещают нас раз или два в году, а вообще встречаются раз в месяц. Это женское общество тех, кому за пятьдесят. На встречу все приходят в красных шляпах и фиолетовых нарядах.

Не знаю как для других, но для меня это жалкое зрелище – что-то вроде маскарада. Главное, обратить на себя внимание: смотрите, мы старые, но не унываем, одеваемся в красные шляпы, и нам вместе весело. Большинство шедевров соорудили, очевидно, сами, как-то страшно подумать, что такое можно купить. Дамы стараются переплюнуть друг друга, чем больше помещается на голове, тем лучше. Мимо меня гордо проплывает маленькая дама лет восьмидесяти в длинной вуали красного цвета. Грустно... Может в них тоже до сих пор живут принцессы и желание одеваться, и это их способ самовыражения? Интересно, как они воспринимают себя сами, серьезно или с иронией?

У входа в ресторан их встречала главная дама-распорядитель. Ее шляпа отличалась особой сложностью: вуаль, перья, бусинки, бантики, шляпа-башня. Маленькие ручки дамы в кружевных красных перчатках летали, ими, мне кажется, она особенно гордилась, никто не додумался надеть перчатки, кроме нее. Всех новеньких дама-распорядитель забрасывала комплиментами, чтобы в свою очередь получить их назад в тройном размере. Она скромно отмахивалась красной лапкой, но было видно – это ее звездный час.

Две дамы случайно заблудились в нашем отделе, пришлось с ними разговориться. Они с жаром описывали мне свой клуб и приглашали присоединиться, как только мне стукнет пятьдесят. Я с ужасом представила себя одной из них и вежливо пробормотала, что как только – так сразу. Бедные женщины, в их жизни нет ничего более интересного, чем совместное поедание чего-нибудь в красных шляпах и фиолетовых костюмах! Нет, без этого американского клуба я точно обойдусь.

Изящная дама в шляпе (черной!) и с палочкой, язык не поворачивается назвать ее старушкой, она дама.

Разговорились с ней, похоже, она стесняется своей палки, но без нее чувствует себя неуверенно: «Вы понимаете, я вполне могу обойтись без нее, особенно если знаю место, но вот здесь, у вас, я как-то боюсь оступиться. Эта палка так мне не нравится, но что поделаешь!»

Я пытаюсь ее успокоить: «Не переживайте, вы чудесно выглядите! А в нашем ресторане такие ужасные скользкие полы, что я хожу как по льду. А насчет палочки, говорите всем, что это ваше секретное оружие".

Похоже, моя мысль даму развеселила и в таком настроении она отправилась на обед с подругой.

Боже, как тяжело быть старой! Внезапно почувствовать беспомощность, зависеть от окружающих. Эта милая дама извинялась передо мной за старость, за свой вид, за палочку, за слабость. Господи, зачем ты нас так мучаешь под конец? Когда-то, судя по всему, она была красавицей, сводила с ума мужчин, модно одевалась и следила за собой, а теперь... Ее волнует дурацкая палочка, которую она вынуждена брать с собой. Я вижу себя в этой даме, она не «красная шапочка», из другого теста, ей, наверное, труднее.

Стэйси работает в соседнем отделе, классная женщина. Ей за шестьдесят, у нее отличная фигура и природный шарм, одинокая, когда-то жила в шикарном доме с непутевым мужем, теперь зарабатывает на жизнь сама и снимает квартиру.

«Ты не представляешь, чем я занималась сегодня утром»,- начинает она.

Я – вся внимание, представить не могу.

«Я вчера купила первый в моей жизни компьютер, ну и решила попробовать его сегодня. Искала моего любимого, сначала имя переврала, а потом все-таки нашла. Теперь я про него все знаю, а главное, фотографии посмотрела», - Стэйси сияет от удовольствия.

У нее большая и чистая любовь к Никите Михалкову, она просмотрела все фильмы с его участием, которые можно достать в Америке.

Мне ее жаль, страшно подумать, как она живет, одна, без друзей, каждый день одно и тоже одиночество, но она не будет «красной шапочкой».

Недавно Стейси сказала: «Ты знаешь, я идеальная кандидатура для смерти, я готова к ней в любой момент: плита, туалеты и кухня – вылизаны, в шкафах – идеальный порядок, счета уплачены, собаки подстрижены. Так что, если исчезну, проблем будет немного».

Я задумалась. По теории Стейси я плохой кандидат для смерти. Мои дела никогда не сделаны, дом не убран. Три года не могу поставить набойки на любимые сапоги, цветы пересадить, два из них так и не дождались своего часа. Сад давно одичал, гигантская трава забила несчастные розы, на клумбах растут деревья.

Одной моей клиентке доктор сказал готовиться к скорой смерти, на что она ответила: «Я не готова умирать, доктор, мой багаж еще не собран».

Мой тоже.

13-е, пятница и полная луна

Как день начнется, так, скорее всего и продолжится. Вроде бы не проспала, собралась ехать на работу, и тут вспоминаю, что не видела кошки. Обычно она ждет моего пробуждения, чтобы получить лакомство. Кошки не было нигде, она обладает удивительной способностью прятаться, если хочет, чтобы ее не нашли. Варианта два: или на улице или закрыта где-то в кладовке, и то, и другое – плохо. Даже елку проверила, она иногда сидит на ней. Искать некогда, еду на работу.

За столом усердно трудится Бесс – вырезает портрет мистера Вилсона из местного светского журнала. В журнале он выглядит совсем как кинозвезда. Бесс просто передовиком производства стала благодаря нему. Я бы на ее месте его портрет у себя над кроватью повесила.

Каждое утро к нам заглядывает Дэн – менеджер мужского отдела, приносит новые поступления и уговаривает Бесс позвонить мистеру Вилсону. То, что приносит Дэн, ни один уважающий себя мужчина носить не будет. Дэн – гей, у него свой особый взгляд на моду. Раз в неделю ему все-таки удается сломить Бесс, и она назначает встречу с мистером Вилсоном. Однажды даже пригласила его на обед за счет Магазина, он обрадовался и в свою очередь пригласил Бесс в соседний ресторан. Короче роман, закрученный на бизнесе, развивался стремительно и пока приносил Бесс одни приятные моменты.

Бэби-Джэф будто что почувствовал, тоже стал приглашать на обед, и я имела счастье лицезреть его. Солидный, старый, и что она так за него держится, не пойму. Бесс похудела на два фунта и вся сияет по этому поводу. Сходила в отдел нижнего белья и принесла несколько наборов, прямо скажем, легкомысленного нижнего белья.

Кэт мрачна как туча, мечет молнии и неприличные слова. Узнаю о причине. Отец и мать Кэт развелись много лет назад, отец вел свободный образ жизни. Кэт считает, что похожа на отца характером. Ей хочется встречаться, говорить с ним. Похоже, что отец не совсем понимает, как вести себя с неожиданно выросшей дочерью. Может даже боится ее и предпочитает приходить на встречи со своей женой. Кэт это бесит, она терпеть ее не может.

«Как ты думаешь, что лучше сделать: позвонить и сказать, что я не иду с ними в ресторан или написать письмо?» – вопрос, который Кэт должна решить до пятницы.

Тут я вряд ли чем могу помочь. К счастью, звонит отец Кэт и сообщает, что пойдет с ней в ресторан вдвоем, так как с женой поссорился.

Как и полагается в плохой день, я не продавала, а только принимала проданное назад. Покупатели все сплошь были ненормальные, куча времени и нулевой результат. Пришла «бабка с животом» и старательно пыталась вызвать меня на разговор, я увиливала – мне не до ее проблем сегодня.

Правда, Бесс повезло еще больше. К ней маленькое гнусавое создание пожаловало. Когда-то эта дама пыталась работать со мной. Раза три я доставала ей что-нибудь по минимальной цене, пыталась дозвониться до нее. Телефон с ней не соединял, требуя специального кода. В результате она приходит через несколько месяцев и отказывалась забирать купленное. Появляясь, она требует неотрывного внимания к своей персоне. Говорит гнусаво-противным голосом, растягивая слова, поэтому речи ее длинны и занудны. Теперь она мучает Бесс, объясняет ей что-то о химчистке, хитрая Тутси находит предлог и смывается.

Бесс монотонно качает головой, но видно, что мысли ее далеко-далеко. И тут я прихожу на помощь, вроде бы Бесс зовут к телефону. Она вежливо извиняется и довольная бежит подальше от маленького монстра. Чудовище, лишенное ушей, крутит головой, никого нет, все спрятались. Как же я удивилась, узнав, что она – судья! Боже, куда идет Америка, если правосудие в руках ненормальных!

Тут же за ней появилась «европейка». Это маленькая женщина с большим акцентом и огромным желанием общаться. Зову ее европейкой, потому что трудно сказать, в каком государстве она проживала. Её родина кочевала от одного государства к другому. Каждый раз я узнаю от нее кучу полезных и бесполезных вещей, круг ее интересов широк и разнообразен. Меня же она выбрала, потому что я почти из Европы, то есть не принадлежу к малообразованному племени американцев. Она пытается говорить со мной по-украински, и считает, что русский – испорченный украинский язык. Украина для нее самая главная страна, она переживает, кто там будет президентом. Повесить она хотела бы и того, и другого, но третьего, к сожалению, не дано. Я прослушиваю лекции о происхождении слов, государств и законов. Юридическое образование отца делает ее экспертом в законодательстве. Америку и американцев она презирает. У нее много блестящих идей о преобразовании системы обучения, я предлагаю ей выступить с ними в печати. Но нет, меня ей вполне достаточно, выльет и уйдет с чувством европейского превосходства. Знания ее как вулкан, иногда я чувствую себя сплошной идиоткой и недалека от тех американцев, которых она поливает. «Вы помните…»,- и она пытается реанимировать в моей памяти смутное время семнадцатого века, каких-то исторических лиц, границы государств (очень болезненная для нее тема). Я ничего не помню! Завидев ее, пытаюсь смыться и лишить ее удовольствия общения с культурным человеком.

На этот раз не удалось. Европейка тут же поделилась последними новостями с Украины, полила Буша, рассказала о свежем гусе, которого ей удалось купить в магазине. Последнее сообщение меня насторожило, мороженых гусей в Америке никто не покупает, и поэтому они лежат, поди, годами. Разразилась критикой в адрес американской кухни и их вкусов, «но мы-то из Европы и знаем вкус настоящей еды».

С ней нельзя не соглашаться, я киваю на все головой и с нетерпением жду, когда она успокоится. Отвечать ей опасно, будет надолго.

В порыве чувств она выплескивает: «Ты такая умная. Как украинка».

К счастью, у нас нет времени углубиться в мою родословную, появляется ее дочь. Довольные и счастливые, мы прощаемся друг с другом. В конце, она как всегда заверяет, что если будет что-то покупать, то только у меня. Мысль эта, несомненно, согревает, но в нее плохо верится. Пока что она приходит в Магазин пообедать и поболтать с европейским человеком.

Итак, настроение паршивое, и чтобы его поднять, пытаюсь думать о чем-нибудь приятном. Например, о нашей предстоящей поездке в Англию. Но до нее как-то слишком уж далеко, надо найти что-нибудь еще. На моей подарочной карточке скопилась приличная сумма денег, сижу и думаю, куда бы их потратить, чтобы с умом. И тут мой взгляд падает на руку Бесс, на ее часы.

«Ты что, не помнишь? Это часы «Мишель», купила, когда у нас была скидка. У Кэт тоже такие. Я, правда, жалею, надо было с брильянтами купить, денег пожалела».

Примеряю часы, ничего, здорово смотрятся! Интересно, как это я осталась в стороне от массового движения, все вокруг купили, а я нет. Ношу себе подарок от Сент-Джона уже пять лет, удобные: большой циферблат с цифрами, не запутаешься. Бесс, оказывается, уже о других часах мечтает – «Jacob and company», стоят всего ничего – около восьми тысяч долларов. Ей мечтать можно, поклонники подарят, а я сама себе подарки делаю. Мне для начала «Мишель» подойдет. Тут же спустилась на первый этаж, полюбоваться на часы.

Там моя идеально подогнанная (в этот раз в клетку Бёрбери) миссис Кул склонилась над драгоценностями.

Бриллиантовая девушка Дебби тут же взяла меня в союзники: «Не правда ли, удивительно счастливое лицо?»

Счастливое лицо принадлежало кровожадно улыбающейся луне розового цвета в золоте за семь тысяч долларов. Удивительно безвкусная вещь, с моей точки зрения. У меня железное правило: то, что я покупаю, должно выглядеть дороже того, что я заплатила. Луна тянула на три доллара не больше. Золотая девушка расписывала, романтизировала луну, привезенную из Лас-Вегаса, отобранную специально для нашего Магазина. От этого луна не становилась лучше.

У миссис Кул куча денег и ни одного наследника, так что и луну можно купить. К счастью, она совсем не дура, будет восторгаться и слушать, но по виду вижу, что луна ее мало трогает, время провести и поговорить хочет. Потом ко мне придет, погуляем вместе, посмотрим, примерим, это тебе не на луну смотреть – процесс долгий, иногда несколько раз одну и ту же вещь надевать приходится.

Итак, часы я решила купить с брильянтами, чтобы потом не сожалеть как Бесс, и еще два разных ремешка к ним в придачу. Вот так я удачно вложила половину денег, вторую буду пристраивать, когда опять настроение испортится!

Возвращаюсь в отдел, все без изменений: Бесс на телефоне, Кэт выслушивает очередные жалобы Криси. Криси - источник проблем и постоянно нарывается на конфликты, то ненормально шаловлива, то угрожающе свирепа, в голове – полнейшая каша. Итак, беседуем уже втроем, клиентов не видно. И тут-то нарисовался случайный мужик лет семидесяти. Ничего особенного: рубашка в полосочку, брюки светлые, измученное жизнью лицо, вид немного потерянный, очевидно, в Магазине впервые.

Криси мгновенно на него среагировала и с обворожительно- ласковой улыбкой: «Здравствуйте, чем мы можем помочь?»

Мужик явно не ожидал такого внимания к своей персоне со стороны красотки - вылитой куклы Барби: «Почему вы так добры ко мне?» Дурацкий вопрос, правда, на него последовал не менее дурацкий ответ сладкой Барби:

«Потому что вы такой привлекательный и симпатичный!»

Мужику, по крайней мере лет пятьдесят не говорили, что он привлекательный, в нем проснулись слабые надежды и может кое-что еще. Блондинка в короткой юбочке и призывно распахнутой белой блузке его заинтриговала, и он решил не упускать случая. Для начала прочитал ее имя и задал глупый вопрос: «А что это вы тут делаете?»

«А мы вот тут все продаем. Можем и вам что-нибудь продать»,- ответила искусительница Криси.

Мужик покупать ничего не собирался, кого-то ждал. На том и расстались.

Мужик звонил три раза, пока, наконец, его не соединили с Криси: «Это я, кого вы назвали привлекательным. Почему бы нам не продолжить знакомство за рюмочкой чего-нибудь в баре?»

Криси отказалась, у нее есть молодой человек.

Мужик не отступал: « Но ведь вы назвали меня привлекательным?»

Глупая Барби ответила, что ее друг еще более привлекательный. Мужик явно обескуражен: сладко улыбалась, глазки строила, привлекательным назвала, а пить вместе не желает!

«Фи, он старше моего отца, о чем он думает?» - возмутилась Криси, бросая трубку.

День тащится, даже облака в куполе застыли, не плывут. Менеджера сегодня нет, так что Кэт исчезла в неизвестном направлении. Появляется через час с красной физиономией: ходила в салон выщипывать лишние волосы на лице. Удивительно, сколько полезного можно сделать в отсутствии менеджера! Из отдела Ленусика притаскиваю сапфировое платье из тафты, с воротником и пуговицами. Потрясающе идет к моим рыжим волосам. Бесс очень заинтересовалась и тут же пошла проверить, сколько платьев осталось в компании. Причин для покупки платья нашлось много, проблема только одна – деньги.

«Ты представляешь, для кого-то это карманная мелочь, а мы с тобой мучаемся!» – вздыхает Бесс.

Я тактично не указываю на того, для кого эта мелочь, сама знает.

Я держусь стойко, платье великолепное, но коллекцию пополнять не собираюсь, вот разве что сын решит жениться, тогда немедленно куплю. Королевское платье, ничего не скажешь!

В конце дня прибежала Мими с огромными глазами и большой новостью: «Я до конца недели работать не буду, завтра иду на операцию – делаю грудь».

«Ну и какой размер покупаем?» - интересуюсь.

«В, немножечко С».

«Сколько стоит?»

«Пять».

«Две или каждая?»

«Пять тысяч обе. Это очень дешево, некоторые по семь берут".

Тихо радуюсь – сколько денег я сэкономила!

Мартини после работы

Не буду говорить обо всех, но многие после работы любят расслабиться. Мы с Бесс почти каждую неделю позволяем себе что-нибудь. Бесс, та вообще, в обед «маргариту» покупает, ставит в холодильник, а по дороге домой – наслаждается. Правда, последнее время со своей диетой она и пить перестала. Сидит, размышляет, может ли она позволить себе ром с диетической кока-колой?

В результате поисков Бесс остановилась на водке с гранатовым соком, «Русская роза» называется. Убедила себя, что это полезно. Судя по названиям коктейлей, русские впереди всех в этом деле, хотя созданы они точно не в России и в названиях их нет смысла: White Russian, Black Russian, Red Russian, Colonel Kremlin, Russian Roulette, Red Square и бог знает, что еще.

Сегодня после работы Бесс, Лили, Кэт и я договорились сходить в ресторан через дорогу. О работе дружно решили не говорить, но вот про клиентку-то можно. Ей чертовски везет. Она, оказывается, развелась с мужем, получает половину его полицейской пенсии плюс двенадцать тысяч ежемесячно из его зарплаты священника. Представить трудно, как это человек до пятидесяти лет был полицейским, а потом вдруг вышел на пенсию и стал пастором.

Я мечтательно вздыхаю, и начинаю строить жизнь на двенадцать тысяч в месяц. Получается очень даже неплохо! При разводе бедной достался всего лишь один Мерседес, но она тут же докупила две новые машины. Боже, ну почему стервам везет? Ни дня не работала, детей не растила, всю жизнь только о себе заботилась. Ходит по магазинам, жалуется на продавцов, и чтобы удовлетворить ее претензии, магазины дают ей бесплатные товары, подарочные карточки и т.д. Наш Магазин, например, дал ей бесплатно сумку Шанель.

«Да вы что, девочки, не знаете самой последней новости? Она сейчас рвет и мечет. В последнюю воскресную службу в церкви пастор сказал, что женится. Избранница на двадцать лет моложе, играет на пианино, но, говорят, внешность – так себе. Правда, он странно говорил, что она хочет ухаживать за ним, а о своей любви ни слова», - добавляет Лили.

Поговорив о сложностях любви, незаметно перешли на Джи-джи. Вчера, когда я была выходная, она пожаловала в блестящем черно-белом пиджаке Сент-Джона, такой у нас висел для отправки в другой магазин. Оказывается, добрая сестра Джи-джи подарила ей его на День Матери.

«При чем здесь День Матери? Она даже еще не замужем», - удивляюсь я.

«Вот и я поинтересовалась. Вроде сестра послала матери, а та отдала Джи-джи» - объяснила Бесс.

«Да ладно, девчонки, что притворяться – она нам мозги пудрит, а мы делаем вид, что верим. Тащит она все по-черному. Давайте следить за ней. Дура она какая-то, ну стащила, так хоть не появляйся в этом на работе, простая логика», – не выдержала Лили, сказав то, о чем думали все.

Что я ем, не имею понятия, Лили что-то заказала. Разговоры – вот что самое главное в барах и ресторанах. Кэт тянет свою обычную «morphine drip», слишком много всего накручено в этом напитке, я люблю попроще. У меня – коктейль «Русский медведь», в нем все, что вредно любить: шоколад, сливки и водка, очень своеобразный вкус и неподходящее, как всегда, название.

Пока Лили трепалась с Кэт о нашей подруге, уехавшей в Голливуд, Бесс пела исключительно о своем Майкле, то есть мистере Вилсоне. По всему видно, что их отношения развиваются стремительно и становятся серьезными.

«Представляешь, я с ним сегодня в примерочной, и вдруг у меня на груди мобильник зазвонил. Ты же знаешь, он у меня в бюстгальтере. Ничего, отвернулась, извинилась, достала. Джэф звонит и на обед приглашает, а мы уже с Майклом договорились. Кое-как отвертелась. Еще та ситуация. Но ты знаешь, похоже, у нас с Майклом серьезно. У него жена сейчас постоянно в Майами живет, так что, считай, мужчина одинокий, а мне терять нечего».

«Что пить будешь?» - толкает в бок Лили.

«То же, что и ты», – мне абсолютно все равно, я полностью увлечена разговором с Бесс. Получаю кислый апельсиновый сок, но внимания на это не обращаю. Бесс сообщает, что Майкл пригласил ее поехать вместе в Мексику. Уверяет, правда, что у них ничего не было. Так я ей и поверила! Ну да ладно, не девочки.

«Смотри дорогая, поосторожней, а то миссис Вилсон покажет тебе Мексику!»,- предупреждаю подругу.

Лили подставляет мне стакан кислого сока, пить ужасно хочется, выпиваю.

«Ты как домой поедешь?»,- интересуется Лили. Я не понимаю вопроса.

«Что-то много выпила, все-таки с водкой».

И тут до меня дошло, почему сок кислый. Я, признаться, испугалась – не дай бог, полиция остановит. У меня, правда, наклейка «Друг полиции», но ведь штрафовали как миленькую и с ней. Вряд ли пьяный друг – им друг.

Короче, расстроилась, и решила немедленно ехать домой. Еду осторожно, не нарушаю, не превышаю, и вот уже поля родной фермы Хантера показались, место аварии. И вдруг прямо передо мной, на дороге что-то лежит и что-то бегает. Сворачиваю на встречную полосу. Оказывается, на дороге лежит сбитый олененок, а вокруг него мать бегает. Я в истерике, еле до дома доехала. Кричу мужу – вызывай полицию, олени на дороге. Муж выскочил первым делом машину проверять, думал, я оленя сбила. С тех пор за рулем не пью!

Возвращение миссис Вилсон

Каждое утро, придя на работу, я мечтаю о том моменте, когда смогу ее покинуть. Я не одинока, большинство ждет того же. У всех своя бурная семейная или какая-то другая жизнь. Пожалуй, только одинокие женщины за пятьдесят никуда не торопятся. Самые надежные рабочие лошадки: на телефонах не висят, на свидания не бегают, больными не притворяются. Любимое изречение многих продавцов: «Если выиграю миллион, то больше меня Магазин не увидит». Пока ни с кем такого не произошло. Некоторые даже, наоборот, последние деньги в казино просаживают. Молодые, правда, иногда успешно выходят замуж за миллионеров и тогда в Магазине больше не появляются. У них начинается новая жизнь. Не работают, ходят на благотворительные балы, но, прежде всего, занимаются семьей и воспитанием наследников.

Запах свободы – это запах соседних ресторанов. Выходишь на волю из Магазина, и тебя обдает запахами пищи, причем, не имеет значения, с какой стороны дует ветер, рестораны окружают Магазин плотным кольцом. От этого соседства выигрывают все.

«Дорогая моя девочка!» – слышу знакомый театральный голос миссис Вилсон. Впервые, пожалуй, я хочу ее расспросить о жизни и о муже. Миссис Вилсон не узнать. Ее щеки натянуты как барабан, она больше не целуется, а посылает мне кучу воздушных поцелуев, лицо – застыло, и узнать ее можно только по голосу. Фигура – без особых изменений, как видно, борьба за вес продолжается.

«Девочка моя, как живешь, я ведь тебя вечность не видела. Я теперь живу в Майами и здесь почти не бываю. У меня там свой бизнес», – многозначительно добавляет она.

Оказывается она теперь еще и работает!

И тут неожиданно, будто прочитав мои мысли, продолжила: «Муж, правда, живет здесь, знаешь как сложно с этими мужчинами! Я вот приехала припугнуть его разводом. Он деньги в мой бизнес вкладывать не желает. Посмотрим, я, кстати, сегодня обедаю с ним у вас в ресторане. Зашла специально проведать мою девочку. Ты знаешь, летом я была в Париже»...

Все, села на любимый конек, поехали часа на два. Меня не интересует ни она, ни ее Париж, но мне срочно надо сообщить Бесс об обеде супругов. Спасает телефон. Миссис Вилсон опять посылает мне воздушные поцелуи, заверения в любви, и плывет в соседний отдел.

Я безуспешно пытаюсь найти Бесс, как назло ее нигде нет. Появляется на полчаса позже вся накрашенная и довольная – новую линию Шанель пробовала.

Щеки горят, глаза блестят и помада необычная, она протягивает мне руку: «Понюхай новые духи, мне нравятся».

«Бесс, где тебя черти носят, миссис Вилсон собственной персоной пожаловала, вместе с Майклом обедает, он случайно тебя не приглашал присоединиться к ним?» – выпаливаю я.

Бесс меняется на глазах: «Где, где она, покажи!»

Ищу глазами миссис Вилсон: «Вон там, в Армани, в черном кашемировом свитере, с рыжими волосами».

Бесс, как завороженная, движется в отдел Армани. К сожалению, от спектакля меня отрывает клиентка, пришла забрать костюм.

Бесс возвращается вся какая-то жалкая и потухшая: «Я их видела, они в ресторане. А она ничего, красивая, полная только очень».

«Бесс, ну что ты говоришь? Это же мумия настоящая, вся сделанная, натянутая. Она ему развод предлагает, так что все может хорошо кончиться. Не нужен он ей, у нее в Майами свой бизнес. Ей бы только деньги получить, успокойся и не переживай, дорогая», - пытаюсь утешить Бесс.

Мистер Вилсон, или Майкл, появляется в Магазине регулярно, то матери очередной костюмчик прикупит, то себе новый галстук или джинсы. Короче, Бесс ему дорого обходится, уж лучше бы ей подарки делал. Голос Майкла по телефону я слышу все чаще, впрочем, Бэби тоже звонит регулярно и даже приезжает на Ягуаре.

Я как в воду смотрела. Как-то после очередного посещения Майкла замечаю изящный браслет Харди на руке Бесс.

«Представляешь, попросил меня выбрать подарок для племянницы, ну я и выбрала. Он мне его преподнес в благодарность за чудесную работу», - объяснила Бесс.

«Бесс, дорогая, а как же Бэби, жених твой, на это смотрит?» - задаю дурацкий вопрос.

«Ты знаешь, Майкл мне нравится, а что Бэби? Бэби есть и Бэби будет, никуда он не денется, сам виноват, что так получается".

Я предлагаю Бесс перейти работать в мужской отдел, думаю, там она добьется настоящего успеха. Я ничего не продала за весь день, она же, мало того, что Майклу что-то загнала, так и еще одного нуждающегося в женской помощи встретила! Мужик странного вида в комбинезоне, видите ли, сам к ней подошел, когда она возвращалась из мужского отдела. Очевидно, с юга, говорил с протяжным певучим акцентом. В Магазин пришел с горя – с женой развелся!

Бесс выслушала печальную историю о большой любви священника (мужик в комбинезоне) к самой дикой барменше в мире. Священник был в полнейшей депрессии и говорил только о потерянной Кэрол. Она любила его по-своему, как и еще многих других. И с ней невозможно, и без нее не жизнь. Бесс за разговорами продала бедняге два костюма Армани, кучу рубашек, галстуки, туфли. Ни одна женщина не устоит перед ним. В новых костюмах его ждет новая жизнь!

Тактика любовных отношений

Мужское воображение – ваше главное оружие.
Используйте его мудро.

C. Tuttle

Наблюдая за развитием отношений Бесс и Майкла, я пришла к выводу, что пора вмешаться. Ее новые отношения с Майклом могли стать повторением предыдущих. Судя по всему, Майкл – достойная партия, и упускать его глупо. Просматривался ровно один недостаток – женат. Мое правило – с такими не связываться – было нарушено в свое время мною же.

После работы я пригласила Бесс поужинать в соседнем ресторанчике на свежем воздухе. Благо погода располагала к этому: не жарко, легкий приятный ветерок и манящие запахи.

Бесс тут же решила позвонить Бэби.

«Стоп, не вздумай! С этого момента ты начинаешь новую жизнь. Это как раз то, о чем я хочу с тобой поговорить. Бэби совсем необязательно знать, где ты находишься каждую минуту своей жизни», - начала я урок правильных взаимоотношений.

Бесс послушно отложила мобильник, правда, не отключила. За соседним столиком расположилась удивительная компания: женщина с двумя огромными пуделями. Собаки – моя слабость, и я тут же познакомилась с черным Графом и белой Изабеллой. Для хозяйки, собаки – что малые дети для родителей, гордость за питомцев сияла на ее лице.

Заказали что-то вегетарианское в виде огромного салата, вроде бы калорий мало. Бесс твердо решила расстаться с пятью фунтами.

«Дорогая Бесс», - торжественно начала я - «Чует мое сердце, что твоя судьба может круто измениться. Но к этому надо приложить руки. Прежде всего, посмотри на запущенные, никуда не ведущие отношения с Бэби. Три года назад, когда я с тобой познакомилась, ты вроде была его невестой. Что изменилось? В каком статусе ты сейчас? Пойми, ему так удобно, и он ничего не хочет менять. Еще лет через пять, ему не нужен будет секс, и ты отпадешь сама собой. У тебя есть опасность повторения ошибок, поэтому ты должна измениться».

«Не находишь ли ты, что я стара для перемен?» - вздохнула Бесс.

«Ты не совсем понимаешь, что я имею в виду. Прежде всего, перестань трепаться со всеми о Майкле, как делала вчера весь вечер. Заводить какие-либо отношения с клиентами – сам по себе факт не очень приятный. Так что держи при себе. Второе: ты должна заняться своей жизнью, а не крутиться вокруг Бэби, Майкла или кого-нибудь еще. Почему бы тебе наконец не получить степень Магистра, вроде тебе не хватает несколько классов? Магазин, кстати, оплатит учебу».

Бесс удивленно вытаращила глаза: «Я как-то совсем об этом не думала. Слушай, а ведь отличная идея! Может, добить несчастный диплом?»

«Конечно, голова будет занята, и работу найдешь человеческую, а не эту. Я-то со своим английским ничего не смогу изменить, а ты можешь и должна. Посмотри на себя. У тебя есть самое главное: отпадная внешность, безупречный вкус, сексуальный голос и приятные манеры. Теперь о том, чего у тебя нет, и что необходимо. У тебя должна быть собственная счастливая жизнь. Не кидайся к телефону как сумасшедшая, пропускай звонки, оставят сообщения, если захотят. У тебя много дел, друзей, встреч и т.д. Ты – женщина-тайна, не спеши с Майклом, не раскрывайся. Не говори с ним о Бэби, но и не ври».

«Да у нас ничего еще и не было, просто он мне нравится, а я, кажется, нравлюсь ему».

«Вот и прекрасно, что все впереди. То, что он подарил тебе браслет – очень хороший знак, такие подарки дарят от сердца. Это говорит о его чувствах. И, пожалуйста, не звони ему сама. Будь неуловимой, вечно спешащей – таких мужики любят».

Тут, как по заказу, позвонил Бэби. Бесс оказалась примерной ученицей.

«Да, Бэби, да я ужинаю с подругой. Нет, сегодня не жди. Да, позвоню. Пока». И все. Коротко и ясно!

«Молодец, здорово ты его, пускай привыкает!»

«Ты знаешь, мне кажется, он что-то подозревает. Стал звонить, приезжать ко мне в Магазин».

«Так ему и надо! Продолжим. Бэби в прошлом, он – история. Майкл должен понять: чтобы получить тебя и быть с тобой, он обязан жениться. Но не касайся его личной жизни, он должен сам к этому придти. Майкл еще не твой, и помогать ему можешь только в выборе галстуков и штанов, что ты прекрасно и делаешь. Итак, в ритме танго, не торопясь особо. Он первый звонит, он первый целует, он первый приглашает, он первый говорит «люблю». Ты – женщина без проблем и детей, мечта любого мужчины: уникальная, молодая, веселая, довольная жизнью и собой».

«Здорово ты все расписала. Чтобы выиграть – надо, очевидно, играть. Бэби я точно избаловала. Когда он дарил мне цветы – и не помню».

«Зато я только и вижу, как ты покупаешь ему вещи. Хватит! И не звони, не справляйся, как он себя чувствует. Лучше всех себя чувствует! Ловко устроился!»

«Слушай, а идея с классами мне все больше нравится, ты знаешь, я любила учиться. Майкл, кстати, завтра приходит»…

«Вот и прекрасно. Главное, веди себя с Майклом так, как если бы он был тебе безразличен. Сама заканчивай разговор, вроде дела или бежишь куда-то. Тебе не нужны его деньги, карьера, успех и положение. Конечно, тебе это необходимо, но не надо это показывать. Не делай его новым центром своей жизни, как ты делала это с Бэби».

«Ты права, правда, рано об этом говорить».

« Ничего не рано, я же вижу, как он на тебя смотрит. В самый первый раз глаз отвести не мог, поверь, это серьезно».

Кто-то мягко прикоснулся к моей руке, это красавица Изабелла решила быть нежной, может, я поделюсь с ней ужином? Как она заглядывала в глаза! Я не могла устоять.

На следующий день Бесс узнала в отделе кадров об оплате классов и записалась в университет, чтобы получить степень Магистра по делопроизводству.

Свидания от дьявола

Лили, персидская принцесса, только с виду такая маленькая и беззащитная, с тоненьким голоском. У нее жесткий характер, она знает, чего хочет от этой жизни. Ее проблема – слишком высокие требования к окружающим поклонникам. Она никогда не выйдет замуж за человека, у которого есть дети от предыдущего брака, как это сделала наша подруга Кэт. Но время бежит, и ей уже далеко за тридцать. Избранник должен быть богат, красив, умен, впрочем, все мечтают об этом, но жизнь корректирует мечты, и вот ты уже замужем за лысым, маленьким и далеко небогатым. Лили не тревожит тот факт, что скоро будет поздно рожать детей, она прекрасно обойдется без них.

А тем временем на рынке невест появляются молодые девушки, и вот уже очередная двадцатилетняя уводит завидного сорокалетнего жениха, одного из самых богатых в городе. Мои одинокие подруги с завистью провожают взглядами пару, появившуюся в Магазине: «Неужели она его любит? У него дочь ее возраста. Кажется, она беременна? Но все-таки ей повезло, такие деньги, работать теперь не будет".

Лили только что рассталась с очередным женихом, у них даже день свадьбы был назначен, и мать Лили прилетела из Ирана знакомиться. Я думаю, Джеф был слишком мягок для Лили и недостаточно богат, а самое главное, как она мне призналась, ей не нужен сын Джефа от первого брака. А жить и делать вид, что тот не существует, невозможно. Вчера я видела Джефа с новой блондинкой.

Другой, Стив, слишком зациклен на себе, считает Лили. Вроде бы все время занят, и на Лили времени нет.

«У меня тоже есть жизнь!»- объявила ему Лили. Он пообещал записать это в записной книжке...

Утром в Магазине меня встречает неожиданно взволнованная Лили: «Ты не представляешь, что со мной произошло вчера! Помнишь, я тебе говорила о blind date?»

Я, если что и помнила, то очень смутно, своих проблем хватало, а за свиданиями Лили следить некогда. Последнее время я отметила особый интерес к Лили моей итальянской клиентки. Эта клиентка приехала с пятью сестрами из Сицилии, их семейство полностью удовлетворяет потребность нашего города в итальянских ресторанах. Я была знакома только с двумя сестрами. У итальянцев куча детей, которые постоянно женятся, плодятся и открывают новые рестораны. Сын моей клиентки съездил за женой в Сицилию и привез тощенькую девицу. Невеста оказалась правильной и уже через два года он получил трех мальчиков. Счастливый папаша на радостях открыл новый ресторан.

Пришло время жениться и одному из ее племянников. В отличие от брата он не поехал в родную Италию, а решил найти себе местную. Были, правда, некоторые проблемы. Жених, мягко выражаясь, некрасив. Но сей досадный факт, должен был полностью искупаться тем, что за ним стоял семейный бизнес – ресторан. Все пять сестер дружно бросились на поиски невесты, причем их не пугали национальность и вероисповедание претенденток. Тут-то взгляд моей клиентки и упал на иранскую принцессу. Детки будут красивыми, и новая кровь не помешает. Внешне Лили почти копия София Лорен, вполне сойдет за свою! Не знаю как, но ей удалось уговорить Лили пойти на свидание с племянником.

Ресторан в пяти минутах ходьбы от Магазина. Место очень престижное, один из немногих ресторанов города, куда мужчины приходят в галстуках, а дамы нарядно одетые.

Что это был за ужин! Первого взгляда на жениха было достаточно, чтобы убить малейшую надежду. Лили чувствовала себя Дюймовочкой, неожиданно попавшей в царство крота. Жених был толстый и слепой на один глаз. Умом молодой человек тоже не блистал и действовал четко по указанию матушки, то есть нажимал на прекрасное будущее, которое, несомненно, откроется перед Лили, если она захочет быть с ним. Этот чудесный ресторан будет ее, он также намекал на дом с бассейном в престижном районе, который ждет хозяйку.

Лили в ответ только молча улыбалась застывшей улыбкой. Она попыталась перевести разговор на нейтральные темы, слишком уж много для первой встречи, но жених твердо держался намеченной матушкой линии. Услужливые официанты как пчелки кружили вокруг стола, Лили с ужасом отмечала знакомых. Они, казалось, как-то ехидно улыбались ей. Она не знала, куда деть глаза, и смотрела в основном в тарелку. Правда, еда не радовала, а, наоборот, пугала.

В конце трапезы доставили десерт, изготовленный самим женихом. Десерт напоминал бомбочку и поражал размерами, жених был явно горд. Лили беспомощно пролепетала, что больше не может. На кухне шли горячие споры, не слишком ли Лили красивая, чтобы быть женой Тони? Что если она будет от него гулять? Никто как-то не сомневался в горячем желании Лили стать хозяйкой этого чудесного ресторана. Только ярую католичку тетушку Филис смущали мусульманские корни Лили. Когда обед подходил к финалу, Тони бросился за последними инструкциями к матушке на кухню. Та благоразумно заметила, что в первое свидание нельзя ни на чем настаивать, записать телефон или договориться о следующей встрече и поблагодарить за прекрасный вечер.

Тони немножко смутился, увидев новенький Мерседес Лили. Невеста, как видно, не из бедных, а он соловьем разливался о своих машинах. Лили испытала громадное чувство облегчения, когда, наконец, оказалась в машине. Слава богу, этот спектакль кончился! И как это тетушка решила, что у нее может быть хоть что-то общее с ее племянником? Потеряла два часа жизни, дала свой телефон – расплата за беспечность. Ну, ничего, для него она занята всегда, он это скоро поймет и отвяжется.

Короче, все это Лили выплескивает на меня, и я сдуру замечаю, что видела этого племянника. Тут Лили начинает ругать меня, на чем свет стоит, как это я знала и не предупредила? Но, черт возьми, их там такое количество, откуда я знала, что именно этого будут сватать нашей красавице?

Рыбка с ухмылкой

Приближался Новый год. Американцы выбросили елки, убрали гирлянды, и приготовились к тихому празднованию Нового года. Это у нас, русских, Новый год – главный праздник.

Основной вопрос – новогоднее меню. Свежий гусь, который разрекламировала клиентка, звучал заманчиво, тем более что она грозилась дать французский рецепт приготовления. Но гусь слишком велик для нашей маленькой компании – Ленусик с Оскариком и я с мужем. Остановилась на утке. Но какой же Новый год без чего-то рыбного?

Лучшие морепродукты в нашем городе, несомненно, на китайском рыбном базаре. Туда мы и поехали с мужем. Магазин вонючий, и полон китайцев.

Однажды китаянка покупала какую-то длинную рыбу и очень ее нахваливала. Я сдуру и купила. Думаю, китаянке в эту ночь не спалось. Мало того, что мой дом пропах каким-то чудовищным неизвестным ранее запахом, на вкус рыба напоминала жареную селедку. Надо ли говорить, что китайский деликатес сразу отправился в мусорный бак, на улицу. Труднее оказалось с запахом... С тех пор ни с кем не советуюсь, беру только хорошо известное.

Мое внимание привлекла хурма, конечно, под ней было, черт знает что, написано, но очень уж похожа, раз в десять дешевле, чем в американском магазине. Причем, была она двух размеров, я долго не могла решить, какую выбрать. В результате взяла и маленькую и большую. Как оказалось впоследствии – не прогадала, правда, к следующему моему посещению она исчезла.

И вдруг я вижу маленькие грибочки в контейнерах, с виду – опята, да и только! Не могу удержаться и беру две упаковки. Похоже, что опята выращены, так как слишком уж одинаковые семейства-кучки. Дома открыла грибы, на меня дрожжами пахнуло, только внешне опята напоминали, а так ерунда искусственная какая-то, с запахом и без вкуса!

Насмотревшись на неизвестные мне продукты, иду к главной цели моего путешествия – к свежим кальмарам. Обычно их великое множество: маленькие, большие, очищенные и нет.

Место кальмаров оказалось пустым – раскупили на праздник. Я увидела что-то напоминающее внешне кальмара, но только белого цвета, надпись непонятная. Это что-то лежало в единственном виде, решила рискнуть еще раз, убеждая себя, что это каракатица. Купила и не пожалела, нежнее кальмара, и вкус замечательный.

Но самое интересное поджидало нас в аквариуме. В нем плавала рыбка чуть меньше метра длиной. Характерный с ухмылкой рот, зубчики по хребту и нос кинжалом.

Показала мужу: «Что это тебе напоминает?»

По виду мужа поняла, у него те же мысли, что и у меня. Не может быть! Спрашиваем у продавцов, те лишь плечами пожимают. Итак, у них кто-то плавает, а они понятия не имеют, кто. Рыба с ухмылкой резво так ходит по аквариуму, издевается прямо. Один из китайцев высказал предположение, что это рыба-сабля. Не убедил, мы то знаем, кто это, но не говорим. Спрашиваем про цену, опять замешательство – цены неизвестной рыбы естественно никто не знает. Решили продать за минимальную цену, избавиться захотели от незнакомки поскорее. Я, сказать по правде, никогда не покупаю ничего живого – жалко. Но с другой стороны, ухмыляющаяся все равно обречена. Всю жизнь в аквариуме не проплаваешь.

Короче, купили. Лезу в Интернет - и как без него жили? Оказывается, визигу (помните знаменитые пироги с визигой?) надо выбросить. Правда, на одном сайте целая полемика развернулась: убирать или нет. Мне Бакинский вариант понравился простотой: с луком, болгарским перцем и лимоном.

Вкус – восхитительный, вот что значит благородная рыба! Больше такой рыбки в аквариуме не плавает, шальная какая-то была, одинокая. Жаль!

День перед рождеством

Каждый год одно и тоже, покупают все меньше. Мой отдел пустует. Стою – регулирую движение. Благоразумные супруги покупают на Рождество ночные рубашки и халаты. А я направляю их в заветный отдел.

За два дня до Рождества оформители убрали две елки, украшавшие наш отдел, это тебе не Европа. Скромно украсили и побыстрее убрали, чтобы потом не мучиться.

Рождество чувствуется, пожалуй, только в отделе подарков. В середине зала – золотая красавица елка, рядом поменьше – голубая, и самая маленькая – детская, в разноцветных игрушках. Можно купить всю елку вместе с игрушками за три тысячи, и думать не надо, как украсить, что повесить. Золотые маленькие елочки прошлого года заменили более замысловатыми деревьями с золотыми листочками. Каждый год я покупаю новую игрушку. Мое внимание привлекает стеклянная бабочка за двадцать восемь долларов.

Целый месяц перед Рождеством крутят одни и те же песни, я знаю их уже наизусть, пристали как паразиты. Про оленя Рудольфа, про девицу, желающую искупаться в снегу, и про колокольчики, конечно.

Мимо идет пообедать в ресторан миссис Штерн, она недавно потеряла мужа, очень переживает и сохнет на глазах. Она никогда не меняет прическу, делает начес – большая серая голова, она худеет, поэтому, кажется, что голова растет. На Рождество миссис Штерн всегда приносит в отдел две коробки шоколада: черного и белого. Я обнимаю и целую ее, поздравляю с праздником, она начинает плакать.

Скучно. Кэт куда-то убежала и не развлекает меня телефонными разговорами. Пошла в соседний отдел.

За столом радостная Лин: «Как красиво бог ответил на мои молитвы, дорогая, ты просто не представляешь».

Слава богу, на этот раз никто в ее рассказе не умирает и даже не болеет. Она потеряла всего лишь три фамильных брильянта, два из которых принадлежали ее племянницам. Мучилась целую неделю и одновременно молилась богу. И бог наконец-то ответил, она нашла их в носке. Подальше спрятала и почти потеряла.

Возвращаюсь к себе в отдел. Застаю Бесс в мечтательном состоянии и без телефонной трубки. Оказывается, у нее созрел план покупки туфель Шанель, вот вроде все у нее есть, а Шанель нет. Туфли ей обойдутся в триста долларов, всем друзьям и знакомым она приказала дарить деньги, и, судя по всему, денег вполне хватит на Шанель. Магическое имя.

С тоски звоню Ирине. У нее, как всегда, одни неприятности: гастрит, спина болит, ничего не покупают. В ресторане она обнаружила стекло в тарелке, и теперь у нее проблемы с менеджером ресторана. Видимо, их менеджер и наш – родные братья. Рассказывает про отца, который скуки ради отвечал на вопросы викторины школьников русскоязычных школ. Дед занял первое место, с чем и поздравил внука, так как он выступал под его именем. Ирина теперь не может решить, что с этим делать? Включить в резюме сына, с другой стороны, вдруг в школе начнут расспрашивать или еще приз чего доброго вручат...

Итак, стою, направляю поток нуждающихся в туалет и в отдел нижнего белья. И тут появляется мужичок. Заговори он по-русски, я бы не удивилась. Вид у него какой-то растерянный, видно, в первый раз в Магазине, одет неважно, лохматый. Но мы по одежде не судим.

Что-то такое родное было в нем, что я со всей своей добротой, просто самой приятно, обратилась к нему: «Чем могу Вам помочь?»

Мужичонка явно обрадовался и буквально свалил меня с ног перегаром, с утра, поди, опохмелялся. Оказывается, ему необходима красная ночная рубашка для Рождества. О чудо, вместо того, чтобы отфутболить мужичка прямо и налево, я так мило улыбаюсь и приглашаю его следовать за мной. Я иду в отдел нижнего белья в полной уверенности, что красной рубашки мне не найти, но зато какой сервис!

И ведь нашлась нужная рубашка с длинным рукавом, мяконькая такая! Мужичок уперся, ему вроде бы нужна кашемировая рубашка, она теплее. Уверяю, что кашемировых не бывает, в них не спят, и так далее и тому подобное. Главное, чтобы было теплое одеяло. Он оказался на редкость сговорчивым и даже решил взять две такие же замечательные рубашки: для жены и для дочери. Заветной карточки Магазина, у него, конечно, не было, пришлось ему распрощаться со всей наличностью. Растроганный обслуживанием пытается узнать, откуда я. Сообщаю.

«Моя косметичка (!) тоже русская, бывшая врач», - заявляет мужичонка.

Вот и нашлось у нас что-то общее – русская косметичка! Приношу ему две коробки, ленточки, полный набор «Сделай сам Подарок». Благодарит, жмет руки, слава богу, что не целует. Мой первый предрождественский клиент очень даже ничего, что-то в нем есть, не могу понять, что.

Звонок.

Узнаю знакомый голос: «Ирания, ты на меня злишься?»

Эта клиентка просто мастер по искажению моего имени, причем каждый раз называет меня по-новому. Я, по идее, должна быть очень зла, с трудом достала ей последний кожаный пиджак за три тысячи, а она его вернула вчера, в надежде перекупить его подешевле. Уверяю ее, что руководствуюсь в жизни принципом: принимай вещи, как они есть, если не можешь их изменить. Что толку злиться? Лучше не будет, а вот хуже – точно!

Мимо выступает женщина в розовых чулках, спрашивает, где можно купить чулки. Видно, совсем обносилась, только розовые и остались.

Появляется мистер Грин с традиционной красной розой.

Он почти не пользуется моими услугами, но почему-то считает себя обязанным принести мне розу на Рождество: «Я своих женщин не забываю!»

Неожиданно я стала еще чьей-то женщиной. Обнимаемся, целуемся и расстаемся довольные друг другом.

Гордо плывет пара среднего возраста.

Она явно интересуется блузками: «Смотри, какая красивая!»

Он делает вид, что поглощен своим телефоном. Она крутится в нерешительности какое-то время и идет дальше. Он тут же нежно обнимает ее и с удовольствием уводит от греха подальше. Жмот.

Собралась перекусить у себя в комнате, не тут то было. Кэт зовет меня, загадочно улыбаясь. Не иначе как кто-нибудь из «интересных» клиентов пожаловал. Так и есть – миссис Гринбаум. Тяжело дышащая, вся какая-то растерзанная и растрепанная. Такая она всегда: высокая, без бедер (никогда не было), без живота (убрала хирургическим путем) и с громадным бюстом (купила), не влезающим ни в одну кофту. Она блондинка, волосы затянуты сзади в узел и торчат во все стороны. Ее всегда сопровождает неприятный запах духов, духи сами по себе вполне нормальные, но в сочетании с запахом ее собственного тела получается что-то странное.

Кажется, что она на наркотиках или на лекарствах, что в сущности одно и тоже. Ее речь и внимание прыгают от одного к другому, и стоит она тоже как-то неустойчиво. Однажды, отчаявшись найти подходящий пиджак из-за ее необыкновенного бюста, я сдуру посоветовала ей пластическую операцию. Она с гордостью заявила, что бюст купила, и он ей нравится! Действовала по принципу: заплатила – бери побольше.

Миссис Гринбаум пришла поменять недавно купленные юбки на меньший размер, похудела на десять фунтов. Бюст тот же, а вот то, что ниже, почти исчезло.

«Надо же, как Вам везет, мечта многих, как Вам это удалось?» - начинаю я разговор.

И тут началось: «Муж на Рождество подарок приготовил – любовницу молодую завел».

«Но миссис Гринбаум, дорогая, может, это Вам только кажется»,- пытаюсь ее успокоить.

«Что значит, кажется? Я счет за гостиницу нашла, я имя ее знаю, его пациентка, двадцать лет, а ему семьдесят. Я ей позвонила, а она мне: «Я с вашим мужем ... и буду ...»

Мои возражения исчерпаны – факты налицо, остается только сочувствовать.

«Ничего, вот я еще десять фунтов сброшу, и тогда посмотрим», - продолжает она.

Миссис Гринбаум кажется, что все дело в проклятом весе. Я в ужасе, уже сейчас ее лицо выглядит помятым и в морщинах, а что будет, если она похудеет еще? Поменяла ей юбки, но ей голову надо менять, а не юбки. Я пожелала ей смотреть на все проще и наслаждаться жизнью, и она удалилась нетвердой походкой.

И опять тишина. Только две манекенщицы развлекают немного, они у нас одни и те же. Так что мы все друг друга знаем, поговорим о семье, детях. И хорошо, на финишной прямой мы все какие-то уж очень уставшие, я не обращаю внимания на китаянку, которая шныряет в отделе и заинтересованно разглядывает пиджаки на распродаже, не хочу связываться и портить себе настроение. Слава богу, Кэт занялась ею. Китаянка пристала к ней с вопросом, на сколько процентов уценили. То, что сообщила ей Кэт, явно не сходилось с ее подсчетами.

Кэт возбудилась: «Ну, скажи ты мне, пожалуйста, какая ей к черту разница – тридцать или тридцать пять процентов скидка, если цена уже написана?»

Я мило улыбаюсь в ответ. Китаянка наконец-то отобрала два одинаковых пиджака для примерки, Кэт проводила ее в комнату и с облегчением занялась любимым делом – звонить по телефону мужу, где она в лицах описывает клиентку, сообщает, что все ей надоело, никакой тебе карьеры, расспрашивает о планах на ужин, о поведении собак, кошек и детей.

Минут через тридцать Кэт вспоминает о китаянке: «Как ты думаешь, сколько можно мерить два одинаковых жакета?»

«Какая тебе разница, пусть наслаждается, надоест – сама выйдет».

Замечаю в Армани мистера Дэвиса, пожаловал, как всегда перед Рождеством, за бесплатным шоу. Старушка Салли была рада ему помочь облегчить кошелек, но, милая, ему твоя помощь ни к чему. Так и есть – он вежливо отказывается. Появляется Крис – самая молодая и красивая, вот на эту-то он точно клюнет. Одно удовольствие, такая помощница! Как он весь засиял, заулыбался! Сейчас он прошвырнется с Крис по всему Магазину, наберет разнообразных тряпок. А потом, в примерочной, только для него Крис будет демонстрировать вещи. А он будет осматривать, поглаживать, и решать.

От этих мыслей меня отвлекает Кэт.

«Ты не представляешь, что китаянка делала в комнате с пиджаками. Она заставила меня считать полоски! Оказывается, на них разное их количество. Она никак не может решить, какой, выбрать. Я ей посоветовала тот, где их больше. Цена-то одна, а полосок получаешь больше. Не убедила, так и ушла, обещает подумать. Ну, ты представляешь, какой идиотизм?» - распаляется Кэт.

«Дорогая, жизнь прекрасна и удивительна, второе скорее, чем первое. Удивляйся, но не выходи из себя, они этого не стоят», - пытаюсь успокоить Кэт.

У Кэт и другие проблемы есть: куда не посмотрит, везде беременные женщины, и на картинках в журналах, и в Магазине, а у Кэт не получается, придется, видимо, усыновлять.

Очевидно, от лишнего возбуждения, Кэт, забыв про диету, решила сделать «run to the border» (бежать на границу), так у нас стали называть ресторан «Тако Белл» после телевизионной рекламы. Покатается – развеется. Когда-то давно я работала в мебельном магазине, так вот менеджер, просто заставлял нас на час обеда уходить из магазина, чтобы отвлечься.

Я совсем отчаялась увидеть сегодня Джона, он обещал приехать утром, а уже почти четыре. Джон – гей, и как большинство геев, питает особо нежные чувства к матушке и сестре. Старушка мать напрасно ждет внуков, дочери сорок и она не замужем, от Джона и ждать нечего. Он прекрасно готовит и балует мать деликатесами. Каждый год на Рождество он приезжает из Чикаго, и приходит ко мне за подарками. Это всегда костюмы Сент-Джона. Джон похож на Блока, у него красивые длинные пальцы и вдохновенное лицо. Я жду его как спасение, мои продажи просто плачевны.

Бог слышит, и вот я вижу высокого стремительного Джона. Поцелуи, поздравления, радость встречи. Джон насквозь пропах кухней, видно готовил праздничный обед. Он, как всегда, спешит. У меня все для него приготовлено: «любимые» размеры матери и сестры. Выбираем. Складываю все в коробки, повязываю ленточками, сверху привязываю игрушку, не хуже чем делают это внизу в подарочном, главное, быстро и бесплатно. Опять поцелуи, и он исчезает до следующего года, а его мамочку я увижу в ближайшую неделю. Мечта, а не клиент!

Появляется Марк, типичный интеллигентный еврей, худенький, лысоватенький, в очках. Везет мне с этим покупателем. Бесс отложила для него туфли Шанель, но когда он приходит, ее никогда нет. Вечер среды его любимый день, а я как раз работаю в среду вечером. Туфли ему нравятся, не нравится цена в четыреста девяносто долларов. В первый раз он пришел и рассматривал их минут тридцать, вроде как впервые увидел. Я даже забыла про него, он подошел и попросил проверить цену, вдруг это ошибка, и они стоят дешевле. В результате ушел, сказав, что подумает.

В последний день перед Рождеством Марк пришел с твердым решением купить туфли.

На этот раз его беспокоил размер: «Вы говорите это восьмой размер, но на коробке написано тридцать восьмой. Они выглядят очень большими».

Объясняю разную систему мер и европейские размеры. Проверив еще раз цену, размер и помучив другими вопросами, он с вздохом вытащил какой-то странный громадный чек, где номера банка, счета и чека стояли совершенно в другой последовательности. Конечно, Марка в нашем компьютере не было, пришлось занести все его данные. По ходу работы, выясняется, что его новая подруга, которой он дарит туфли – русская. Он ее очень жалеет, она четыре года назад приехала из России, у нее только что умер муж, оставив ее с маленьким ребенком. Она не работает! Да, видно, у Марка серьезное чувство к этой русской и вкус хороший, русские женщины обожают Шанель!

Почти совсем перед закрытием появляется красный и взволнованный Майкл, просит помочь с подарком для Бесс, она, видите ли, такая хорошая продавщица и так хорошо ему помогает. Бедный Майкл, ну не надо прикидываться, я же все знаю. Проблем с выбором не будет, у нас с ней одинаковые вкусы, даже тряпки одни и те же носим. В сумме он меня не ограничивает, вот, оказывается, как ценится наш труд, прямо гордость появляется. Для начала притаскиваю туфли Шанель, облюбованные Бесс, сколько раз она их меряла! Ну а в цвет к ним и костюм Сент-Джона, как же без него! Не беспокойся, Майкл, Бесс будет довольна. Боже, как он волнуется, здорово его Бесс зацепила. Мимоходом сообщаю, что Бесс в Магазине временно – заканчивает учебу. Умница, красавица и характер прекрасный, плохо мне без нее будет.

Пакую все быстренько сама, и карточку визитную кладу, дескать, если не понравится, я с удовольствием помогу Вам выбрать что-то еще.

Рождественские подарки

Мои американские подруги весь декабрь пишут длинные простыни с именами и подарками, не дай бог, кого забыть. У Кэт прямо целая система разработана. Она притащила длинный список лиц, поздравивших ее в прошлом году, добавила к нему внушительный список появившихся новых родственников и друзей. Заказала красивую фотографию: они с мужем на берегу океана с нейтральной надписью (Кэт – итальянка, а муж – еврей), и послала по списку. Более серьезный список – подарки. Бедная Кэт включила в него даже бывшую жену мужа, она же мать ее приемных детей! Список получился большой, благо кое-что можно купить прямо у нас в Магазине.

Кэт уговорила мужа поставить елку, правда, на ней красуется звезда Давида, мальчишки довольны - это первая елка в их жизни. Чем больше праздников – тем лучше!

В начале декабря все мысли Бесс были о подарке жениху, то есть несравненному Бэби. Каждый день она притаскивала что-нибудь из мужского отдела, чтобы я оценила. Мне эта возня порядком надоела, пусть женится, тогда и дари подарки! К концу месяца о подарке Бэби больше не говорили. Открытки Бесс купила у нас в Магазине, дорогие до ужаса, по тридцать долларов набор. Сколько раз ей говорила, где их надо покупать. Нет, все должны видеть, что она пользуется только самым лучшим.

Лили, особенно голову открытками не забивала, не в ее правилах поздравлять, да и зачем? Все равно выбросят послание, да и подарки все большей частью бесполезные.

Мы с мужем давно упростили жизнь, делаем семейные подарки – новый телевизор или фотоаппарат. Писать открытки я тоже не люблю, хотя люблю их покупать и пишу в конце года «Спасибо» клиентам.

Менеджер отдела подарила нам традиционные карточки на двадцать долларов в книжный магазин, и стихотворение написала, уж не знаю сама сочинила или где сдула, но лихо так получилось:

Grant me the serenity
To accept the things I

Cannot change.
The courage to change the
Things I cannot accept,
And the wisdom to hide
The bodies of those people
I had to kill today,
Because
They pissed me off
And also,
Help me to be careful of
The toes I step on today, as they may be connected
To the ass that I may
Have to kiss
Tomorrow.

Вот такая вот молитва, в стиле верлибр! Кстати, очень верно раскрывает взаимоотношения в Магазине, сразу ясно в каком аду мы работаем.

Наша общая любовь к одному магазину и одинаковые мысли дали себя знать: Бесс, Кэт и я купили друг другу один и тот же подарок – красивую подставку под визитные карточки!

Клиенты, как всегда, несли печенье собственного изготовления, конфеты, карточки ресторанов, кинотеатров, вино. Сладкая жизнь, да и только! Но что мои подарки, по сравнению с подарком Бесс! Правда, о самом главном подарке я узнала значительно позже.

День после рождества

Магазин после Рождества отдыхает. Тишина, одни продавцы. Я, к счастью, вовремя поняла, что Магазин – не главное в моей жизни. Семья, друзья, путешествия, увлечения и только после этого – Магазин. Все покинувшие его с радостью говорили, что жизнь стала легче, а, может, просто так говорили...

Магазин подавляет тебя, заставляет думать о нем постоянно. Иногда я продаю даже во сне...

Январь – мертвый месяц, чаще всего я беру отпуск и отдыхаю в теплых краях. Я еду в Европу и поэтому берегу отпуск до августа. Это то, чем я сейчас живу. Всегда впереди должно быть что-то хорошее.

У Бесс проблемы с клиенткой, требующей вернуть деньги за переделку вещи.

«Кто сегодня дежурит из менеджеров? Не хочу с этой ненормальной связываться!» И это говорит вежливая и спокойная Бесс!

«Элен с Э, это не человек и Роб в маечке. Представляешь какой у тебя чудесный выбор?» - издевается Кэт.

Бесс тяжело вздыхает: «Ты права, лучше самой, чем с ними связываться".

Провожаю взглядом Техасца с очередной телкой. Ему глубоко за шестьдесят, похож на Хрущева: маленький, кругленький, отъевшееся лицо. Из-под брюк торчат ковбойские сапожки, говорит с южным певучим акцентом. В Магазине он выгуливает девочек. Техасец жадноват и трудно расстается с деньгами. Как-то он пожаловал с девицей напоминающей Курникову. Девица как топ модель, все на ней сидело великолепно. Техасец не спешил, неделю размышлял, купил платье, и еще через неделю сдал его обратно. Звоню ему домой, сообщить, что деньги вернут по почте. Его жена быстро сообразила в чем дело и дала его телефон, попросив не упоминать о нашем разговоре: «В браке есть вещи, о которых лучше не знать или не признаваться, что знаешь».

Как-то техасец показывал мне фотографии своей девочки. В Нью-Йорке он выходил с ней из гостиницы, и они встретились с мужчиной, который поразился красотой его спутницы, назвав ее самой красивой в мире. Как вы думаете, кто был этот мужчина? Дональд Трамп собственной персоной. Где-то дома Техасца ждет жена, а может уже и не ждет... А он как павлин, распустил хвост и кормит меня байками о своих красавицах.

Его красотки становятся все менее привлекательными. Эта новая тоже высокая, но тяжеловата и немного вульгарна. Техасец в руке держит плащ и подметает им пол нашего Магазина. Сажает девицу на диван, сам исчезает в туалете. Новая девица ему как-то больше подходит, сидит нога на ногу, все что есть – напоказ, жует мощными челюстями резинку, даже на тряпки не смотрит. Пришел хозяин, кивнул, она, как послушная собака, потащилась за ним и его плащом.

День начинается с разлитого кофе. Первый раз разливаю чужой на столе, второй раз – свой собственный на ковре, остаются чудовищные подтеки. С горечи, от греха подальше, выливаю в мусорку чей-то третий стакан кофе, ведь бог троицу любит. Тут же прибегает Бесс, измученная в битве с тяжелой клиенткой и ищет свой кофе. Я показываю на пол, Бесс начинает плакать, что она просто труп сегодня без кофе. Всю ночь занималась. Убегает за новым кофе.

Я звоню Дену, чтобы убрал мое свинство.

Ден появляется вместе с интересным молодым человеком: «Познакомься, это Мигель, новый менеджер по уборке, я уезжаю в Аризону».

Я с интересом рассматриваю красивого молодого человека, вроде мексиканец, но, конечно, испанского происхождения. Мигель солнечно улыбается, и невозможно не улыбнуться в ответ.

День ползет, время спит, скучно.

Возвращают подаренное, пытаюсь всучить что-нибудь взамен, но удается редко. Праздники разоряют, можно вернуть ненужные подарки и немножко поправить финансовое положение.

Одинокая девушка-кузнечик на тоненьких ножках собирает веселые летние платья для фотосъемок в местный журнал. На улице – холод, но мода всегда впереди сезона, и у нас в Магазине уже лето.

«Европейка» пришла в ресторан, и не смогла отказать себе в удовольствии поговорить с европейским человеком, то есть со мной. Прежде всего, поинтересовалась, выбросила ли я елку. Конечно, нет, еще не было Нового года по старому стилю. Европейка довольна – вот что значит свой человек, а у этих американцев все с ног на голову, продолжает она любимую тему.

«Что Вы хотите? У нас две тысячи лет цивилизации, а у них только двести. Нет у них культуры, истории. А язык? Он же не фонетический, они должны сначала латинский учить. Вот Вы, учили латинский?» – обращается она ко мне.

Тут я должна ее разочаровать – латинский я не учила. Незаметно она перескакивает на американскую пропаганду, и что Сталин должен был поучиться пропаганде в Америке(?) И тут в самый интересный момент появляется ее голодная дочь, которая ждет мамочку уже пятнадцать минут в ресторане. Благо она знает, где искать мать – у меня.

«Вечная девушка» Мальвина тоже пришла пообедать. Ей далеко за семьдесят. Она никогда ничего не покупает, только внимательно рассматривает. Про таких говорят: сзади – пионерка, спереди – пенсионерка. У нее удивительно прямая спина, она очень тоненькая, с неестественно-белыми длинными локонами по плечам. На ногах туфли на самой огромной платформе. В ушах – сердечки, сумочка радостная такая в цветочек, ромашка – на плече, ленточка – в кудрях. Ее любимые цвета: розовый и голубой, сегодня она в розовом, с алым румянцем на щеках. Всегда одна.

Появляется взволнованный мистер Грегори, он, видите ли, забыл забрать рождественский подарок для супруги. Я отвечаю, что этого просто не может быть, я проверяла и звонила. Бегаю, как ужаленная, на всякий случай, вдруг и впрямь где-то затерялся его подарок. Чудес не бывает, отсылаю его домой искать подарок у родной жены.

И вдруг меня как током: «Бэлла, не крутите яйчики!»

С ужасом ищу Бэллу. Ага, вот она Бэлла, крупная такая, уверенно шагает впереди, за ней он маленький кругленький бежит и уверяет ее, что все было совсем не так, как она сочиняет. Слава богу, я их не знаю, они меня тоже.

Звонит миссис Кул. У нее проблема. К счастью, все ее проблемы не стоят и выеденного яйца. Миссис Кул далеко за семьдесят, она только что потеряла мужа лет на двадцать старше ее. Маленькие трагедии прочно заслонили большую, и я искренне рада за нее. Когда-то молодой девчонкой она работала в ФБР, но встретила богатого мужа и ушла с работы, детей у них не было. Когда в семье назревал конфликт, или жена была в плохом настроении, мистер Кул всегда посылал ее к нам в Магазин, он знал магическую силу тряпок. Действует до сих пор.

Сейчас я должна была найти кофточку для юбки, которую я в упор не помнила. И вот так всегда – к сумке найти наряд, к шарфику – жакет, все с ног на голову, и ведь все-то у нее уже есть, но придумает проблему, и смысл в жизни появляется. При этом она очень занятой человек: массажи, прически, клуб, бридж и так далее. Дай бог каждому! Недавно рассказала мне, что ходит в клуб бальных танцев, и у нее даже кавалер есть, пять лет как овдовел. При этом покраснела, как девочка, молодец, умеет жить! Звоню ей позже о кофточке, она, оказывается, играет в гольф, а я тут ее отвлекаю!

Кэт по телефону заказывает недостающие ей наволочки: две евро и три стандартных (?) К концу дня нашла их во Флориде и в Канзасе, день потрачен не зря!

Алиса сегодня, как впрочем, всегда, в романтическом настроении. Еще бы, найти счастье в пятьдесят лет! Порхает в приятных заботах о новом доме и мебели. Прошел всего лишь год, а она второй раз стены красить собралась, энергия просто бьёт ключом.

Купол Магазина занесен снегом, снег нас редко балует. Два-три дня за всю зиму. Алиса сладостно шепчет: «Sexy life!» Я с интересом жду объяснений.

«Ну как же ты не понимаешь, зима, снег это так сексуально. Это камин, свечи, вино, теплое одеяло и любимый рядом!»

Не могу сдержаться: «Дорогая, коротка же твоя сексуальная жизнь. Тебе в Сибири надо бы жить. Там полгода снег, зима и все остальное».

Наблюдаю за женщиной довольно странного вида и, похоже, навеселе. Черная со сложной прической на голове, платье американской армии защитного цвета. Не могу дольше игнорировать ее, предлагаю помощь. Она отбирает кучу жакетов померить, первые попавшиеся под руку. В примерочной она прислонилась для надежности к стене, и меряет все прямо поверх собственного платья. Сначала она говорит о муже, который непременно должен появиться, потом о любовнике, который тоже должен появиться. Она ждала и мерила, мерила, я только успевала подхватывать очередной жакет, чтобы повесить на плечики и убрать от греха подальше.

«I will get papa!» – пообещала она мне на прощанье и удалилась нетвердой походкой искать мужа, любовника, папу.

Звонит моя клиентка, чуть не плачет, штаны не укоротили как надо, а завтра ей уезжать. Штаны вязанные, это тебе не десять минут работы! Звоню в мастерскую и, конечно, в ответ слышу: «Нет». В результате долгих переговоров получаю «Да» Звоню клиентке, чтобы срочно пришла на примерку, обещаю, что все сделают в срок. Для надежности знакомлю бабушку с дежурным менеджером, прошу взять ее штаны под его личную ответственность, так как завтра я выходная. Бабушка получает от него визитную карточку и всевозможные заверения, я спокойна - все под контролем.

И тут другой звонок, еще более страшный. Моим двум клиенткам перепутали платья. Миссис Сизор – старушке послали костюм Эскады десятого размера, а моей молодой клиентке вместо свадебного розового костюма – платье миссис Сизор четырнадцатого размера. Звонит молодая, она конечно в панике, где ее костюм? Услышав, какое платье она получила, немедленно звоню миссис Сизор. И она, как всегда, готовит мне сюрприз.

На вопрос получила ли платье, она отвечает: «Да».

«Какое?»

«Розовый костюм, такой симпатичный!»- как ни в чем не бывало, отвечает миссис Сизор.

«Но он же не Ваш, Вы заказывали платье».

«Ну и что, он мне нравится. Можно я его себе оставлю?»

У меня нет слов, да этот костюм на нее никогда не налезет. Да и зачем он ей?

«Нет, костюм мы заберем, его ждет клиентка в другом городе».

Миссис Сизор все еще пробует слабо возражать. Но это меня начинает уже раздражать. Обещаю выслать ей взамен ее платье.

Бесс сегодня ушла с работы раньше, на занятия опаздывала, а жалко. К ней пришел очень «интересный» мужчина, бывшим мужем представился. Я рот раскрыла от удивления, и сказать ничего не могу. Да, хороший скелетик в кладовке у Бесс, никак от нее такого не ожидала! Правда, одного взгляда на «мужа» было достаточно, чтобы понять, почему Бесс о нем никогда не говорила. Вид у него – не совсем нормальный, взгляд мутный, на наркотиках, очевидно. В ушах куча сережек, татуировки из-под майки выглядывают, пугало какое-то оплывшее. Не встретились...

В конце дня звонит клиентка, племянница моей другой клиентки: «Ирина, ты знаешь, Дениз умерла в Рождественскую ночь. Но умерла так красиво: с бокалом вина в одной руке и с сигаретой в другой. Мы все встречали Рождество, приехали ее дети. Она встала из-за стола, пошла, упала и умерла».

Дениз я знала десять лет, потрясающая женщина, здоровая и веселая. Она любила поболтать со мной. Тряпки ей были не нужны, мне казалось, что она покупает их, чтобы сделать мне приятное. Только три дня назад я ее видела и заказала ей костюм.

Какое счастье уйти, как ушла она! Мне будет не хватать ее иронии, ее доброты и настроения, которое она приносила с собой.

Последний шанс

Конец января – время самой большой распродажи в Магазине. Большинство покупателей приходит только на распродажи. Появляются «звезды», чьи портреты красуются у нас в подсобках, это их время: переставлять этикетки, покупать-возвращать и воровать. Магазин оживает. Продавцы обзванивают клиентов и приглашают в Магазин. Цены чудесные, правда, то размер не тот, то юбки у костюма нет.

Лили и Бесс наперебой рассказывают о Джи-джи. Оказывается, сегодня она появилась в полном комплекте Хьюго Босс: юбка, пиджак, блузка, а главное - кашемировое пальто. Похоже, девушка не только курит, но и зря времени не теряет, куда только охрана смотрит?

«Ты знаешь, я ведь даже менеджеру говорила, что она уходит не в тех туфлях, что приходит, но ведь как врет, за словом в карман не лезет. Похоже, всем наплевать, они, видите ли, хотят на пленку снять, чтобы доказательства были. Но ведь Сент-Джон она из подсобки свистнула, как пить дать, а там камер нет», – Лили аж вся красная стала.

«А косметика, девочки? Никогда не видела, чтобы покупала, у меня, по крайней мере, ничего не купила», – добавляет Бесс.

Интересно, кто в очередной раз сделал столь ценный подарок?

У меня с утра настроение неважное. В таких случаях я должна одеваться в яркие цвета и смелые наряды. Наряд заметят, будут делать комплименты, и мне станет легче! Итак, надеваю кожаную черную мини-юбку, смелые черные колготки с рисунком-серпантином вокруг ноги и длинный красный вязаный жакет Сент-Джон до полу, черно-белые в клеточку туфли завершают картину.

Моя первая клиентка Джейн не может отвести от меня взгляд: дело в том, что я ей тоже продала красный жакет. Смелая комбинация приводит ее в такой восторг, что она записывает составляющие моего ансамбля, не надеясь на свою память.

«Ты не представляешь, как ты сексуально выглядишь, в хорошем смысле», – успокаивает она меня.

Надо сказать, что некоторые клиенты покупают все, что покупаю я, в результате я себя клонирую.

«Какой чудесный жакет, мне кажется, я видел такой же у моей жены»,- замечает мистер Вульф.

Еще бы, я ей его и продала! Кстати, благодаря моим стараниям, жена и он входят в десятку самых хорошо и модно одетых пар города.

Народ-клиент валит один за другим. Часам к трем, когда я собираюсь передохнуть и перекусить, появляется моя самая большая клиентка, и я знаю, что это надолго, но не подозреваю, насколько. Миссис Олби любит экстравагантные вещи, и муж запрещает ей носить черное. Я собрала предварительно самое интересное, с моей точки зрения. Миссис Олби сегодня явно не торопится и решила обследовать оба этажа Магазина. Вскоре моя комната становится маленькой, я заваливаю ее тряпками, приношу специальные вешалки. Внизу мы отбираем несколько сумок, одна из них, серая из шиншиллы, напоминает мне крысу, миссис Олби от нее в восторге! Добавляем несколько поясков, туфли и примерно через час миссис Олби начинает примерку тряпок. Попутно она заставляет что-то мерить меня, какие-то короткие штанишки. Уверяет, что они на мне бесподобно сидят, и она их мне покупает в подарок!

Я беспомощно опускаюсь в кресло, но от меня требуется живая, возбужденная реакция. Я должна просто гореть при виде нарядов, иначе миссис Олби заподозрит, что я от них не в восторге. Пять часов, я не ела, не ходила в туалет и не присела ни на минутку, силы покидают меня. С миссис Олби я провожу четыре часа. Слава богу, время ужина заставляет ее поторопиться, муж ждет ее в ресторане. Меня же ждет одинокий бутерброд с русской колбасой. Почему-то она сильно пахнет, или просто я в России этого не замечала?

«Что ты там такое странное ешь? Запах такой сильный»,- интересуется Кэт.

Сегодня я работаю до восьми, так что после миссис Олби мне какой-то несчастный час остался, и он пролетает незаметно, я пытаюсь убрать последствия ее посещения.

В восемь закрываю кассу и вдруг слышу чей-то рассерженный голос: «Есть здесь кто-нибудь, где продавец?»

Большим голосом орет маленький плешивый мужичонка. Показывает мне на манекен с одеждой Роберто Кавалли и требует снять с него пиджак. Я в ужасе снимаю, хоть и не положено. Мужик требует размер поменьше, пытаюсь доказать, что и этот очень маленький. Чтобы поверил, натягиваю пиджак на себя, он не сходится в груди, мужик доволен и зовет кого-то через весь Магазин.

«Honey, я тебе Кавалли нашел, иди мерь!»

Появляется тощая двухметровая Honey лет двадцати, не больше. Все понятно, sugar daddy пожаловал со своей метелкой.

«У них и Долче и Кибана есть, она мне сказала», - тычет он в меня пальцем.

Девица возбуждена и горит желанием увидеть названных. Оказывается, они ищут какую-то юбку, которую видели на интернете и хотят купить для концерта. Юбка, которая есть у нас, их не устраивает, слишком длинная и недостаточно показывает все прелести красотки.

Девицу заинтересовал манекен, и я ношусь в поисках менеджера, чтобы раздеть его полностью. Магазин, вообще-то говоря, уже закрыт, но покупателя не выгонишь, тем более из нашего отдела! Девица демонстрирует новые, только что купленные золотые сапоги, пытаясь соединить их с нарядом Роберто Ковалли, вроде подходит неплохо, но я хочу домой!

Мужик с гордостью демонстрирует зад подруги: «Скажите, пожалуйста, видели ли Вы когда-нибудь зад идеальнее, чем этот?»

Соглашаюсь, что не видела. Правда, кроме тощей фигуры похвастаться нечем: глаза кругло-глупые, носик курносый, всех дел что молодая, но это скоро пройдет.

Итак, налюбовавшись вдоволь формами любимой, мужик поинтересовался ценами и пришел в ужас: «Это что, один пиджак две тысячи стоит? Майка – пятьсот и джинсы семьсот?»

Уверяю, что цены правильные.

«И что, у вас это покупают? Они что, сумасшедшие? Нет, у меня тоже деньги есть, но все же, за что платить?»

«За имя, вы же дизайнеров спрашивали, вот за них и платят», - пришло мое время торжествовать, а то уж очень мужик разошелся.

Магазин открыт, контрольную кассу оставили, а у него, оказывается, даже таких денег нет.

Я не ожидала, что они придут на следующий день. Я уже шла домой, когда услышала знакомый громкий голос в обувном отделе. Пришлось вернуться и ждать, пока девица не прошлась по всем вещам отдела, выставленным на распродажу. В довершении всего она отправилась в меховой отдел и стала демонстрировать шубки, пытаясь соблазнить дедушку. Покупка мехов явно не входила в его планы, он отвернулся и категорически не стал смотреть. Ему, видите ли, животных жалко!

Вызволив девицу из мехов, пошли примерять все с начала. В результате купили девице майку и джинсы, на пиджак за две тысячи дедуля не смог решиться. Платил наличными и так заморочил мне голову разговорами, что я на триста долларов обсчиталась. Мужик не стал возражать, жал мне руки, благодарил за покупки, узнавал, на комиссии ли я, и очень обрадовался, узнав, что да.

Итак, мужик показал мне девицу, ее идеальный зад и свои деньги, девица на концерте покажет Роберто Ковалли и, опять же, свой идеальный зад. Есть для чего на свете жить и Земле вертеться!

Еду домой, стемнело. На светло-голубом небе кто-то нарисовал темно-синюю огромную селедку...

День святого Валентина

День святого Валентина выдался снежным и холодным. На первом этаже Магазина шла бойкая торговля шоколадом, косметикой и украшениями. Второй этаж мирно дремал в ожидании редких клиентов.

Кэтрин из подарочного разносила шоколадные сердечки на пробу, в отсутствие покупателей пробовали продавцы. К обеду Магазин оживился, заработал ресторан. В ресторане выставили маленькие бутылочки розового шампанского по цене больших. Правда, на закуску бесплатно дают конфетку в малюсенькой коробочке.

Кэт вся в волнении: понял ли супруг намек на сережки, которые просто необходимы и так чудесно подходят к кольцу.

« Мы с ним немного поругались вчера. Боюсь, просто купит коробку конфет или цветы. Не знаю, как еще ему подсказать, мужчины такие непонятливые, когда не хотят понять».

«Кэт, я делаю проще, никому не намекаю, иду и покупаю подарки сама, и, что удивительно, всегда попадаю в точку. Видишь эти нефритовые сережки? Вчера купила к светлому празднику и никаких лишних переживаний!» - я с гордостью демонстрирую приобретение. «Сколько заплатила, не спрашивай, ни один супруг такое не откопает. Я же королева в этом деле, приходит с годами и практикой».

По лицу Кэт вижу, что не убедила. Конечно, она всего лишь два года замужем, а я...

Тутси, радостная, прыгает по отделу в ожидании вечера с любимым в новом ресторане, об этом вещают многочисленные записки. В старом она внезапно разочаровалась: не так ее встретили или не то сказали.

Алиса с лучащимися глазами вкусно описывает предстоящий праздничный ужин дома. Она все еще в романтической стадии отношений: свечи, вино и изысканные блюда итальянской кухни. А главное, все еще лежит «сексуальный» снег. И вот что интересно, она всегда так бесподобно описывает: дом, мебель, еду. Но Кэт, побывавшая у нее, метко заметила, ее дом и все остальное в точности она сама: простое, бесцветное, никакое. Но как преподносит, какой романс!

У Бесс сегодня выходной. Майкл готовит ей сюрприз и кучу подарков.

У меня никаких планов и ожиданий, да и работаю до восьми, какие уж тут планы!

Позвонила клиентка. Я послала ей кусочки образцов, чтобы заказать платье Веры Вонг. Платье черное с белыми кружевами-вставками, но ей хотелось чего-то особенного.

То, что я услышала, повергло меня в ужас: «Ты знаешь, ни один вариант мне не понравился, я хочу оранжевое платье со вставкой из розовых кружавчиков. Думаю, это будет потрясающее платье».

Я на мгновенье теряю дар речи: что угодно, но только не это чудовищное сочетание, пытаюсь слабо сопротивляться: «Я сомневаюсь насчет розовых, их нет в образцах».

«Ну и что, Вера может покрасить их в розовый цвет».

Живо представляю Веру Вонг красящую кружева в розовый цвет.

От идиотского разговора меня отвлекает странная парочка: два симпатичных молодых человека в строгих черных костюмах с громадными белыми крыльями и с цветами. Я быстренько закругляю разговор с клиенткой, обещая узнать о розовых кружевах.

Молодые люди оказались купидонами. Красные розы предназначались Алисе и растрогали ее до слез.

Тут же набежала куча девиц приставать к красивым купидончикам: «А вы петь будете?»

Купидоны петь отказались, могли только пускать маленькие стрелки и с удовольствием кокетничали с девицами. Криси даже пошла купидончиков провожать, очень уж один ей понравился.

Вечером я мирно читаю журнал. В Магазине наплыв колоритных афро-американцев. Сначала пожаловали трое с длинными коробками, явно из другого, незнакомого мне мира. Первый был как гора с одним глазом и множеством неопрятного вида косичек. Весь в черном, со спущенными брюками. На груди куча громадных украшений, золотой крест, золотой же череп и бог знает, что еще. Вид довольно устрашающий. Может, поэтому, я решила, что в коробках ружья со всеми вытекающими из этого последствиями. Правда, второй черный был маленький, щупленький, улыбающийся. Во рту у него торчал ровно один зуб. Третий просто исчез на красочном фоне первых двух. Троица отправлялась в отдел шуб, который, к их великому разочарованию, был закрыт. К цветам и конфетам у них не хватало только мехов для любимых.

Долго скучать не пришлось. Моим вниманием завладела не менее интересная троица: две афро-американки и белый мужик. Группа давала пищу воображению. Первая девица походила на проститутку: необычайно толстая, в тесных джинсах, что заставляло ее живот висеть арбузом и перекатываться при ее движении. К тому же майка была недостаточна длинной и открывала арбуз. Лицо размалевано красками, на черных длинных патлах сверху свисали белые патлы. Она громко говорила по мобильнику на интересном языке. Ее подруга, в отличие от раздетой, была тощей, в светлом пальто и золотой косынке.

Вскоре к ним присоединился длинный худой мужик богемного вида, в очках. Троица дружно направилась в обувной. Толстая без успеха мерила Гуччи и Шанель. Тощей повезло больше. Длинный « Валентин» купил «девочке» две пары Гуччи. Толстая ушла ни с чем. Платил мужик наличными, «street money». Девиц он, очевидно, использует для продажи наркотиков. У таких клиентов не спрашивают права водителя или адрес, клиентировать их ни к чему, а документов у них, как правило, нет. В светлый праздник Валентина девочки получили подарки, а продавец Тони (эмигрант из Хорватии) был рад клиентам.

Дома меня ждал неразговорчивый и обиженный за прошлое муж. Я попыталась быть нежной: поцеловала, поздравила и подарила жирафу. Ноль эмоций. Сознаюсь, жирафу из Сваровского хрусталя, маленькую, желтенькую и хорошенькую, купила скорее для себя. Это животное сыграло необычную роль в судьбе нашей семьи.

История с жирафом

Давным-давно он сказал: «Я или умру, или мы поженимся».

Смерти его я не желала, а представить в образе мужа моя богатая фантазия была бессильна. Но все по порядку.

Жарким летом я возвращалась из приятного отпуска, а впереди меня ждал малоприятный развод. Правда, я его подготовила до отъезда, договорившись с судьей о разводе без испытательного срока. Испытывать было нечего – меня испытывали пять лет и, судя по всему, я провалилась.

Бывший муж не терял времени даром, дома меня ждал сломанный холодильник. Оружие преступления – нож, лежал в морозильной камере. Меня пытались разорить.

Подруга предложила занять денег на новый холодильник прямо в институте, где мы работали. По ее словам, институт просто полон одиноких, обеспеченных людей, мечтающих, чтобы я попросила у них взаймы. Первый же звонок молодому, перспективному кандидату наук подтвердил ее правоту.

Он принес деньги и сказал знаменитую фразу: «Я или умру, или мы поженимся».

Из чего я сделала вывод, что спешить с отдачей долга не стоит.

Сказать по правде, симпатий к будущему мужу я не испытывала, скорее наоборот. Он был шумным и невоздержанным на язык, чем вгонял меня, девушку скромную, в краску.

Но от судьбы не уйдешь. В день, когда я смывалась с работы, чтобы получить холодильник, мы столкнулись в дверях института. Его маршрут тут же совпал с моим.

Холодильник доставили поздно вечером, и все это время мы общались. Его десять рублей – и мой холодильник на пятом этаже. Уходить он не торопился, пытаясь растопить мое сердце стихами: в тот период жизни это еще было возможно:

«Сегодня, я вижу, особенно грустен твой взгляд
И руки особенно тонки колени обняв.
Ты плачешь, послушай, далеко на озере Чад,
Изысканный бродит жираф»...

Стихотворение было моим любимым, а он знал его наизусть. Я взглянула на него немножко по-другому, а потом еще и еще раз попристальней.

Короче, через два года мы поженились.

Иногда неприятности приводят к приятным последствиям. А всему виной – жирафа.

Маленькая жирафа оставила мужа сухим и равнодушным. Прочитав очередной рассказ любимой Майе Бенчи, я отошла ко сну в ночь Святого Валентина без Валентина...

Последнее солнце

Уходят люди. Кто-то долго болеет, а кто-то уходит совсем неожиданно, быстро. К Синди смерть подкралась на цыпочках. Моя начальница, молодая и цветущая, купившая идеальную фигуру, все еще надеющаяся на встречу с единственным, ушла. Ее нет, а журналы мод все еще идут в Магазин на ее имя...

As long as we live, she too will live; for she is part of us as we remember her. (Пока мы живем, и она будет жить, потому что она часть нас, когда мы помним о ней.)

А умирать она улетела далеко-далеко, к синему морю и вечному солнцу. Ключи от дома и кошку – соседу, три звонка-прощания наиболее близким – все, свободна как птица, впереди – последнее лето.

Как кошка, предчувствующая смерть, она бежала подальше, в Мексику. Сын ехал с ней...

Море, песок и солнце – не это ли она любила больше всего в жизни? Целый день в тени пальм, закат солнца, и мольба о следующем утре...

У нее было замечательное детство, и лучшая сестра в мире, правда, тогда она об этом еще не знала. Мегги на четыре года моложе и полная противоположность Синди. Мегги тоненькая, слабенькая, в белых кудряшках, просто ангел и по характеру и внешне. Синди бы родиться мальчиком: сорви-голова, баскетбол и футбол, к учению особой страсти не испытывала. Бедную Мегги доводила до слез, читая ей страшные сказки страшным голосом. Потом она, правда, с удовольствием ее обнимала и успокаивала.

Как-то Синди совсем отличилась – устроила для всей школы незапланированные каникулы в связи с выпавшим снегом. Главное, надо знать, кому позвонить, и кем представиться.

Какие вечера она устраивала! Родители уезжали в отпуск и оставляли ее за старшую. О вечерах говорил весь город. Пришлось родителям больше не отдыхать.

Ей вспомнилось то лето, когда они с сестрой ездили на поезде к бабушке. Почему-то оно было особенно чудесным. Они с Мегги даже решили не выходить из вагона, ведь выйдут – а лето и кончится, а с ним и каникулы.

Любовь у нее как-то быстро прошла, стоило выйти замуж. Муж исчез раньше, чем ребенок стал говорить. Зато какой чудесный сын, объездил весь мир и привозил его в фотографиях.

Она не боялась менять города, работу, друзей... В сорок лет вернулась в город, где родилась. Новая работа, новый босс и новая любовь. Сделала грудь, убрала живот и помолодела на десять лет. Теперь младшую сестру представляла старшей, выглядела и вправду отлично. Но любовь была безответной, босс был женат.

Он был главным менеджером Магазина. Как она старалась, чтобы он заметил и похвалил! Она пыталась контролировать все и всех, но свои эмоции контролировать не могла. Была резка с подчиненными, правда, потом извинялась. Многие не прощали и не хотели с ней работать. Недостатки мучили ее, она пыталась с ними бороться, получалось неважно. Она не понимала женщин: они постоянно отпрашивались, меняли смены, уходили раньше, приходили позже. Она могла жить на работе, дома ждала только кошка. Все, что происходило за день, она обсуждала с Грегом, менеджером обувного отдела: «Ну, как ты думаешь, мне кажется, теперь она меня любит, я ведь извинилась?» Девчонка, она так хотела, чтобы ее любили! Промахи пыталась загладить подарками. Кэрол, с которой она часто спорила, собрала библиотеку. За каждую напряженную ситуацию Синди расплачивалась с ней книгой. Ее способ просить прощение...

Синди закрывала глаза и под шум прибоя вспоминала. Как хорошо, что рядом только эти незнакомые равнодушно-приветливые мексиканцы! Нет страдальческих взглядов и притворного сочувствия. Итог довольно печальный – друзей у нее, по сути дела, нет. Замужество – одно и неудачное. Работа: постоянный стресс, боязнь не выполнить план, быть хуже других.

Тайная любовь, о ней мало кто догадывался. Придя с собрания, где он ее ругал, она поносила его, на чем свет стоял, говорила, что ненавидит, а внутри кипели совсем иные чувства.

Ей вспомнился случай, когда он отчитал ее за недостойное поведение. В Магазин пожаловал сам Макгвайер, звезда бейсбола. Она побежала брать автограф! Автограф она получила, но провела очень неприятные полчаса в кабинете любимого. Каким болельщиком она была! На работе стоял маленький телевизор, чтобы не пропустить бейсбол. Однажды, когда они с подругой спешили на игру, Синди сломала до крови ноготь, закрывая окно. Но вернуться домой отказалась и, обвязав руку платком, поехала на стадион.

А еще она обожала глупые телевизионные шоу и мыльные оперы. Она искренне переживала и рыдала над их героями. Готовить Синди так и не научилась, зато теоретически была подкована хоть куда. Она смотрела канал про еду и записывала рецепты для сестры Мегги, идеальной хозяйки.

Синди всю жизнь отдыхала у моря, загорала, купалась. Первый раз она этого не делала. Она смотрела вверх на тугие мячики орехов и думала: почему бы ореху и не упасть? «Причина смерти – удар кокосового ореха» звучит интереснее, чем смерть от рака.

Еще два года назад она и не подозревала о болезни, отдыхала во Флориде, он тоже был там, без жены. Четыре дня счастья рядом с ним. Но самое главное, они вместе летали на парашюте, вдвоем в небесах, далеко от всех, на Землю возвращаться не хотелось. Пять минут абсолютного, ощутимого счастья.

А потом он уходил на пенсию. Синди сказала на прощальном собрании, что с удовольствием бы полетала с ним на парашюте или тоже ушла на пенсию. Ей оставалось работать совсем недолго, но тогда она еще ничего не знала.

Восемнадцатого сентября, в два часа – мир изменился. До и после, время стало отсчитывать время. Анализы не оставляли надежды на будущее. Ее красивое и молодое снаружи тело было неисправимо испорчено внутри. После лечения наступало облегчение, но врач не оставлял надежд и просил сосредоточиться на качестве жизни: «Позволяйте себе все!» Она и позволяла, но радости не было. Думалось почему-то о том, что она теперь не будет делать: не будет купаться в море, ходить на бейсбол и никогда, никогда не будет работать. Обманывая себя и других, она накупила кучу весенних нарядов - дожить до весны... Они так и остались в Магазине на случай, на счастливый случай...

Периоды забытья становились все длиннее, воспоминания сужались в узкий ручеек... Она вдруг представила, как на собрании в Магазине объявят о ее смерти. Старые будут плакать, плакать скорее о себе и о своем скором уходе, молодые будут деловито собирать деньги в фонд благотворительных обществ. Для них смерть – понятие абстрактное и далекое. Она-то знает, как быстро пролетает жизнь. Синди посмотрела на неумолимо растущий живот, это росла смерть.

Сын уговаривал пойти в номер, она не хотела, все время проводила у воды. Почему-то ей казалось, что тут надежнее, она следит за жизнью, и та от нее не уйдет. Она должна видеть этот вечный океан, пальмы и птиц. Она все больше смотрела на небо, словно пытаясь найти себе место именно там... Ведь не может все кончиться просто так, все останется, а ее не будет...

Двадцать седьмое февраля...

Весь день, не переставая, шел дождь... Говорят, так бывает, когда уходит хороший человек...

Суббота

Суббота мой любимый день. В субботу я – «дама приятная во всех отношениях» и готова любить всех подряд. И все это от предвкушения двух выходных.

На работу приехала поздно, по телевизору показывали старый КВН со знакомыми лицами, не могла оторваться. Почти у самого Магазина меня обогнала BMW с девицей красящей на ходу глаза.

К моему удивлению, это оказалась Джи-джи: «Что тут такого особенного? Я никогда не трачу время на завтрак и макияж, все прекрасно сделаю по дороге на работу".

Собрание как всегда было длинное и нудное. Сначала выступала безобразно одетая представительница DKNY, показывала весеннюю коллекцию и пыталась научить нас как носить и соединять вещи. А потом, как всегда, менеджер каждого отдела просил сфокусироваться на продаже товаров именно из его отдела. Чтобы мы не забыли, что надо продавать, раздавали листовки, меня интересовало только то, за что давали дополнительные деньги. Неожиданно расщедрился Сент-Джон – тридцать долларов за каждую проданную вещь, за Эскаду – сорок. На этом я и «сфокусировалась». Для себя я давно решила, что смешно бежать продавать крем за сто долларов, когда можно продать жакет за тысячу.

Менеджер отдела косметики выступила с лозунгом: «Можно спрятать безобразное тело, страшное лицо не спрячешь, и наша цель – сделать его не столь ужасным!»

Среди листовок – бесценная памятка, касающаяся телефонных разговоров с клиентами, я бы точно бросила трубку, если бы ко мне позвонили и стали описывать все, что происходит в Магазине, я и то не могу всего запомнить. Клиент он ведь разный и к каждому нужен свой особый подход.

И день покатился…

Кэт вся сияла. В воскресенье она с мальчишками собралась за новой кошечкой, вошла, понимаете ли, во вкус – старых усыплять и брать новых. Котенок оказался больной, поэтому его она тоже усыпила. А тут знакомая позвонила, к ее матери на ферму пришел щенок, мысль Кэт развернулась, и она решила брать щенка вместо кошечки, а так как у них уже есть две собаки, то старую собаку мужа она решила усыпить, все равно уже еле двигается. Щенку всего десять недель, помесь чау с лабрадором, назвали Бэллой. Я тут же сообщаю ей, что это женское имя, что ненадолго ее озадачивает. В связи с новой заботой, Кэт тут же повисла на телефоне, бедный муж должен сводить щенка к ветеринару, а затем к парикмахеру.

По Магазину плывет громадный букет красных роз, интересно кому. В Америке традиция – приносить цветы женам и любимым на работу, показуха сплошная. Хочешь удивить – удивляй дома, нет, все должны видеть. Мне этого не надо, муж и так каждый день исправно любовь доказывает. А эти с цветами на людях – сама нежность, а дома не разговаривают. Любопытная Тутси интересуется, для кого цветы, оказывается для Бесс. Бесс в восторге, и читает с улыбкой открытку.

Тут-то я и спрашиваю, не от бывшего ли мужа цветочки?

Бесс вспыхивает: «Что, этот идиот и сюда добрался? Какой он муж, я с ним и года не прожила".

«Да не оправдывайся ты. Просто неприятно, что я ничего не знала, выпучила на него глаза, мне кажется, он был доволен произведенным впечатлением», - успокаиваю я Бесс.

Бесс совершенно раскололась, оказывается, этот бывший ее преследует, угрожает. Несколько раз полицию пришлось вызвать.

Тутси вся в работе, сегодня ее похвалили за тесные контакты с покупателями, и она с энтузиазмом строчит новые письма, чтобы еще больше укрепить связи. От важного занятия ее отвлекла Рэйчел, оказывается нам всем надо пройти тест на sexual harassment (сексуальные домогательства). Рэйчел двадцать шесть, спортсменка, бегает марафон. По утрам с шести до семи работает тренером в спортивном зале, в одиннадцать идет работать в Магазин, в восемь после работы – в бар с подругами. На следующее утро пьет кофе и плохо себя чувствует, удивительно напряженная жизнь!

Тутси возвращается измученная минут через сорок, говорит, что с первого раза не удалось ответить правильно. Перспектива потратить сорок минут на тест меня явно не устраивает, сегодня надо делать деньги, а не ерундой заниматься. Рэйчел со мной полностью согласна, она быстро ответила на все вопросы за меня.

Рэйчел совсем замоталась, живет на загородной ферме, ухаживает за животными уехавшей родственницы.

«Представляешь, я этих овец и австралийских гусей только на картинках видела. А тут вчера приезжаю знакомиться с хозяйством, а овцы, гуси и собаки выстроились как на линейке и встречают меня. Гуси чопорно-важные с уродливыми носами. Меня предупредили близко к ним не наклоняться – долбанут, мало не будет. Овцы благодушные, толстые и старые. Имена у них библейские, пришлось записать. Представляешь, меня орущую «Иосиф, иди домой!» Ты знаешь, гуси ведут себя прямо как собаки – послушно возвращаются в домики. Ко всему прочему, я должна кормить приходящих из леса оленей, енотов и прочих тварей. Не забывать и рыбок в пруду. Короче, дел хватает!»

Послушав о новой интересной жизни Рэйчел, мне захотелось поехать на ферму и посмотреть на животных.

Через десять минут увлекательной беседы я была свободна. И тут Рэйчел испугалась, что я скажу Тутси, ведь она обязательно спросит, почему я так быстро освободилась.

Слава богу, Тутси была полностью сосредоточена на клиентке, примеряющей кожаные брюки. Правда, эта была не совсем клиентка, а скорее клиент, желающий быть клиенткой, с признаками обоих полов.

Кэт материлась. На другом конце провода телефона не отвечали, на ее лице – сложная гневная гамма чувств: «Answer the f ... phone! If somebody alive?" » (возьмите ... трубку! Есть хоть кто-нибудь живой?) Интересное дело, американские неприличные выражения не вызывают у меня дурных чувств. То, что я ни за что не скажу на русском, меня вполне устраивает на английском.

Отчаявшись получить ответ, Кэт плавно перешла к звонкам родным и знакомым, тут проблем нет. И поехало: кто с кем, когда и куда. О бейсболе, ресторанах, деревянных полах, домработницах, бассейне, детях, подарках, машинах. Моя голова идет кругом. Поднимаю глаза к куполу: плывут вечные облака, летит птица. Минута, и небо застилают тучи, идет дождь. Обожаю дождь!

Миссис Ватсон плывет из ресторана печальная: «Ирина, дорогая, я не имею права даже смотреть на костюмы! Ты знаешь, перед отъездом в Нью-Йорк я купила большую гортензию. А тут как раз дожди зарядили, жалко было цветок на улице оставлять. Вместо того чтобы под зонтиком забрать цветок, я решила поехать к нему на машине. Цветок забрала, но тут меня черт попутал, короче, разнесла стенку гаража! Так что, цветочек оказался дорогим – четыре тысячи долларов! Теперь ты понимаешь, что я не имею права даже думать о новом костюме".

День выдался на редкость удачный, колонка цифр росла, сначала я решила попытаться заработать пятьсот долларов, потом – тысячу... К концу дня перевалило за тысячу, и я позволила себе немного расслабиться.

«Смотри вниз на эскалатор!» - шепчет мне Стейси (та, которая обожает Никиту Михалкова).

Смотрю. Вижу мужчину-мечту каждой женщины. Высокий, хорошая, в меру накачанная фигура, волевой подбородок и все остальное. Стейси и Мэри из мехового отдела бегут за ним, чтобы рассмотреть получше. Мэри делает вид, что выбирает джинсы, и подбирается к объекту совсем близко.

Возвращается через полчаса с кучей джинсов и мечтательно вздыхает: «Давно я так не возбуждалась, это самый красивый мужчина, которого я встретила в своей жизни».

Весьма кстати вижу Джули. Джули всегда, кстати, если пришла, то что-нибудь купит. Начинаем с моего отдела, продолжаем в отделе нижнего белья, а потом спускаемся за подарком на первый этаж. Завтра Джули отправляет на учения по уходу за лошадьми новую служащую. Вот ей-то мы и должны купить подарок в дорогу. Меня давно интригует жидкость для ванн под названием «Сакэ», придет девушка с занятий, пропахшая лошадьми, а тут тебя такое удовольствие ожидает, добавила еще свечку Сакэ, и подарок готов!

Между делом Джули сообщает о приезде нового друга из Техаса, он настоящий ковбой. Ну и заносит Джули то в одну, то в другую сторону. Но это логично, потерпев неудачу, хочешь найти что-нибудь диаметрально противоположное.

«Я знаю его, он отец моей малышки»,- сообщает Джули.

Я немею, а она смеется: «Ой, нет, неправильно выразилась. Его конь – отец моего жеребенка».

Джулия обещает все рассказать позже, после встречи.

Мое напутствие: «Пожалуйста, не торопись, присмотрись получше!»

Народу в Магазине сегодня много, внизу, в косметике – неделя красоты. Бесплатно проводятся уроки макияжа, подряд десять кресел с клиентами, над которыми трудятся мастера - делают им лица, прямо конвейер красоты. В одном кресле сидит парень, тоже хочет быть красивым. Во главе всего этого действия – главный специалист из Чикаго. Вид у него, как и у большинства людей его профессии, довольно странный: маленький щупленький, весь в черном и волосы гребешком как у петуха стоят. Время от времени к нему обращаются за советами, он как мастер одновременной шахматной игры проходится по ряду, указывая, что добавить, что нанести, какого цвета и как, короче он самый важный.

В голову приходит интересная мысль – красота и мода в Америке в руках странных голубых мальчиков. Главный модный специалист нашего города - маленький, неприметный, щупленький. Недостаток внешних данных с успехом заменяет одна самая важная деталь его внешности – брови, они у него пронзительно черные и домиком, что придает ему дьявольский вид. И вот этот чертик появляется в нашем Магазине в странных нарядах и заставляет бегать за ним, менеджера по связям с общественностью, внимая каждому его слову. Он ведь истина в последней инстанции.

То есть, для того, чтобы добиться успеха, надо быть голубым, одеваться вызывающе, что-нибудь необычное во внешности: волосы распущенные или в косичке, накрашенные глаза и так далее, а главное, напускать вид, будто ты чего-то знаешь или видишь не так, как другие. Невольно думаешь, если они так накрашены и подстрижены, что они могут сделать с тобой?

А ведь Тутси в конце дня все-таки поинтересовалась, как это я так быстро прошла тест. Я ей и выпалила, что сексуальные домогательства очень близкая мне тема, и я в ней просто как рыба в воде. Отвечаю – не читая вопросов, что, в сущности, было чистой правдой.

Во вторник встречаю грустную Рэйчел: «Представляешь,

Иосиф умер. Лег и не встал. Я сначала испугалась, что что-

нибудь не так сделала, а у него, оказывается, был артрит.

Теперь Исайя ходит такой грустный, друга потерял, скучно ему».

Я не сразу понимаю, о чем речь. Об овцах, оказывается. Ну почему мне жалко животных больше чем людей? Может потому, что они более зависимы в этой жизни?

На ферму мне уже не хочется...

Сонечка – охотница за будущим

В соседнем отделе промелькнула фигура Сонечки Черной. Сонечка любит приукрашивать свое прошлое, впрочем, большинство эмигрантов грешит этим. Она вся в поиске, в надежде найти свой идеал, а главное, обеспечить светлое будущее. Труднее обстоит дело с настоящим.

Сонечка, как всегда, в обтянутом свитерке, джинсах и с кучей информации по любому вопросу. Пожаловалась на вес, сообщила о решении подтянуть лицо и живот, полила последними словами неверного мужа. У нас как раз показ платьев Кевина Холла, интересные модели для балов и особо торжественных случаев. Глаза Сонечки загорелись, и она безошибочно направилась к моему любимому черному платью с французскими кружевами.

«Какая красота! Интересно, кто такое платье будет носить?» – Сонечка схватила платье и направилась к зеркалу.

«Кто-кто, например, Мария Шрайбер купила такое. У нас, может, кто для третьих жен купит».

«Что значит, третьи жены?»- заинтересовалась Сонечка.

«Третьи жены бывают, в основном, у очень богатых людей. Жизнь подходит к концу, тогда они выбирают себе молоденьких жен, а их надо красиво одевать и показывать в обществе. Вот для таких молодых, но богатых, и создают эти платья».

Тяжело вздохнув, подумав о третьих женах и о себе, Сонечка просит померить платье. Платье не сходится на спине и расходится на груди, открывая грустно повисшие прелести.

«Ну, теперь сама видишь, только молодые и могут носить такое»,- добиваю я бедную Сонечку.

«Сколько стоит эта красота?»,- не успокаивается она. «Шесть тысяч долларов и оно твое».

Сонечка вылезает из платья и больше мерить не желает.

Прошлась по рядам с Эскадой, цены ей явно не нравились. Когда-то она попыталась заставить меня продать туфли с моей скидкой, я отказалась, и на некоторое время наши отношения завяли. Каждый раз она напоминает, как хорошо мне живется: у меня скидка и я все покупаю дешевле, чем она, бедная. Видно, дела у Сонечки совсем плохи, если она предлагает мне провести воскресенье вместе, сначала посмотреть фильм «Ночной дозор», а потом пойти в новый шикарный ресторан. Фильм я уже видела, идти в ресторан без мужа не хочется, идти вместе невозможно – он терпеть не может Сонечку, считая ее безнравственной и неблагодарной. Интересуюсь, что это за новое место. Оказывается новая игрушка местного миллиардера, которому я иногда помогаю найти подарки для многочисленных любовниц, причем, чем старше он становится, тем моложе подруги. Вид у него всегда странный: или на наркотиках, или навеселе. Короче, вложив тринадцать миллионов, он переоборудовал старый ресторан. Теперь это самое привлекательное место для людей с деньгами. «Я всех их имею», - так он высказался.

Как писали о завсегдатаях ресторана в газете: «очарование людей в том, как они выглядят – женщины с новыми, миндалевидными глазами и с пальцами, застывшими от пяти каратов и больше… Живые Барби, пятью годами после их дебютантских балов, блондинки с глазами енотов, и совсем взрослые завсегдатаи в белых костюмах и черных шляпах… Это не место для коктейля и закуски, это конечная точка вашего пути… увидеть и быть увиденным…, только потому, что ты был там, со временем ты можешь стать кем-нибудь»… Вот это последнее и привлекает, очевидно, Сонечку.

«Представляешь, там так красиво, такие люди! Все боссы города собираются, мой тоже там пропадает. Все в галстуках, прилично одетые, ну и дамы, конечно, соответствующие. Я там уже три субботы подряд провела»,- делится Сонечка.

«Ну, а как там еда?»- для меня это важный фактор.

Тут Сонечка как-то замялась и стала снова петь, как там красиво и какие там водятся мужики. Все ясно, Сонечка там охотится, а мне что туда переться? Я предлагаю взамен свой план: поехать погулять в зимнем ботаническом саду и сходить на выставку орхидей. На ее лице появляется красноречивая гримаса. С тем и расстаемся, каждый при своих интересах.

Новая жизнь Лили

«Разве это карьера?» – любимый вопрос Кэт. До обеда Кэт хочется поесть, после обеда – поспать, и при этом у нее вечное чувство, что мало платят.

«I love this f...job!» (Обожаю эту ... работу!) - повторяет как заклинание Кэт, очевидно, чтобы не забыть.

«I hate this job!» (ненавижу эту работу!) – в отличие от Кэт твердила Лили.

В один прекрасный день она заявила, что с нее хватит. В последний день работы Лили менеджер заказала прощальный торт. Я мельком взглянула на него и про себя отметила: в таких девичьих бело-розовых тонах, тортик получился слишком нежный. Тут и Лили нарисовалась, увидела торт, издает странный звук: Ах, переходящее в О, и все вокруг валятся со смеху. Повнимательнее присматриваюсь к тортику и вижу надпись: «See you later, bitch!» (До встречи, сука!) Торт простоял нетронутый весь день, правда, все с удовольствием приходили почитать напутствие.

Лили теперь работает на фармацевтические фирмы, помогает двигать их продукцию в массы. Платят вроде хорошо, машина и бензин бесплатно, но много командировок.

Она по-прежнему приходит на все большие распродажи. Придет, принесет мне кучу тряпок снизу, из молодежного отдела. Померит, раскидает и удаляется. Настоящая принцесса, как-то быстро забыла, что сама терпеть не могла таких клиентов. Лили, посмотрев сериал «Секс в большом городе» поделилась, что придумала эту жизнь намного раньше книжки.

Сообщает об очередном любовнике: «Не зажигает!» или «Слишком юн, секс отличный, но как он меня будет содержать? Детский сад.». Последнее время, избранники моложе ее, что неудивительно, рынок катастрофически сужается.

Иногда она приводит показать юное создание, как правило, оно обожает Лили, но... Последний красавец – вылитый Джордж Клуни. Но у него странный для его внешности характер, он без ума от Лили и слишком показывает чувства.

«Давай будем держаться за руки, я так люблю тебя»...

«Я хочу, чтобы у тебя было все, я хочу сделать тебя счастливой»...

«Выбирай, что мы будем делать, лишь бы ты была счастлива»...

«Ты влюбляешься понемногу в меня? Что мне сделать, чтобы ты полюбила меня?»

Постепенно всякий интерес к нему у Лили пропал: «To cleanly, no challenge!» Она ставит на нем точку.

Путешествуя по городам Америки, у Лили появилась возможность расширить круг поиска. К сожалению, все новые поклонники, хоть и богатые, но сердце принцессы не трогают. Соединить секс, душу и деньги пока не удается.

Мои любимые кошки

*Когда ты думаешь – она слышит тебя, даже
если ты не произносишь ни слова. Взглядом
бога она читает в тебе твои мысли.*

Из папирусов Древнего Египта

*A cat is a puzzle for which there is no solution.
(Кошка – загадка без ответа)*

Hazel Micholson

Моя клиентка оказалась из Нового Орлеана. Вернее сказать, бывшая его жительница. Ураган разрушил ее дом, а город привел в состояние депрессии. Она уехала во Флориду начинать новую жизнь. Я разговаривала с ней, а думала о своем.

В Новом Орлеане я была несколько лет назад. Не помню ничего кроме вечера на площади Джексона, железной ограды и множество кошек за ней.

«А кошки, что случилось с кошками с площади Джексона?»- вырвалось у меня.

«Какие кошки?» – не поняла клиентка. Стыдно сказать, но, узнав о трагедии, я переживала за кошек.

Поздним вечером мы с друзьями попали на площадь Джексона. Приезжие осматривали достопримечательности, зазывалы-гадалки пытались «делать бизнес», бородатый старик играл на фужерах с водой, бездомные выпрашивали мелочь.

Парк был закрыт. Но за его железной оградой шла мистическая жизнь: там собрались кошки, около двадцати, всевозможных расцветок, пушистые и гладкошерстные. Это была их частная территория. Кошки сидели, лежали, вяло и мягко передвигались, не обращая внимания на людей. Впрочем, кроме меня, ими никто особо не интересовался. Далекие от суеты сует, спокойные и грациозные, с аристократическими манерами под Луной с глазами звездочками. Они видят и знают то, что нам не дано, я это почувствовала. Я прикасалась к самой вечности, их глаза, которые слышат – «окна в иной мир». Кошки молчали, они мяукают только, обращаясь к человеку.

Я уехала, но кошки не давали мне покоя. На интернете после просмотра кучи бесполезной информации, я нашла несколько фотографий кошек с площади Джексона. Кто-то, как и я, интересовался ими. Вопросов осталось не меньше, но кое-что я узнала: кошки появляются здесь, по крайней мере, лет тридцать. Их кастрировали, но они не исчезли, хотя котят вроде не видно. Никто не знает, где они обитают днем. Двое молодых людей пытались проследить, но кошки материализовались из ничего. Кто-то высказал предположение, что кошки, только вечером кошки, а днем они люди.

Позже я случайно наткнулась на заметку «Кошки квартала". Трое друзей, возвращаясь из бара, часто наблюдали за кошками в закрытом парке.

Но однажды их не было: «Где все кошки?»

Ковылявшая мимо женщина бросила в ответ: «Под землей. В туннелях».

На интернете я нашла фотографию трехцветной кошки, позирующей на дереве. Гордая осанка, мудрый взгляд, один глаз светится. Даже на фотографии видны блеск и чистота шерсти, белоснежная грудка кошки. Чуть подальше, отвернувшись, лежит вторая. Под деревом еще несколько. Фотографии сделаны после урагана, мои кошки остались живы!

Они появляются ниоткуда вместе с луной и исчезают утром в никуда. Не понять кошек, не став одной из них. А может быть, и я когда-нибудь стану кошкой?

Жизнь в культурной пустыне

Сириец Наджиб Садди, 35 лет, чувствовал себя настолько счастливым, что решил... расстаться с жизнью. В предсмертной записке он заявил, что совершенно счастлив, но боится будущих несчастий.

Время, как несется время, и я вместе с ним. Некогда остановиться, приглядеться, поговорить, увидеть. Вокруг море интереснейших людей, а я так мало о них знаю, случайно иногда ухватишь ниточку Клото. Так и с миссис Гольд получилось, веселая женщина с хорошим вкусом и фигурой, неопределенного возраста, говорит с французским акцентом. Та самая, что обожает черную икру и зовет меня на французский манер «Айрин».

Люси родилась в Сантьяго, отец был врачом. Девочка часто сопровождала отца, посещавшего больных на дому. Ей было двенадцать лет, когда он попросил сделать укол больному. Она испугалась, но сделала.

Больной был в восторге: «Это самый лучший укол в моей жизни!»

В этот момент Люси решила стать врачом.

Школу Люси заканчивала в Париже, училась в университетах Франции и Америки. В Нью-Йорке она встретила будущего мужа, тоже врача, родом со Среднего Запада. Отец ждал возвращения дочери в Чили, а она вдруг сообщила, что выходит замуж и остается в Америке. В ответ Люси получила гневное письмо: «Средний Запад – это культурная пустыня. Тебе не с кем будет говорить по-французски, а по-испански будешь говорить только с домработницами. Одумайся, не губи свою жизнь!» На что она написала: «Нашла французский клуб, в нем прекрасно говорят по-французски, до сих пор ищу прислугу, говорящую по-испански». В культурной пустыне Люси живет до сих пор и нисколько не жалеет об этом. Ей восемьдесят пять лет.

Первая жизнь была отдана медицине, Люси работала день и ночь, больные звонили в выходные и по вечерам. На пенсию она уходила трижды. В третий раз ей сказали, что следующий прощальный вечер и подарок она будет устраивать себе сама.

Первый раз, уйдя на пенсию, Люси уехала на три месяца путешествовать по Европе. Приехала с новыми силами, ее попросили немного поработать. Второй раз она ушла на пенсию и опять уехала в Европу. История повторилась, и она снова вышла на работу. В семьдесят два года она ушла на пенсию окончательно.

Люси кинулась в новую увлекательную жизнь: она пошла учиться и вскоре добавила два новых диплома по искусству и языку. Муж решил, что жена достаточно образована и должна заняться чем-нибудь другим.

Когда-то ее бабушка мечтала, что для полного счастья ей нужны высокий рост и деньги. Маленькая бабушка добегала до восьмидесяти шести лет, недельку поболела и умерла. Люси среднего роста, а вот с деньгами у нее все в порядке, и она ни в чем себе не отказывает. У нее есть ферма с лошадьми. Она все еще скачет, играет в гольф, плавает, путешествует, не пропускает концерты и спектакли, вечера с многочисленными друзьями. Ее подруги намного моложе. Пустыня оказалось оазисом.

Люси обожает украшения, их у нее много.

Заметив мои черные бусы неизвестного происхождения: «Какие чудесные черные брильянты! У меня такие же, только чуть поменьше.»

Отныне мои бусы я зову брильянтовыми. У Люси есть красивая золотая подвеска с иероглифами, купила где-то в Эмиратах. О том, что на ней написано, Люси не имела ни малейшего понятия, до тех пор, пока на нее не бросился араб и не стал с ней разговаривать на своем языке. Оказалось, на ней написано «Только Аллах!» Ее подруга-еврейка попросила не надевать это украшение на бармитству. Что же, Люси с удовольствием наденет брильянтовую звезду Давида, она открыта любым богам.

У нее есть и маленький Будда на цепочке. «Правда, симпатичный?» - допытывается она у меня.

Кстати, это характерная черта Люси, я должна быть в восторге и уверять ее, что любая ее вещь прекрасна и уникальна.

Люси любит показывать фотографии своей красочной жизни. Вот этот замок – дом красавца-сына, а вот эти две красавицы – ее невестка и внучка.

Фотография озера и фигурки в черной грязи: «Представляешь, внучка устроила на моей ферме грязевую вечеринку, они все валялись в грязи! Это мое озеро и моя грязь. Внучка сказала, что ее мать тратит большие деньги на грязевые ванны, а у меня здесь грязи хоть отбавляй и за так!»

На вечерах у Люси говорят сразу на нескольких языках, сама она знает пять. Иногда путается и начинает говорить по-итальянски с французами, и по-французски с испанцами. Знаю по себе, я часто начинаю говорить с Лили по-русски, почему-то мне кажется, она должна понимать.

Как-то Люси привезла мне из Чили косынку, разрисованную ее подругой, дочкой известного художника, чьи картины висят в Метрополитен Музее.

Жизнь Люси бьет ключом: сегодня она встречается с другом – перуанским консулом, завтра обедает с подругами-итальянками, а послезавтра устраивает торжественный прием по случаю взятия Бастилии.

Последнее время Люси озабочена здоровьем мужа, она не может оставлять его надолго. Вылетит утром в Даллас, побалует внуков и возвращается вечерним рейсом домой. Ее печалит, что она не может слетать таким образом в Китай. Она везде была - в Японии, Малайзии, Тайване, Сингапуре, а вот в Китае не довелось.

Несомненно, отец счастлив, наблюдая за бурной жизнью дочери.

Crazy people

Если бы всем стало известно все, что говорят все...

Ларошфуко

Странная Тутси удивляется, сколько ненормальных людей вокруг. Ежедневно она сообщает об очередной «находке».

«Is she weird?» (У неё не все дома?) - ее любимый вопрос.

На что я дипломатично отвечаю: «We all kind of weird in our own way». (Мы все по-своему ненормальные).

Тутси сходила на лекцию о правильном поведении в жизни, и ее жизнь наполнилась смыслом. На доске заметок она повесила перлы открывшейся ей мудрости, которым она решила следовать. Память у нее плохая, поэтому лучше записать и читать время от времени.

Пределов нет для:
Целеустремленности,
Риска и приключений,
Нескончаемого роста личности.

С первым и третьим пунктами у Тутси все в порядке, осталось поработать над вторым. О чем я ей и сообщила.

Тутси сегодня в расстроенных чувствах. В Магазин пожаловало высокое начальство, главный менеджер всей сети наших магазинов. Начальник со свитой обходит отделы, где ему радостно рапортуют о достижениях. Я в таких случаях ухожу от греха подальше, не дай господь, что-нибудь ляпну. А Тутси трясется от нетерпения поговорить с высоким гостем. Она чуть не плачет, начальник обошел стороной наш отдел, и свита поехала на первый этаж.

«Я пропустила уже три визита, ни разу так и не пообщалась с ним!»

«Боже, дорогая, но скажи на милость, зачем тебе это?»

« Ну как это, приятно познакомиться поближе. К тому же я хочу знать, что происходит в бизнесе». It is nice to stay in touch!

Большой начальник уехал и не узнал о тоскующей Тутси. Думаю, в следующий раз она будет действовать решительно и добьется аудиенции.

Тутси, провожает осуждающим взглядом идущую в туалет Роз, продавщицу из платьев: «Тебе не кажется, что она какая-то странная последнее время? Она совершенно не обращает внимания на одежду, уже дважды приходила на работу в пижаме, куда только администрация смотрит?»

Тут я с Тутси согласна, последняя пижама Роз была защитного цвета американской армии и выглядела нелепо, я даже не удержалась, поприветствовала ее: «Привет отдыхающим!»

«Ты знаешь, черная девочка из отдела нижнего белья поздравила меня с Днем Независимости. Я долго не могла понять, что она от меня хочет»,- сообщает мне Тутси.

«Ну и что?» – в свою очередь не понимаю я.

«Не знаю, я всегда поздравляю с Четвертым Июлем. Мне кажется, она очень странная. Представляешь, вчера я слышала собственными ушами, она сказала Мигелю-мусорщику, что выйдет за него замуж!»

«Ну и что? Мой муж в свое время сказал то же самое, и как видишь, не ошибся! Мигель очень даже ничего, он мне нравится», - отвечаю невозмутимо.

Тутси в полнейшем замешательстве, видно не совсем понимает, шучу я или нет. Мигель значительно продвинулся в изучении русского языка, каждый день он кричит мне утром: «Привет! Как дела?» В отличие от Дэна, Мигелю хочется общения, он любит поговорить о разных странах и людях.

Чтобы сменить тему, Тутси рассказывает о смерти родственника мужа, и что муж завтра едет на похороны в Нэшвил.

«А ты?» – задаю ей естественный вопрос. Тутси меняется на глазах, похоже, я открыла Америку.

«Боже, как это я не сообразила предложить поехать с ним!»

Тут же бросается к телефону. В результате переговоров с мужем, решено, что едут вдвоем. Незаметно Тутси исчезает в соседний отдел и возвращается с коричнево-черным платьем.

«Прекрасно подойдет для похорон», – бросаю я.

К сожалению, платье перекручено по швам и сидит ужасно. Тутси явно разочарована, надо сказать, все приличные американки обзаводятся специальными платьями для похорон. Похороны требуют не меньше внимания, чем свадьбы.

Рассказываю Тутси, как я езжу с мужем в Нэшвил. По дороге обязательно устраиваем пикник на лоне природы с белой скатертью, салфетками, кофе и домашними бутербродами. И опять озадачиваю Тутси. Дело в том, что бутерброды в дорогу ей делать не из чего, даже яиц в доме не водится, питаются исключительно в ресторанах. Предлагаю заехать в ближайший магазин и купить готовые бутерброды и все-таки устроить пикник на свежем воздухе вместо еды в забегаловке. И вдруг до меня доходит, как я неправа: пикник с белой скатертью – это из моей жизни, Мак Дональд – из ее. Каждому – свое!

Тутси решила уйти с работы пораньше. За час до этого она стала напоминать об этом мне и Кэт. Похоже, она боялась, что мы смоемся. Я исчезла первая, пошла на первый этаж с клиенткой. При малейшей попытки Кэт покинуть отдел, она сообщала ей, что уходит.

«Ты уходишь прямо сейчас?» - интересовалась Кэт.

«Нет, я сначала письма клиентам напишу».

Час прошел в писании писем, Кэт заложницей томилась в отделе, зоркая Тутси не давала его покинуть, при этом очень беспокоилась по поводу моего долгого отсутствия. Очевидно, Кэт все-таки удалось исчезнуть, так как утром на мобильнике менеджера была жалоба на наше недостойное поведение. Разбаловала ее своим постоянным присутствием в отделе, надо почаще выходить в люди, повышать «оптимальные продажи» по всему Магазину.

Всю неделю небо было печально-серого цвета.

Фиби, Хенри и ковбой

Мне снилась какая-то ерунда: будто я опять живу и работаю в Сибири, а менеджер у меня – Бесс. Короче, всю ночь я пыталась понять, что она делает в России. Ко всему прочему, с нами работает моя первая школьная любовь и не обращает на меня никакого внимания. Похоже, ему нравится Бесс. Пытаясь разобраться в сложной ситуации, я проспала и появилась в Магазине прямо к собранию.

На собрании выступала «Шанель» игрушечного мира – Фиби Филипс. Ее коллекция состоит из кошечек, собачек, кроликов, лягушек и слоников. Кошечки-ангелы белого цвета с разными глазами: один – синий, другой – зеленый. Собачки, в основном пудели, пудели-девочки и пудели-мальчики. Кролики-балерины в длинных газовых платьях, принц-лягушонок в короне. Зверюшки мягкие и удобные, их пускали по рядам для знакомства. Совершенно равнодушно я смотрела на балерин и ангелов, слоников и лягушек, а вот грустный Хенри покорил мое сердце.

Я взяла его на руки и не выпустила. Хенри – серенький пудель в черном берете и с ошейником-браслетом из самоцветов, вид удивительно трогательный. И тут неожиданно я объявила, что покупаю Хенри для себя. Бесс справа и Кэт слева переглянулись и сделали тоже самое. Короче, начался массовый психоз по покупке серых пуделей. Серого Хенри почти полностью раскупили еще до открытия Магазина.

Очевидно, сказывалось мое безигрушечное детство. Кроме старого жесткого медведя, которым играла еще моя мать, не могу припомнить ни одной другой игрушки. Впрочем, с ним я тоже не играла. А теперь у меня появился Хенри с дарственной надписью от Фиби. Одна пяточка лапки покрыта кожей специально для этого. Удобно, к тому же – продашь, а вернуть уже не смогут – звери подписаны.

В перерывах между обслуживанием клиентов я думала, кого бы соблазнить на покупку животных. Прежде всего, позвонила Мери, у нее нет ни мужа, ни детей, зато есть два живых пуделя. Мери пришла и не обманула ожиданий: к трем парам туфель Прада, она добавила последнего оставшегося в

Магазине Хенри. Он, оказывается, напомнил ее первого, давно усопшего пуделя.

Потом я позвонила Джули, узнать, не нужен ли ей подарок для какого-нибудь ребенка. Джули была в восторге, вечером она идет на свадьбу, а подарка еще нет. Я тут же нашла ультрамодную вазу «Цунами», посадила в нее белую девочку-пуделя в белом платье, с дарственной надписью молодоженам на пятке. Получился очень даже миленький пуделино-цунамический подарок. Надеюсь, жизнь у них будет спокойной.

И тут мой взгляд упал на огромную собаку в костюме. Чтобы развеять сомнения, поинтересовалась у Фиби, кто эта собака? И услышала: «Ковбой». Естественно, я вспомнила о приезде ковбоя к Джули, она, как всегда, не возражала против моих дурацких идей. Итак, тащу ковбоя к Фиби на подпись, настаиваю на коротком: «Дастину от Джули» и никаких тебе "люблю" и так далее. Фотографирую Фиби, подписывающую пятку ковбоя. Фиби в диком восторге от моей кипучей деятельности по распродаже ее творений, расстаемся с поцелуями.

Прихожу домой и объявляю супругу, что купила Хенри. Муж пытается понять, для кого. Рассказываю страшную сказку моего несчастного детства, и он уже ничего не имеет против Хенри. Киса заинтересованно обнюхала Хенри, и оставила его в покое. Итак, нас теперь четверо: муж, Киса, Хенри и я!

Эни едет на Аляску

Эни выглядит на двадцать, маленькая, худенькая, с короткой стрижкой каштановых волос. Как всегда, внешность обманчива, ей сорок пять, у нее пятеро детей: трое черненьких и двое рыженьких, последние двое плохо поддаются дрессировке. В их комнаты она не заходит, себе будет хуже. Трое нормальных звонят ей, двух рыженьких пытается поймать сама. Эни не работает, управляет своим большим хозяйством. У Эни необычный смех маленькой, шкодливой девчонки. Когда она смеется, ее носик забавно морщится.

Эни необходимо найти вещи для поездки на Аляску. Американцы почему-то обожают ездить в круизы по Аляске. Мне, прожившей большую часть жизни в Сибири, Аляска не кажется столь притягательной.

Мысли Эни порхают бабочками от одного платья к другому, и мне трудно за ними поспевать. К тому же выясняется, что едет она через несколько дней, и это не облегчает задачу. Как только мы подходим к какому-нибудь решению, нежная песня мобильника прерывает нас на неопределенное время. Я оставляю Эни одну и терпеливо жду за дверью окончания разговора. Впечатление такое, что звонят по очереди все ее многочисленные дети, причем, поговорив с одним, она немедленно связывается с другим. Отобрав, в конце концов, несколько нарядов, я отпускаю Эни погулять по рядам с уцененными вещами.

От взгляда Эни не ускользают меховые изделия. Ей тут же приходит в голову мысль купить коротенькую шубку из какого-то особенного кролика с лисой для поездки. Я прекрасно понимаю ход мыслей Эни, но сообщаю ей, что шуба на Аляске ей вряд ли понадобится. Как не крути, там будет лето. Скорее всего, теплой куртки будет вполне достаточно. Если, конечно, она не собирается лезть на какой-нибудь ледник. В любом случае, шубка не подойдет. Меха заворожили Эни, и уходить она не хочет. Понимая серьезность интереса, я решила действовать. Зачем откладывать на завтра то, что можно сделать сегодня? Ее смущает цена, открывать карточку Магазина она не хочет, уговариваю ее пойти вниз, купить подарочную карточку. Эни не интересуют цены, она никогда не знает, сколько денег оставила в Магазине.

За Эни и ее действиями надо внимательно следить, она просто мастер терять вещи: то водительские права бросит, где попало, то чековую книжку забудет, то, вообще, пытается уйти из Магазина, оставив покупки. Внизу, в бухгалтерии, оказалось, что когда-то у Эни была карточка Магазина, мы ее срочно реанимировали и купили особого кролика из Финляндии с отделкой из русской лисы. Я предусмотрительно предложила Эни положить покупку на лето в камеру хранения, на Аляске не понадобится, и расстраивать мужа ни к чему, лучше ему не знать о покупке шубы для круиза по Аляске. Эни, воодушевленная карточкой, положила глаз еще на один жакет. Я клятвенно обещаю ей следить за ним и сообщить, если он пойдет на распродажу. Распрощались, через час захожу в туалет, и вижу Эни. Она покидает туалет, оставляя покупки. Догоняю, отдаю. Взамен получаю порцию детского смеха и сморщенный носик. Счастливого плавания по Аляске, Эни!

Жаркое лето

Вот и лето незаметно проходит.

Я плохо переношу жару. Да еще этот дурацкий крем против загара, он всегда почему-то оказывается в глазах. И без него нельзя: сразу становлюсь красной. Летом живу в очках, шляпе и белой рубахе с длинными рукавами.

Июль месяц мертвый: кончились распродажи, клиенты разъехались. Молодые девочки бесятся от безделья, в лучшем случае журнальчики листают. Менеджер с ужасом заметила в камере слежения Кэт, пускающую пузыри из жвачной резинки! Сонную обстановку нарушило сообщение о возвращении в Магазин «дамы неприятной во всех отношениях». Дама просто мастер плести интриги, и хоть у нее было несколько сердечных приступов, и лет ей глубоко за семьдесят, ее просто тянет поработать в нашем славном коллективе. Вот только почему-то коллектив не рад. Дама пришла на разведку в Магазин, медленно как тень скользит по отделам, испуганные «doll faces» (кукольные личики) разбежались кто куда. Пришлось ей довольствоваться бедной Тутси, которая не успела спрятаться.

Бесс ведет себя строго по инструкциям: не звонит сама Бэби, вместо книг по голоданию глотает учебники, после работы несется на занятия и никаких тебе мартини. Майклу стало трудно ее поймать, ловит в рабочее время.

Кэт в сплошных переживаниях. За последнее время накопилось слишком много секретов от любимого мужа, он в командировке. Во-первых, она потратила шестьсот долларов на распродаже в Магазине. Сидит и страдает весь день, да еще и меня пытает: слишком ли ужасно, что она так много накупила. Нашла, у кого спрашивать! Совесть, к сожалению, не уберегает от поступков, зато мешает получать удовольствие в полной мере!

Во-вторых, она едет в Нью-Йорк, к подруге. Подруга не замужем и ведет жизнь как в сериале «Секс в большом городе». Вместе с другими девушками, на лето она снимает дом в Хэмптоне. Причем может приехать туда только в определенные выходные. Подруга должна подобрать Кэт в аэропорту, и они поедут в Хэмптон. Кэт решила не расстраивать мужа, а рассказать потом, когда вернется. У подруги – надежда на встречу с богатым и свободным, у Кэт – любопытство и желание немного потусоваться на свободе. Командировочного мужа, как положено, Кэт проверяет ежечасно, если не чаще.

Кэт звонит в очередной раз любимому, и вдруг, о ужас, слышит женский голос: «Я здесь на конференции, кто-то оставил телефон, вот я и отвечаю».

Кэт становится неопределенного цвета, бросает трубку, несколько минут гробового молчания и вдруг в ярости: «Все решено, еду в Хэмптон! Я знаю. Все так и начинается! Сначала помада в машине, потом по ошибке отвечает женский голос, так всегда в фильмах показывают».

Я пробую успокоить её и делаю только хуже.

Бэсс пришла с сумками полными косметики. Чем больше продашь косметики за «неделю красоты» – тем больше можешь взять себе. Внизу просто косметический рай, у меня возможность «купить» на тысячу семьсот долларов, могу унести все, что пожелаю. Для начала взяла несколько сумок Версаччи, Долче и Кебана и других – пригодятся для подарков. Приготовила набор косметики для сына, у него день рождения в июле. Кремы, духи, свечки, короче две сумки набрала, настроение сразу повысилось. Примерно через час возвращаюсь в отдел, Кэт вроде поостыла немного, наверное, объяснилась с любимым.

«Nice butt, muscular» (Хороший зад, накаченный), - показывает она в сторону проходящего молодого человека.

Я удивленно смотрю на Кэт: «Подожди до Хэмптона, там рассматривать будешь».

Рядом с «красивым задом» девица в сером костюме, с надписью на штанах: «Я люблю розовый цвет». Скучно.

«Я тебе сейчас такое расскажу, ты не поверишь»,- поймала меня Мэри из мехового.

«Что, с дочерью опять что-то?»

«С ней самой, звонит вчера в десять утра и сообщает, что она с детьми на улице в одеяле. Трейлер сгорел дотла, со всей мебелью, детской новой кроваткой, которую я купила, кошкой и собакой, остальные спаслись. Вполне возможно, что у матери и страховки нет. В любом случае, вещи дочери никто не возместит».

Я в ужасе, мне жалко Мэри, что еще бог приготовит ей? Да, поистине, где тонко там и рвется.

«Свекровь к сестре переехала, а дочь с семьей в гостинице», - продолжает Мэри.

Я не знаю, что и сказать, моя любимая мысль «все, что не делается – к лучшему»: «Ты знаешь, Мэри, надо смотреть на это как на новый старт в жизни, с чистого листа. Может, теперь не будут за матерью прятаться, а начнут шевелиться сами».

Одинокая покупательница меряет джинсы Эскады. Интересуется, откуда я. Выясняется, что у нее много русских друзей. Друзья – это лучше, чем домработницы, парикмахерши и т.д. Правда, первый русский друг врезался в зад ее машины, так и познакомились.

Второй друг: "Ты знаешь, он русский, но у него глаза как у китайца. Поэтому он и не мог выехать в Америку, хотя очень хотел, его жена, та не очень хотела, у нее родственники в Москве. Я решила ему помочь и сделала визу, он музыкант. К пятидесятилетию победы над Германией, я нарисовала картину встречи русского и американского солдата. Была вроде как знаменита, даже в Россию с картиной поехала, там я и встретила этого русского".

По имени русского делаю вывод, что он бурят. Энн примерно моего возраста и мне симпатична. Узнав цену джинсов на распродаже, она неприятно удивлена, и хоть они прекрасно сидят, платить сто семьдесят долларов не захотела. Правда, мы очень мило поболтали, она обещала меня навещать и оставила свои координаты. Так пролетел еще один час, приближающий меня к долгожданной свободе.

Отдых поневоле

Медленно, будто присматриваясь, пролетел в стеклянном куполе вертолет. Неожиданно отключилось электричество. Начальство не очень любит закрывать Магазин, но без кондиционера долго не проживешь, да и кассы не работают. Я надеялась, что нас отпустят, но в последний момент свет дали. Пришлось терпеливо ждать восьми часов вечера. Пошла поболтать с другими продавцами. Со мной происходило что-то невероятное, впечатление такое, что я или на наркотиках, или выпила. Я шутила, несла какую-то околесицу, чувствовала себя легко и радостно. Еще вчера, очевидно от жары, болела голова, и вдруг взрыв энергии. Причину я поняла гораздо позже.

В семь часов вечера мы болтали с «еврейской принцессой» Дэйзи. Она только что была на очередном свидании с новым молодым человеком. Молодой человек сказал, что провел с Дейзи лучшее время своей жизни, что она очень красивая, умная. Но и только, даже не попросил номер телефона.

«Я этого не понимаю, у нас столько общего, ведь он еще и еврей, что ему еще нужно!», - волновалась бедная Дейзи.

«Очевидно, игрок », - вынесла я диагноз.

Тут-то к нам и подошел шеф охраны: «Девочки, хочу предупредить, идет шторм, возможно опять не будет электричества».

Купол Магазина стал серым, еще более темные облака бежали по нему, к счастью, в противоположную сторону от моего дома. Вот откуда моя энергия, спасительный дождь, ливень! Интересные вещи получаются: дождь забирает энергию у Магазина и отдает ее мне! Как и следовало ожидать, электричество пропало. Продавцы пытались избавиться от одиноких клиентов, которым было глубоко наплевать, что в Магазине нет света и не работают кондиционеры и кассы.

Какая-то ненормальная прорвалась в Магазин: ей срочно надо обменять тушь, не ту купила. Менеджер отдела просто дала ей другую тушь, так как кассы не работали, но от клиентки трудно было избавиться. Под вой сирен она пыталась узнать, может, она неправильно накладывает тушь, и как надо правильно, и что бы вы посоветовали. Менеджер не выдержала: «Вы знаете, я, наверное, не такая храбрая, возьмите тушь и уходите, вы что, не видите, что творится?» Дама удалилась чрезвычайно обиженная грубым обслуживанием.

Молодые девчонки, пользуясь случаем, решили осесть в соседнем ресторане, который, судя по всему, только выиграл от случившегося. Посетители торгового центра не хотели ехать домой под ливнем и оседали в ресторане выпить и закусить. Только не я! Было немного жалко новые шелковые брюки, надетые в первый раз, но желание лететь домой было сильнее. Добежала до машины, меня можно было выжимать, брюки стояли колоколом, стрелок как не бывало.

Светофоры не работали, дорога была устлана облетевшими листьями и ветками, сверкали удивительно длинные вертикальные молнии, разрезая небо пополам. Это мое время, я чувствовала себя великолепно! Из-за дождя ехать было сложно, да еще какой-то идиот, почти приклеился к заду машины, мешая мне любоваться стихией.

Утром светофоры так и не работали. Минут за сорок мне удалось доехать до работы только для того, чтобы узнать, что энергии нет и можно ехать домой. Не могу сказать, что я очень переживала по этому поводу.

На следующий день история повторилась. Не успела припарковаться у Магазина, как непроницаемое серое небо обрушилось свирепым дождем. Сильный ветер закрутил и разбросал все, что попалось на пути. Открыв дверь машины, я невольно впустила ветер, мои белые листочки закувыркались по машине и даже пытались вылететь наружу. Я быстренько закрыла машину, боясь потерять бессмертные рукописи! Пятнадцати минут пляски ветра и дождя было достаточно, чтобы Магазин оказался без энергии. Выходные продолжались!

Шторм оставил около полумиллиона человек без энергии. Нам с мужем повезло: крыша не слетела, деревья не сломались, энергия не отключилась. Звонили родственники мужа из Израиля: все ли у нас в порядке, ужасы по телевизору показывают. Мне даже стыдно стало, у них там война идет, бомбы взрываются, а у нас что – война с природой.

Кэт пришла на работу в плохом настроении: «У нас электричество есть, лучше бы его не было, свекровь теперь живет с нами. От этого сплошные неприятности, и что характерно, муж с ней все время спорит, до крика доходит. Она, видите ли, решила компьютер изучать, а он из себя выходит от ее тупости. Вечером пошли с ним в ресторан, мне неудобно ее одну оставлять, а он хоть бы что, говорит, что ему еще три дня с ней придется мучиться. Слава богу, я в Нью-Йорке буду. Всю ночь не спала из-за нее, она по дому бродит, не спит. В два часа я от шума проснулась, она в кухне сидит и курит. Представляешь?»

Кэт звонит мужу и плачется на плохое, просто ужасное настроение.

Муж благородно предлагает его исправить: «Дорогая, что я могу для тебя сделать?»

«Брильянты дорогой, брильянты могут помочь!» - радостно кричит в трубку Кэт.

И вот на этом-то важном моменте телефон почему-то начинает барахлить и совсем садится.

Бесс призналась, что ночевала у Майкла, у нее энергии не было. Тоже, бедная, спать не могла на новом месте, это и понятно. Три чашки кофе выпила.

У подруги Лили вообще трагедия, можно сказать свадьба сорвалась. В Хилтоне на семь часов был заказан праздничный обед на триста персон. Бедная невеста добралась до ресторана к десяти часам. Гости, за редким исключением, не появились совсем.

Но хуже всех дела у Лесли из косметики. Она с женихом должна была лететь в Бейрут, знакомиться с его родителями, он ливанец. Тут война началась с Израилем, самолеты не летают, впрочем, и аэропорта уже нет.

«Европейка» очень возмущалась: «Когда во время войны в Вене электричество выходило из строя, его чинили в течение часа. А здесь? За два дня у меня все в холодильнике испортилось. А я ведь дешевых продуктов не покупаю! Пришлось креветки выбросить. А убирала сколько, весь день возилась».

И прямо не останавливаясь, словно боясь, что я исчезну, продолжает дальше: « Я не хотела ехать в эту страну. Но что сделаешь, если они разделили Европу?»

И быстренько дальше: «Мой сын и внук только что вернулись из Киева, так там до сих пор шесть улиц нашу фамилию носит! Я называю своих предков «аристократами духа», ну знаете, артисты, ученые, юристы»…

Другой клиентке повезло еще меньше, уже шесть дней у нее нет энергии в доме, живет в отеле. Охранная сигнализация ее дома работает от батареек.

Секс в большом городе

На подарочную карточку я купила книгу К. Буншел «Секс в большом городе». Книга так себе, а вот сериал смотрела с удовольствием, ситуации и герои знакомы, среди них я живу. Все различие в том, что город наш хоть и большой, но консервативный и тихий.

Моя Лили – это персидская Саманта. Последнее время мне ее жалко. Ее бывший муж и бывший жених, оба женились на симпатичных молоденьких девочках. Причем и тот, и другой, привели их ко мне познакомиться. Лили все чаще проводит время в ресторане «Шелк», в пятницу зрелые женщины охотятся там за молоденькими мальчиками. Или наоборот? Со спины в бликах цветов девушки выглядят двадцатилетними, повернутся – и страшно, им лет под семьдесят. Другое ее любимое место – ресторан «Монарх»: Young chicks, hot guys, chocolate Martini. (Молодые девицы, знойные парни, шоколадное Мартини).

У Кэт, как у замужней женщины, теперь совсем иные интересы, и если жизнь в девять часов для Лили только начинается, то Кэт в это время идет в постель с любимым мужем. Попытки родить ребенка ни к чему не приводят. Как Шарлот, она думает об усыновлении, согласна и на девочку, и на мальчика. Лили пробует уговорить Кэт ехать на озеро Озарк. Наше озеро – это как Хэмптон для Нью-Йорка. Memorial Day – открытие сезона, Labor Day – закрытие. На озеро съезжается молодежь в надежде познакомиться с кем-то или просто оттянуться вдали от города. Вечером начинается «Вечеринка в бухте». Лодки, музыка, танцы, вино. Молодые девочки становятся неуправляемыми, сбрасывают с себя одежду и бог знает, что еще делают.

Озеро превращается в один большой бар под открытым небом. Развлечения подобного рода для совсем молодых. Кэт все это прошла, в сорок лет тусоваться с двадцатилетними нет желания. Она нашла свое счастье и проверяет его каждые полчаса по телефону. На озеро поедет лишь на чьей-либо частной яхте, в компании таких же молодых семейных пар.

Бесс крутится в Бермудском треугольнике – бывший муж, Бэби и Майкл, страсти накаляются. Бог знает, к чему все приведет. Пока она пытается решить все проблемы по телефону, иногда сразу по двум, порой исчезает на определенное время в неопределенном направлении. Самое главное – исключить столкновение всех трех действующих лиц. Бэби, почувствовав, что им пренебрегают, активизировал деятельность, да поздно! Майкл потерял голову, забрасывает Бесс цветами и подарками.

Джи-джи, наконец-то, поймали с поличным, пыталась стащить юбку за сто долларов. На этом карьера в Магазине для нее закончилась. С изысканным гардеробом она переместилась в новую жизнь и продает в ней дома. Как оказалось, увела она не только тряпки, но и поклонника Дейзи трехлетней выдержки. И даже вышла за него замуж! Правда, на свадьбу никто из Магазина не пошел.

Джули разочаровалась в ковбое:

«Представляешь, я собиралась ехать к нему на три дня на ранчо, он прислал билет и сообщение, что уезжает на выставку лошадей. Позвонит, если будет время! Нет, это же надо: если будет время! Так вот, у меня для него точно времени больше нет! Ты знаешь, я решила с мужиками пока не связываться, себе дороже!»

Пока что выходит дороже мне, мой бизнес явно страдает. Шесть лошадей прочно заняли место мужчин в жизни Джули. Каждая новая обходится дороже автомобиля.

«Ты знаешь, мне ничего не нужно, только джинсы и рубашки».

Подумав немного, Джули решила купить удобные зимние сапоги. Проходя мимо отдела пальто, померили заодно и дубленки. Выбрали простенькую такую, всего за две тысячи, думаю, лошадям понравится. К дубленке подобрали сапоги и замшевые варежки. Для души отправились в отдел парфюмерии. Я, правда, не уверена, как лошади реагируют на духи. Пиявки, например, отказываются лечить, то есть кусать пациента, если им не нравится его запах.

Перепробовали все имеющиеся в наличии духи, окончательно потеряли чувство обоняния. Остановились на новых духах Валентино и Стеллы Маккарти.

Остаток дня я просидела благоухая. Надеюсь, что лошадиный период Джули не продлится слишком долго.

Лин пришла с интересным открытием: «Моя клиентка принесла фотографии свадьбы дочери. Все, представляешь, все мужчины на фотографиях были в кильтах. И нельзя сказать, что очень уж симпатичные. Но эти кильты! Ты знаешь, они делают мужчин такими сексуальными!»

Ее тут же поддержала Алиса, у которой муж шотландец: «Ты права, я как увидела в нем своего, твердо решила, что выйду за него замуж».

Я представила моего мужа в шотландском наряде, никаких сексуальных мыслей не возникло, чего-то я не понимаю. Но мысль интересная, может мода и дойдет до мужских юбок?

Мимо, как побитая собака, протащился Техасец, последнее время он подозрительно одинок. Ходит, чего-то вынюхивает, сдается мне, в Магазине он ищет новую жертву, девочки у нас хоть куда! Вот его взгляд останавливается на Стефани (той, у которой два старых любовника). На ней сегодня очень короткое платье с запахом, демонстрирующем ее длинные ноги. Техасец даже снимает темные очки, чтобы лицезреть их в натуральном свете. Боюсь, ничего ему не обломится, вряд ли она захочет увеличивать свой гарем.

Вера Вонг номер пять

Шоу свадебных платьев длилось нескончаемо долго: больше восьмидесяти моделей лучших дизайнеров Америки. Скоро я устала от бесконечного движения высоких девушек в белом, и все платья слились в одно белое пятно. Однако Бесс просто пожирала глазами манекенщиц и что-то записывала.

А я вспоминала свои свадебные платья.

Первого мужа я любила сильнее, чем он меня, да и любил ли он вообще? Я хотела за него замуж, и он согласился. В Загс я пошла, в чем была, отпросилась с работы. Платье совсем даже неплохое, болгарское кримпленовое. Белый верх, синий низ и красно-синий пояс посередине чуть заниженной талии. Свадьбы не было, фотографий не было. Порой, мне кажется, что вообще ничего не было. Он оставался чужим, уходил и возвращался, я ничего не понимала, и покорно ждала приговора.

«За что тебя любить?» - спрашивал он.

Откуда я знала за что? Если любишь – вопросов не задаешь. И настал день, когда мне надоело терпеть и ждать, а захотелось быть просто любимой.

Я снова вышла замуж и оказалась здесь, в Америке. Мой второй муж прекрасно понимает, что любить меня не за что: и хозяйка я плохая, и мать неважная, и характер неровный. Но ведь любит, как в первый раз ... со страстью. Спасибо ему огромное, за меня любимую.

Свадьба у нас была, и фотографии сохранились. Платье сшила сама, не для свадьбы, а так. Красивый японский шелк темно-синего цвета с белыми цветами и неожиданной белой полосой-купоном.

Сейчас я могу купить любое из этих платьев... для моей внучки. И пусть оно будет ее единственным!

Бесс повернулась ко мне: «Я сейчас тебе что-то скажу, ты, пожалуйста, не падай в обморок. Я выхожу замуж за Майкла, через месяц у нас свадьба. Я очень хочу белое платье номер пять, Веры Вонг. Я беременна, и мне надо успеть надеть свадебное платье".

«Yes!!!», – в восторге кричу я, Магазин (в поддержку мне и окончанию показа) взрывается аплодисментами.

Конец шоу-тайм!!!

А может только начало?

Свадьба на Гавайях

Бесс с Майклом бегали в парке. Вдруг он остановился: камень попал в кроссовку. Встал на одно колено, вытащил маленькую коробочку, и предложил Бесс стать женой. В коробочке оказалось колечко с желтым брильянтом. Ну, кто от такой красоты откажется? В ювелирном отделе оценили его тысяч в двадцать, не меньше. Бесс все дни только и демонстрирует кольцо. Огранка «Принцесса», тоненький ободок весь в мелких брильянтах и четырехугольный крупный камушек.

Свадьбу Бесс и Майкл решили праздновать на Гавайях, подальше от любопытных глаз и без объявлений в газете. Все заботы Майкл взял на себя. От Бесс требовалось выбрать остров и гостиницу, что мы и сделали. Оранжево-красные закаты, хрустальные водопады, действующие вулканы, голубое небо, пальмы и песок, цветы и солнце — острова счастья вскружили голову Бесс!

Неделю рыскали по Интернету в поисках самого красивого острова и единогласно выбрали Мауи. На этом же острове была свадьба Кэт. Насчет отеля двух мнений не было - самый шикарный «Четыре сезона», в нем останавливаются знаменитости вроде Бритни Спирс. Майкл сказал мне по секрету, что заказал на две недели яхту с командой и поваром только для них двоих. Неплохо все-таки быть богатым!

Вид у Бесс последнее время как у кошки, съевшей канарейку. Мне кажется, она до сих пор не может поверить происходящему. Впервые в жизни она может купить все, что хочет, не об этом ли она мечтала? Неожиданно стала удивительно благоразумной и долго решает, прежде чем что-либо купить.

Бесс притащила две прекрасные дорожные сумки Луи Виттона и кучу легкомысленного нижнего белья: «На Гавайи я возьму все новое и начну жизнь новой женщины».

«Смотри, не зазнайся, новая женщина! Кстати, а как насчет сексуальных тапочек с помпонами для особого случая?»

Бесс покраснела: «А как ты думаешь? Столько лет ждали своего часа».

Тутси, увидев белье, притащила себе такие же трусики, состоящие фактически из одной веревочки, вздохнула: «У меня таких никогда не было».

Я представила Тутси в кружавчиках-веревочках и настроение повысилось.

Свадебное платье, как Бесс и мечтала, от Веры Вонг. Бесс похудела и умудрилась влезть в восьмой размер. Платье сидит потрясающе, открывая ее красивые плечи и грудь, талия чуть завышена, отделка французским тюлем и длинная пышная юбка со шлейфом, настоящая принцесса! Пользуясь случаем, Бесс купила туфли Маноло Бланик, хотя для свадьбы на берегу океана они вряд ли понадобятся. Ну, ничего, приедет – девичник устроим, пусть покрасуется в новом платье и туфлях!

Мимо гордо продефилировала Минни с новой грудью, говорила, что делает размер В. Какое там, натуральный С получился! Минни последнее время носит исключительно облегающие свитера, чтобы показать товар лицом, все-таки пять тысяч заплатила!

Наверное, от гордости за новую грудь, ее тощий зад стал вихляться гораздо сильнее.

У всех последнее время в жизни что-то происходит, а я живу чужой жизнью.

Такая разная жизнь

В пять часов позвонила Лили, предложила вместе поужинать. Весьма кстати, мой обед самым бессовестным образом съели и даже спасибо не сказали.

Было три часа, ресторан пуст, одна бедная Мэгги за стойкой бара. Подсела к ней отведать любимого куриного салата и заодно расширить познания Мэгги в русском языке. Салат выглядел изумительно, поджаренные гренки пахли божественно, сбоку фрукты и апельсиновое желе. И вот тут-то и появилась странная пара крупных размеров, под пятьдесят и навеселе. Дама пожелала, есть в баре рядом со мной, а поклонник, прицеловывая ее в ушко, послушно последовал за ней. Внимательно изучив меню, дама заказала красное вино и лосося в травке.

Видно лосось ей не понравился, ее блуждающий взгляд остановился на моей тарелке: «Я хочу попробовать!»

Не совсем уверенная в том, что желает попробовать дама, я на всякий случай, отвернулась в сторону, вроде бы изучаю названия вин на полке. К моему ужасу Мэгги ушла, и спасения ждать было неоткуда.

« Я хочу попробовать!» - еще более настойчиво повторила дама. Упорно игнорирую соседку.

И тут с ужасом замечаю, что моя тарелка медленно уплывает: «Только кусочек попробую!».

Мне осталось тихо удалиться, похоже, она даже не заметила моего исчезновения.

Где-то минут через сорок веселая парочка с бокалами вина появилась у меня в отделе. Я вежливо поздоровалась, тишина в ответ, опять не заметили. Парочка наслаждалась своим особым миром, где все вокруг, даже мой куриный салат и суфле, принадлежало им. Дама громко спорила с кавалером, он целовал ее в ушко и слабо возражал.

Уходя из отдела, она бросила взгляд на мои новые туфли с помпонами: «Мне нравятся ее туфли».

Я решила не искушать судьбу и смылась от греха подальше.

Парочка появилась и на следующий день и опять со стаканами красного вина. На мою беду местом отдыха в ожидании подружки мужик избрал мой стол. Фужер он поставил прямо на бумаги, оставляя на них кровавые разводы. Кроме того, от него неприятно воняло спиртным. Интересное дело, когда сам не пьешь, чужой запах раздражает до невозможности.

Дама изредка выпархивала из примерочной комнаты в очередном наряде. Мужик отвечал упрямо: «Нет». Чем больше он пил, тем суровее становился, обычно вино оказывает обратное действие на клиентов.

«Honey! Ну, мне это просто ужасно нравится, ну посмотри, дорогой».

Раз десять она обозвала его «медовым», он не реагировал.

«Dumbass!» - завопила дама, и это подействовало, он повернул голову в ее сторону. Дама подставила зад, круглый как мячик, чтобы я нашла ей цену штанов.

Меньше всего хотелось залезать ей во внутрь, да это было практически невозможно: «Снимите штаны, увидите цену», - отрезала я.

Итак, сижу такая злая и голодная. А тут еще Бесс с ночными кошмарами. Часа в два ночи открывает она глаза и чувствует, что кто-то на нее смотрит.

Оказалось, бывший супруг пожаловал: «Ты знаешь, мне кажется, он ненормальный. У него был такой страшный взгляд, как будто он хотел что-то со мной сделать. Мне стало так страшно! Может в полицию заявить, чтобы ему запретили ко мне приходить?»

Я удивлена, почему она до сих пор этого не сделала.

Кэт по секрету сообщила, что едет в Юту за ребенком. Вроде бы в Юте есть закон, что мать может отказаться от ребенка в течение двадцати четырех часов и его передают на усыновление. Родители сами выбирают новых родителей для ребенка. Мне это все как-то сразу не понравилось. Слишком уж Кэт была в восторге оттого, что их выбрали.

Притащила кучу открыток: «Как ты думаешь, какую лучше послать матери, у нее скоро день рождения?»

Мне это тоже не понравилось. Эта женщина ей никто и не должна быть кем-то в ее последующей жизни, чем меньше близость, тем лучше. Короче Кэт неделю ломала старые планы поездки во Флориду, покупала билеты в Юту и заказывала гостиницу. У пары, которая отказывалась от мальчика, уже есть дочь и сына, они решили отдать. Ерунда какая-то, как так можно? Кэт ни о чем не думает, вернее, думает, но не о том. Как маленький ребенок, она хочет получить игрушку.

Всю неделю я проводила с ней воспитательную работу: ребенок не котенок, его обратно не отдашь и не усыпишь, как она это делала со своими кошками и собаками. Кэт хотела купить вещи для ребенка, я сказала, что лучше подождать и с этим.

В панике она срочно стала искать курсы по уходу за ребенком для себя и мужа. Обзвонила все больницы, все что-то не подходит. По правилам она должна прожить в Юте с ребенком неделю для оформления бумаг, а как жить с ним в гостинице? А кто будет с собаками дома? Куча вопросов и нет ответов. Мальчики уже ревнуют к будущему младенцу и его отдельной комнате.

«У вас, зато, два дома», - отрезала Кэт.

Я как в воду глядела. Пришли медицинские бумаги о здоровье родителей, и оказалось, что у матери какая-то болезнь крови. Кэт испугалась, и брать ребенка не захотела. Теперь сидит расстроенная, что не поехала из-за всего этого во Флориду.

А тут еще Тутси к ней с дурацкими вопросами пристает.

«Представляешь, она вдруг меня спрашивает, как это ты ездишь в машинах с открытым верхом и носишь шляпы?»

«Ну и что ты ей на это ответила?»- интересуюсь я.

«Я на нее так многозначительно посмотрела, что она не стала дожидаться ответа. Ну скажи на милость, почему ее интересует всякая ерунда? И если уж ей это так интересно, почему она не спрашивает это у тебя, а пристает ко мне?»

«Интересно, что это я ее так заинтересовала. У меня никогда не было машины с открытым верхом».

Мысль о даме в открытом автомобиле (то есть обо мне) не покидала Тутси весь день.

« Ты, наверное, рада, что можешь кататься сейчас с открытым верхом?» - неожиданно обратилась она ко мне.

Моя реакция была диаметрально противоположная реакции Кэт, я стала смеяться. Бедная Тутси так и не получила ответ на мучивший ее вопрос. Бесс единственная, кто не реагирует на странности Тутси, она слишком вежливая для этого. Весь отдел отдыхает, когда отдыхает Тутси, тихо и спокойно.

Вечером после работы пошли с Лили в японский ресторан «Вазаби». Суп Мисо, салат из морских водорослей и сашими – наше любимое меню. Ресторан был полупустой и какой-то холодный. Лили не терпелось рассказать о новом молодом человеке. Ее уже видели с ним в Магазине. Лили быстро приучает поклонников к мысли о том, что вкус ее очень прост: она согласна только на самое дорогое и лучшее. В список Лили входят: отель Mandarin Oriental в Нью-Йорке, дизайнер – Кавалли, туфли – Маноло Бланик, сумки – Шанель, украшения – что-нибудь от Тиффани, машина – Мерседес последней марки.

В новом молодом человеке Лили многое устраивает: положение, деньги, внешность и рост. Не устраивает: наличие бывшей жены и двух дочек пяти и семи лет. Лили нравится факт, что он ненавидит жену. Еще бы! Он застал ее с любовником, что и послужило причиной развода. Лучше бы он был к ней равнодушен, поди, знай, может он все еще любит. Очевидно, Лили надоело одиноко красоваться в светской хронике тусовок. Девочек-дочерей она надеется видеть не слишком часто. Боюсь, ничего у нее не выйдет, слишком Лили привыкла любить себя любимую.

Похоже, намерения на этот раз у нее очень серьезные: «Ты знаешь, мое время кончилось, мальчиков не найти, все или женатые или разведенные. Сколько еще можно прыгать по барам ночи напролет? Да и знакомые замуж повыскакивали, с кем таскаться, с двадцатилетними? Это ведь только Бесс повезло, где второго такого Майкла откопать?»

Последние десять лет Лили жила по принципу: «Жизнь – это праздник». Очевидно, устала.

Плохие вещи случаются с хорошими людьми

Я проснулась. Снилось что-то очень странное: маленький, розовый теленок с лицом овечки или поросенка, очень хорошенький. Он бегает стуча копытцами по деревянным полам, а я волнуюсь, не оставит ли царапин. Зачем-то трогаю его головку, на ощупь напоминающую плюшевую игрушку. На головке маленькие рожки. Появляется моя давно умершая бабушка и сообщает, что завтра приведут его мать-корову! Что к чему?

Возле фермы через дорогу перелетали один за другим пять громадных павлинов, один пролетел совсем близко, чуть с дороги не съехала.

Выхожу из машины и прямо на меня смотрит жизнерадостный зеленый лягушонок-брелок. Лягушки, они точно к удаче, подобрала и положила улыбающегося в машину. Странно как-то день начинается.

В Магазине никого кроме продавцов. Кэт и Бесс выходные, работаем только Тутси и я. Зоркая Тутси отслеживает покупателей по всему Магазину и летит к ним на помощь, за что ее тихо, а иногда громко ненавидят работники соседних отделов. Она высокая и видит дальше других. Тутси обожает лицезреть себя в списке лучших продавцов за день. Бюллетени со своим именем она приклеивает к себе на доску для вдохновения. Пока Тутси пристает к одиноким клиентам, я читаю журналы.

Узнаю кучу полезной информации. Оказывается, стресс из-за нехватки денег усиливает процесс старения женщин. Чем больше женщина получает, тем она лучше выглядит. Может быть, может быть. Я вот точно не хочу слышать о том, что мы не можем себе позволить. Мой муж откладывает деньги на светлое будущее, о котором тоже не хочется думать.

А вот шампунь новый изобрели тройного действия: можно мыть голову, тело и использовать как крем для бритья. Удивили, я еще и стираю в шампуне и пол им мою.

В разделе объявлений ищут доноров женских яичек, платят пять тысяч. Предлагают персонального учителя для обучения, как вести себя на свиданиях. Интересно!

Можно заказать свой собственный остров на Мальдивах. Удовольствие – двенадцать тысяч в день с пары, и спи себе спокойно. Картинка привлекательная такая: островок с пальмами, сквозь них просматривается бунгало. Белоснежный песок, маленький самолетик на водных лыжах и вокруг, куда не смотри – голубой океан.

От созерцания райского уголка меня оторвала Мэри из отдела женского белья: «Представляешь, на тысячу возврат получила. Пришла дама, вся красная и злая с подарком. Оказывается, этот подарок купил ей не муж, как она думала, а его любовница. Представляешь? Она нашла данные, ну знаешь, пишем для подарков. Бедный муженек, как теперь выкрутится? С другой стороны, я бедная, а не он». С чужого мужа Мэри плавно переходит на воспоминания о своем:

«Мой бывший обожал лодки, и все выходные мы катались. У нас даже все и произошло в первый раз на лодке. Сначала мне нравилось, а потом осточертело. Представляешь, ничего, кроме дурацкой лодки! Она мне даже снилась. Начались скандалы, молодые были, уступать не хотели. Выбирая между мной и лодкой, муж выбрал лодку».

Мэри задумалась.

«Ну и как он теперь? Один или с лодкой?»

«Что ты, он вскоре женился, и купил лодку, на которой можно жить круглый год. Только вот лодка и новую жену достала, она начала от скуки пить. Помучился он с ней. Короче, купил ферму и лошадей, она больше всего на свете любит скакать на лошадях. Вот такая вот история. Он с женой, лошадьми и фермой. А я - одна».

Похоже, Мэри до сих пор его любит.

Тутси прибежала с полными ужаса глазами, сразу видно, что-то интересное узнала: «Ты не представляешь, что случилось с Лин. Видела вчера по телевизору показывали убитого адвоката?»

Я смотрю русские новости и не в курсе местных: «Нет, а что случилось?»

Тутси перевела дух и выпалила: «Вчера убили адвоката, он друг мужа Лин, они работают вместе, кабинеты рядом».

« Ну, и при чем здесь Лин?» - пытаюсь подойти ближе к делу.

«Ты знаешь, Лин сегодня на работу не вышла. Ее муж пропал. Сначала думали, что он и убил того, другого. Но выяснилось, что муж Лин улетел за день до этого. И знаешь куда? В Коста-Рику! Лин в панике, ничего не понимает, собирается лететь к нему. Представляешь? Лин не вникала в дела мужа, ее больше всякие болезни занимают. Интересно все-таки, что причина: наркотики, азартные игры, а может даже и женщины. Или может хотели убить мужа Лин и перепутали? Или он знал, что его убьют и сбежал?»

У Тутси было слишком много вопросов и еще больше возможных ответов.

Конец дня все только и говорили, что о Лин и ее муже. Кто-то сказал, что она вылетела к мужу в Коста-Рику.

К сожалению, плохие вещи случаются с хорошими людьми.

День, когда ее не стало

Знаете ли вы, что такое двести женщин в одном месте? Это натуральный птичий базар. Наш отдел отдали под благотворительный вечер, убрали вещи, наставили кучу столов. Какая уж тут работа! Такие мероприятия Магазин устраивает в надежде на то, что участники вечера что-нибудь купят. Случается редко. В основном женщины выпивают, закусывают и усиленно общаются. Большинство и встречается только на таких сборищах, а так у каждого своя личная жизнь. Минут двадцать дамы пили шампанское и ворковали, все двести! Потом организатор вечера еще минут двадцать пыталась усадить всех за столы. Удалось с трудом, голос ее был слишком слаб, и никто не обращал на нее никакого внимания. Организаторша походила на окольцованную птицу: за шестьдесят, в коротких штанах и с браслетом на ноге.

От нечего делать мы с Бесс рассматривали дам, обсуждали наряды и пытались найти знакомых. К концу собрания у меня заболела голова. Бизнеса, как мы и предполагали, не было. Поели, посмотрели, обсудили и смылись все двести, хоть бы одна что-нибудь купила!

Бесс трудилась над списком вещей, которые надо взять с собой. Вторую половину дня докупали необходимое для поездки: два новых купальника, темные очки Шанель и роскошную белую шляпу. Во всем этом Бесс выглядела кинозвездой. Каждый день у нее как праздник, впереди – трудно себе даже представить, настоящая сказка, а в ней принц с яхтой! Заставила Бесс купить фотоаппарат, чтобы запечатлеть все происходящее.

Майкл улетел в командировку в Вашингтон и звонил каждый час, а в конце дня принесли огромный букет белых лилий для Бесс.

Спешить Бесс было некуда, и после работы мы отправились в кино. Смотрели «Продавщицу», может потому, что ждали чего-то особого, фильм не тронул.

« Мне кажется, о нас можно снять интереснее. Он Магазина не знает».

«Ошибаешься, Бесс, Стив Мартин считает себя экспертом по продавщицам. Мы для него тоже товар, выставленный на продажу. Я читала интервью с ним. А ты, дорогая, несомненно тянешь на главную героиню. В наличии бывший муж, старый любовник, богатый жених, четырехугольник получается! Трогательная такая история Золушки-продавщицы. Ты знаешь, я, пожалуй, напишу книгу о тебе и о Магазине. Стив Мартин прочтет и захочет снять фильм «Продавщица-2», а ты сможешь играть себя. Ну как идея?»

« И кого же будет играть Стив Мартин?»

«Ну это же очевидно – роль Бэби. Ему ведь за шестьдесят. К тому же роль ему знакома. Он ведь тоже развелся с русско-английской женой, и состоит в давней связи с дамой, которую предпочитает скрывать от общественности».

Бесс задумалась, наверное, приятно помечтать о Стиве Мартине в роли поклонника.

Идея так захватила, что мы почти час обсуждали ее на стоянке машин.

Бесс просила, чтобы после кино мы поехали к ней: хотела показать все, что берет с собой в поездку. Самое главное - платье, уже подшитое и готовое. Я же торопилась домой, было уже поздно. Если бы я знала...

Закрою глаза, переиграю снова, изменю события, поверну судьбу – невозможно! Еще одна черная дыра в моем пространстве, там была Бесс и ее голос...

Следователь задает вопросы, я – последняя, кто видел ее живой. Отвечаю односложно: да, нет. Я не хочу никого обвинять и подозревать, я ничего не знаю, кроме того, что Бесс уже нет, у сказки плохой конец!

«Нет, у нее не было причин покончить с собой, она была счастлива»,

«Да, она собиралась в свадебное путешествие»,

«Нет, ее мужа я видела всего лишь раз»,

«Да, у нее был любовник»,

«Нет, у нее не было врагов»,

«Да, она была беременна»...

Бесс на фотографии: в белом платье на полу в гостиной, такая красивая и почти живая, черные волосы по голым плечам, огромные ресницы, пена французского тюля и желтый брильянт на правой руке... Такое бывает в кино, такое случается в жизни.

Послесловие

Прошел год, как Бесс не стало. Майкл не смог оставаться в городе и уехал работать в Австралию.

Бывший муж Бесс осужден за ее убийство на пожизненное заключение.

С Кэт произошло чудо: она родила девочку и назвала ее Бесс. Почему-то ей кажется, что между смертью Бесс и ее неожиданной беременностью есть тайная связь. В Магазин она не вернулась.

Лили пережила очередную трагедию. Жених вернулся к бывшей жене, пытаясь сохранить семью ради дочек. Печальна жизнь красавиц!

Наш сын окончил университет и уехал работать в Хьюстон.

Я счастлива там, где я есть. Мое счастье – лоскутное одеяло.

Кто-то сказал: «В жизни две цели: первая – достичь чего хочешь, и вторая – радоваться этому.» Мне удалось и первое и второе.

«Научитесь любить ад и окажетесь в раю». Я уничтожила ад в себе, и Магазин стал почти раем. Я написала записки о нем, о Бесс и всех остальных.

Я заменила слово «надо» на слово «хочу».

В жизни каждый видит то, что может и хочет. Чтобы полюбить, лучше смотреть душой.

Любить каждый день. Нам не дано знать, какой будет последним…

www.ingramcontent.com/pod-product-compliance
Lightning Source LLC
Chambersburg PA
CBHW050422260626
47156CB00003B/1113